AF539127

अरुंधति रॉय

अरुंधति रॉय ने वास्तुकला का अध्ययन किया है। आप 'द गॉड ऑफ़ स्माल थिंग्स'—जिसके लिए आपको 1997 का बुकर पुरस्कार प्राप्त हुआ—और 'द मिनिस्ट्री ऑफ अटमोस्ट हैप्पीनेस' की लेखिका हैं। दुनियाभर में इन दोनों उपन्यासों का अनेक भाषाओं में अनुवाद हो चुका है। आपकी पुस्तकें 'एक था डॉक्टर, एक था संत', 'मामूली चीज़ों का देवता', 'अपार ख़ुशी का घराना', 'बेपनाह शादमानी की ममलिकत' (उर्दू में), 'न्याय का गणित', 'आहत देश', 'भूमकाल : कॉमरेडों के साथ', 'कठघरे में लोकतंत्र' राजकमल प्रकाशन से प्रकाशित हुई हैं। 'माय सीडिशियस हार्ट' आपकी समग्र कथेतर रचनाओं का संकलन है। आप 2002 के लनन कल्चरल फ्रीडम पुरस्कार, 2015 के आंबेडकर सुदार पुरस्कार और महात्मा जोतिबा फुले पुरस्कार से सम्मानित हैं।

नीलाभ

जन्म : 16 अगस्त 1945, मुम्बई।

शिक्षा : एम.ए. तक इलाहाबाद में। पढ़ाई के दौरान ही लेखन की शुरुआत। आजीविका के लिए आरम्भ में प्रकाशन। फिर 1980 में चार वर्ष बी.बी.सी. की विदेश प्रसारण सेवा में प्रोड्यूसर।

'संस्मरणारम्भ', 'अपने आप से लम्बी बातचीत', 'जंगल ख़ामोश है', 'उत्तराधिकार', 'चीज़ें उपस्थित हैं', 'शब्दों से नाता अटूट है', 'शोक का सुख', 'ख़तरा अगले मोड़ की उस तरफ़ है' और 'ईश्वर को मोक्ष' (कविता-पुस्तकें)। दो खंडों में गद्य—'प्रतिमानों की पुरोहिती' और 'पूरा घर है कविता'।

अनेक नाटकों के रूपान्तर। मंटो की कहानियों के प्रतिनिधि चयन 'मंटो की तीस कहानियाँ' का सम्पादन। महात्मा गांधी अन्तरराष्ट्रीय हिन्दी विश्वविद्यालय के लिए चार खंडों में 'हिन्दी साहित्य का मौखिक इतिहास'।

निधन : 23 जुलाई, 2016

आहत देश

अरुंधति रॉय

अनुवाद

नीलाभ

राजकमल पेपरबैक्स

मूलकृति : Broken Republic : Three Essays से अनुदित

राजकमल पेपरबैक्स में
पहला संस्करण : 2012
तीसरा संस्करण : 2019

राजकमल पेपरबैक्स : उत्कृष्ट साहित्य के जनसुलभ संस्करण

राजकमल प्रकाशन प्रा. लि.
1-बी, नेताजी सुभाष मार्ग, दरियागंज
नई दिल्ली-110 002
द्वारा प्रकाशित

शाखाएँ : अशोक राजपथ, साइंस कॉलेज के सामने, पटना-800 006
पहली मंजिल, दरबारी बिल्डिंग, महात्मा गांधी मार्ग, इलाहाबाद-211 001
36 ए, शेक्सपियर सरणी, कोलकाता-700 017

वेबसाइट : www.rajkamalprakashan.com
ई-मेल : info@rajkamalprakashan.com

अन्दर के चित्र : संजय काक व अरुंधति रॉय

मुद्रक : यश प्रिंटोग्राफिक्स
नोएडा-201 301 (उत्तर प्रदेश)

मूल्य : ₹295

AAHAT DESH
by Arundhati Roy
Translated by Neelabh

ISBN : 978-81-267-2249-5

अनुक्रम

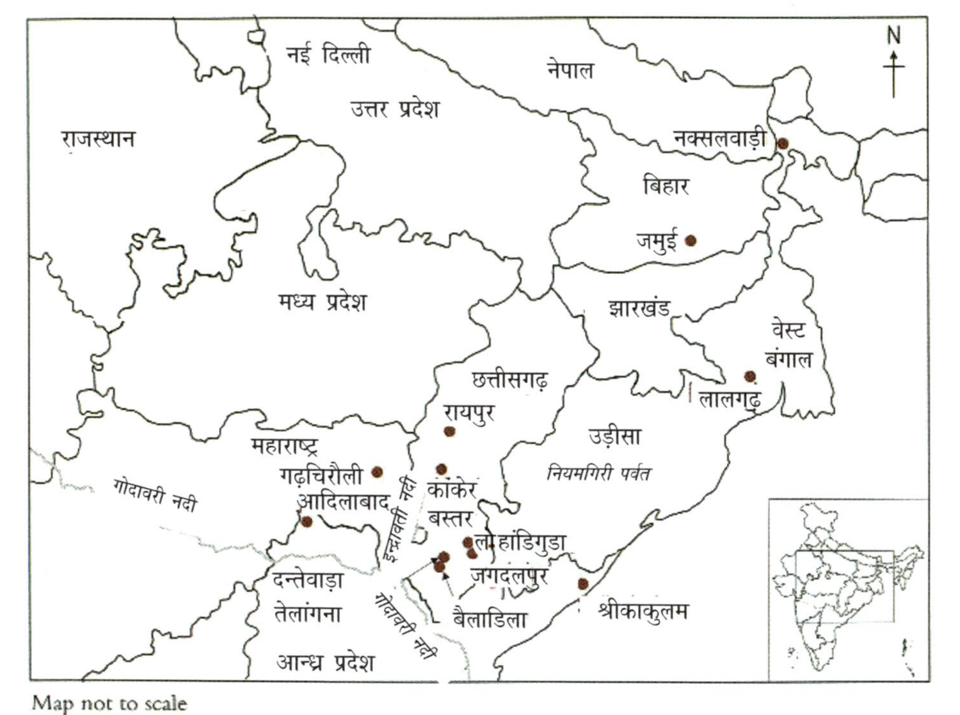

Map not to scale

तुम्हारा लहू पूछता है, कैसे बटे हुए थे अमीर
और क़ानून एक-दूसरे में रस्सी की तरह?
किन ज़ंग-आलूदा लोहे के रेशों से? ग़रीब
कैसे घेर लाये जाते रहे अदालती कटघरों में?

—पाब्लो नेरूदा, द जजेज

भूमिका

राष्ट्रपति ने सलामी ली

मंत्री महोदय कहते हैं कि भारत के भले के लिए लोगों को अपने गाँव छोड़ देने चाहिएं और शहरों में चले आना चाहिए। वे हारवर्ड विश्वविद्यालय में पढ़े हैं। रफ़्तार के रसिया हैं। और संख्याओं के। 50 करोड़ प्रवासी उनके ख़याल में एक उम्दा व्यापारिक नमूना साबित होगा।

हर आदमी अपने शहरों को ग़रीबों से भर देने के विचार को पसन्द नहीं करता। मुम्बई में एक जज ने मलिन बस्तियों में रहने वालों को शहरी ज़मीन के जेब-कतरे बताया। दूसरे ने, अनधिकृत कॉलोनियों को बुलडोज़रों से हमवार कर देने का आदेश पारित करते हुए कहा कि शहरों में रहना जिन लोगों की बिसात से बाहर है उन्हें वहाँ नहीं रहना चाहिए।

जब वे लोग, जिन्हें बेदख़ल किया गया था वहाँ वापस गये जहाँ से वे आये थे तो उन्होंने पाया कि उनके गाँवों को बड़े-बड़े बाँधों और धूल-भरी खदानों ने निगल लिया था। उनके घरों में भूख का बसेरा था, और पुलिसवालों का। जंगलों में हथियारबन्द छापामार भरते जा रहे थे। युद्ध भी प्रवासी बन गया था। हिन्दुस्तान के सरहदी इलाक़ों, कश्मीर, मणिपुर और नगालैण्ड से उसके हृदय प्रदेश में चला आया था। लिहाज़ा, लोग शहरों की भीड़-भरी सड़कों और फ़ुटपाथों में लौट आये। वे गर्द-ग़ुबार-भरी निर्माण-स्थलियों की झुग्गियों में अट गये, हैरत से सोचते

हुए कि इस विशाल देश का कौन-सा कोना उनके रहने के लिए तय था।

मंत्री महोदय ने कहा कि शहरों में आ बसे विस्थापित लोग ज़्यादातर जरायमपेशा थे और 'ऐसा रंग-ढंग लाये थे जो आधुनिक शहरों को मंज़ूर नहीं है।' मध्यमवर्गीय जनों ने मंत्री महोदय की साफ़गोई के लिए, अन्धे को अन्धा कहने की उनकी हिम्मत के लिए, उनकी तारीफ़ की। मंत्री महोदय ने कहा कि क़ानून और व्यवस्था सुधारने के लिए वे और अधिक पुलिस स्टेशन स्थापित करेंगे; और अधिक पुलिसवालों को भरती करेंगे और पहले से अधिक संख्या में सड़कों पर पुलिस की गाड़ियाँ उतार देंगे।

दिल्ली को 2010 के राष्ट्रमण्डलीय खेल-प्रतियोगिताओं के लिए, एक विश्व स्तर की नगरी बनाने के लिए, ऐसे क़ानून पारित किये गये जिन्होंने ग़रीबों को कपड़ों पर पड़े धब्बों की मानिन्द ग़ायब कर दिया। ख़ोंचा-फ़रोश लुप्त हो गये, रिक्शेवालों के लाइसेन्स ज़ब्त हो गये, छोटे पैमाने की दुकानें और काम-धन्धे बन्द हो गये। भिखारियों और मँगतों को घेर लाया गया, सचल अदालतों में सचल जजों द्वारा उनकी सुनवाई हुई और फिर उन्हें तड़ीपार कर दिया गया। जो मलिन बस्तियाँ बची रह गयीं, उन्हें विनाइल की कनातों से ढंककर ओट में ले लिया गया जिन पर लिखा था *आपकी दिल्ली ख़ुश-आमदीद*।

नयी क़िस्म के पुलिसवालों ने सड़कों पर गश्त लगाना शुरू कर दिया, बेहतर हथियारों से लैस, बेहतर वर्दियों में और चाहे जितनी खुजली क्यों न मचे, सार्वजनिक रूप से अपने गुप्तांगों को खुजाने से गुरेज़ करने वाले। हर जगह कैमरे लगे थे, हर चीज़ को रिकॉर्ड करते हुए।

•••

दो नन्हे अपराधी ऐसा रंग-ढंग अपना कर जो आधुनिक शहरों को नागवार गुज़रता था, पुलिस के जाल से बच-बचा कर, एक औरत के नज़दीक पहुँचे जो लाल बत्ती पर अपनी चमकती हुई कार की चमड़े की गद्दी और धूप के चश्मे के बीच फँसी हुई थी। बेशर्मी से उन्होंने पैसों

की फ़र्माइश की। औरत अमीर और रहमदिल थी। अपराधियों के सिर उसकी कार की खिड़की से ऊँचे न थे। उनके नाम रुक्मिणी और कमली थे। या शायद मेहरुन्निसा और शाहबानो। (कौन परवाह करता है)। औरत ने उन्हें पैसे और थोड़ी-सी माँओं सरीखी नसीहत दी। दस रुपये कमली (या शाहबानो) को। 'आपस में बाँट लो,' उसने उनसे कहा और जब हरी बत्ती हुई तो फ़र्राटे से चल दी।

रुक्मिणी और कमली (या शायद मेहरुन्निसा और शाहबानो) मरजीवड़ों की तरह एक-दूसरी पर टूट पड़ीं, मानो वे जेल के अहाते में मौत की सज़ा पाये दो क़ैदी हों। हर चिकनी-चमकती कार, जो उनके पास से और उन्हें क़रीब-क़रीब कुचलती हुई गुज़री, अपने दरवाज़ों पर उनकी जंग के, आर-पार की उनकी लड़ाई के, अक्स लिये गुज़रती रही।

आखिरकार दोनों लड़कियाँ बिना कोई निशान छोड़े ग़ायब हो गयीं, जैसे दिल्ली में हज़ारों बच्चे ग़ायब हो जाते हैं।

राष्ट्रमण्डलीय खेल-प्रतियोगिताएँ कामयाब रहीं।

•••

दो महीने बाद, हिन्दुस्तान के गणतंत्र बनने की 62वीं जयन्ती के मौक़े पर सैनिक बलों ने गणतंत्र दिवस की परेड में अपने नये हथियारों की नुमाइश की। अनेक नलियों वाले रूसी रॉकेट प्रक्षेपक, जंगी विमान, हल्के हेलिकॉप्टर और नौसेना के लिए पानी की सतह के नीचे मार करने वाले हथियार। नये हथियारों के नाम रामायण और महाभारत जैसी सत-असत की पौराणिक लड़ाइयों के नायकों के नाम पर रखे गये थे। नये टी-90 जंगी टैंकों का नाम *भीष्म* था। (पुरानावाला *अर्जुन* था)। नवीनतम भारी टॉरपीडो *वरुणास्त्र* था और *मारीच* अपनी तरफ़ आते टॉरपीडो को छलावा देकर क़ाबू में करने वाले यंत्र का नाम था। (कश्मीर की बर्फ़ीली सड़कों पर गश्त लगाती बख़्तरबन्द गाड़ियों पर लिखे नाम हैं *हनुमान* और *वज्र*)। यह महज़ इत्तफ़ाक़ था कि ये सारे नाम हिन्दू महाकाव्यों से लिये गये थे। अगर भारत एक हिन्दू राष्ट्र है तो यह एक कुसंयोग ही है।

सेना की सिग्नल रेजिमेंट के जाँबाज़ों ने मोटरसाइकिलों पर सवार होकर रॉकेट की शक्ल अख़्तियार की। फिर उन्होंने उड़ते पखेरुओं की तरतीब में करतब दिखाये और आख़िर में एक मानव-पिरामिड का रूप ग्रहण किया।

ऊपर आकाश में तीन सुखोई जेट विमानों ने एक त्रिशूल बनाया। हर जेट की क़ीमत 3 करोड़ 20 लाख डॉलर थी यानी शिव के त्रिशूल के लिए 10 करोड़ डालर।

रोमांचित जन समूह ने सर्दियों के मरियल-से सूर्य की ओर आँखें उठायीं और हवाई करतबों पर तालियाँ बजायीं। ऊपर आकाश में जेट विमानों की झिलमिलाती रुपहली सतह पर रुक्मिणी और कमली (या शायद मेहरुन्निसा और शाहबानो) की आर-पार की लड़ाई का प्रतिबिम्ब झलक रहा था।

सेना का बैंड राष्ट्रीय धुन बजा रहा था। राष्ट्रपति ने अपनी साड़ी का पल्लू सिर पर खींचा और सलामी ली।

फरवरी, 2011

चिदम्बरम जी की जंग

जब भारत नाम का कोई देश और उड़ीसा नाम का कोई प्रदेश नहीं था, उस समय से भी बहुत पहले से दक्षिणी उड़ीसा की चपटी चोटियों वाली, नीची पहाड़ियाँ डोंगरिया कोंड आदिवासियों का बसेरा रही हैं। ये पहाड़ियाँ कोंड आदिवासियों की और कोंड आदिवासी इनकी निगहबानी करते थे और इन्हें जीवित देवता मानकर पूजते थे। आज इन पहाड़ियों को बेचा जा रहा है, क्योंकि इनमें बॉक्साइट है। कोंड आदिवासियों के लिए यह ऐसे ही है, जैसे देवता की बोली लगा दी गयी हो। वे पूछते हैं, अगर यही देवता राम या अल्लाह या ईसा मसीह होता, तो उसकी कितनी क़ीमत लगती?

शायद कोंड इस बात से सन्तुष्ट माने जा रहे होंगे कि उनके भगवान नियम राजा के निवास

नियमगिरि पहाड़ीको एक ऐसी कम्पनी को बेचा गया है, जिसका नाम वेदान्त हैहिन्दू दर्शन की वह शाखा जो ज्ञान के अन्तिम स्वरूप की शिक्षा देती है। यह दुनिया के सबसे बड़े खनन निगमों में से एक है। इसके मालिक एक भारतीय अरबपति अनिल अग्रवाल हैं। वे लन्दन के जिस घर में रहते हैं, वह कभी ईरान के शाह का हुआ करता था। वेदान्त उन बहुत-सी बहुराष्ट्रीय कम्पनियों में से महज़ एक है जो उड़ीसा की ओर जस्त लगाये बढ़ रही हैं।[1]

अगर इन चपटी चोटियों वाली पहाड़ियों को नष्ट कर दिया गया, तो इन्हें ढँकने वाले जंगल भी नष्ट हो जायेंगे। यही हाल उन नदियों और सोतों का भी होगा, जो इनसे निकलते हैं और नीचे मैदानों को सींचते हैं। इनके साथ डोंगरिया कोंड भी नष्ट हो जायेंगे और साथ ही वे हज़ारों-लाखों आदिवासी भी, जो वनों से ढँके, भारत के हृदयस्थल में रहते हैं, और जिनके निवास-स्थानों पर भी इसी तरह हमला हो रहा है।

हमारे भीड़-भाड़ वाले धुँआते शहरों में कुछ लोग कहते हैं, 'तो क्या हुआ? किसी-न-किसी को तो विकास की क़ीमत चुकानी ही होगी।' कुछ तो यहाँ तक कहते हैं, 'यह तो होना ही है, ये ऐसे लोग हैं जिनका वक़्त आ चुका है। किसी भी विकसित देश की तरफ़ देखोयूरोप, अमरीका, ऑस्ट्रेलियासभी का एक ''अतीत'' है।' यक़ीनन है। तो फिर भला ''हमारा'' भी क्यों न हो?

सरकार ने इसी सोच पर काम करते हुए ऑपरेशन ग्रीनहण्ट की घोषणा कर डाली हैएक जंग, जो कथित रूप से उन 'माओवादी' विद्रोहियों के ख़िलाफ़ चलायी जायेगी जिन्होंने मध्य भारत के जंगलों में अपने मुख्यालय बनाये हुए हैं। ज़ाहिर है, इस देश में अकेले माओवादी ही नहीं हैं जो विद्रोह कर रहे हैं। समूचे देश में संघर्षों की ऐसी तमाम धाराएँ हैं जिनमें हर क़िस्म के लोग लगे हुए हैं : भूमिहीन, दलित, बेघरबार, मज़दूर, किसान, बुनकर। ये सभी अन्यायों के ऐसे विराट तंत्र के ख़िलाफ़ खड़े हैं जिनमें वे नीतियाँ शामिल हैं जो लोगों की ज़मीनों और संसाधनों पर थोक के हिसाब से कॉरपोरेट क़ब्ज़े की छूट देती हैं। लेकिन इन सभी में से सरकार ने अकेले माओवादियों को सबसे बड़े ख़तरे के रूप में पहचाना और चुना है।

कुछ साल पहले, जब चीज़ें कहीं से भी आज जितनी बुरी नहीं थीं, प्रधानमंत्री ने माओवादियों को 'देश की आन्तरिक सुरक्षा के लिए अकेला सबसे बड़ा ख़तरा'[2] बताया था। सम्भवतः यह उनकी कही सबसे बहुचर्चित और बार-बार दुहरायी जाने

वाली बात के रूप में दर्ज की जायेगी। किन्हीं कारणों से जब उन्होंने जनवरी 2009 को मुख्यमंत्रियों के सम्मेलन में माओवादियों की सेना को 'मामूली क्षमताओं' वाली क़रार दिया, तो इस बात का शायद उतना तीखा असर नहीं हुआ था।[3] उन्होंने 9 जून, 2009 को अपनी सरकार की वास्तविक चिन्ता संसद में रखी, जब उन्होंने कहा'अगर वामपन्थी अतिवाद देश के उन हिस्सों में पनपता रहा जहाँ खनिज और दूसरी क़ीमती चीज़ों के विराट प्राकृतिक संसाधन मौजूद हैं, तो यह निवेश के माहौल को निश्चित तौर पर प्रभावित करेगा।'[4]

कौन हैं ये माओवादी? ये प्रतिबन्धित भारतीय कम्युनिस्ट पार्टी (माओवादी) या सीपीआई (माओवादी) के सदस्य हैंउसी भारतीय कम्युनिस्ट पार्टी (मार्क्सवादी-लेनिनवादी) के कई वंशजों में से एक, जिसने 1969 के नक्सली उभार का नेतृत्व किया था और फिर आगे चलकर भारत सरकार ने जिसका सफ़ाया कर दिया था। माओवादी मानते हैं कि भारतीय समाज की समूची संरचना में अन्तर्निहित विषमता को समाप्त करने के लिए भारतीय राज्य को हिंसक तरीक़ों से उखाड़ फेंकना ही एकमात्र रास्ता रह गया है। झारखण्ड और बिहार में माओवादी कम्युनिस्ट सेंटर (एमसीसी) और आन्ध्र प्रदेश में पीपुल्स वार ग्रुप (पी.डब्ल्यू.जी.) के अपने पुराने अवतारों के रूप में माओवादियों को ज़बर्दस्त जन-समर्थन हासिल था। (2004 में कुछ समय के लिए जब इन पर से प्रतिबन्ध हटाया गया था तो वारंगल की उनकी रैली में 10 लाख से अधिक लोगों ने हिस्सा लिया था।)

लेकिन आख़िरकार आन्ध्र प्रदेश में उनके हस्तक्षेप का अन्त बुरा हुआ। उन्होंने वहाँ ऐसी हिंसक विरासत छोड़ी कि माओवादियों के कुछ कट्टर समर्थक भी उनके कटु आलोचक बन गये। आन्ध्र प्रदेश पुलिस और माओवादियों दोनों की ओर से हुई हत्या और बदले की हत्या के दौर के बाद पी.डबल्यू.जी. का ख़ात्मा हो गया। जो बच निकलने में कामयाब रहे, आन्ध्र प्रदेश से भागकर पड़ोसी राज्य छत्तीसगढ़ आ गये। यहाँ उन्होंने घने जंगलों के बीच अपने उन साथियों का हाथ थाम लिया, जो पहले से ही दशकों से इस इलाके में सक्रिय थे।

ऐसे कम ही 'बाहरी' लोग हैं जिन्हें जंगलों में चलाये जा रहे माओवादी आन्दोलन की असली प्रकृति के बारे में आँखों-देखी जानकारी है। हाल ही में इनके शीर्ष नेताओं में से एककॉमरेड गणपतिके साक्षात्कार में छपा, उसमें ऐसा कुछ भी विशेष नहीं था जो उन लोगों का मन बदल पाता, जो सोचते हैं कि माओवादी

बाक्साइट खानें, दमनजोड़ी, उड़ीसा, 2005

अगर इन चपटी चोटियों वाली पहाड़ियों को नष्ट कर दिया गया, तो इन्हें ढँकने वाले जंगल भी नष्ट हो जायेंगे। यही हाल उन नदियों और सोतों का भी होगा, जो इनसे निकलते हैं और नीचे मैदानों को सींचते हैं। इनके साथ डोंगरिया कोंड भी नष्ट हो जायेंगे और साथ ही वे हज़ारों-लाखों आदिवासी भी, जो वनों से ढँके, भारत के हृदयस्थल में रहते हैं, और जिनके निवास-स्थानों पर भी इसी तरह हमला हो रहा है।

नियामगिरी, उड़ीसा, 2010

चित्र-2 : ये पहाड़ियाँ कोंड आदिवासियों की और कोंड आदिवासी इनकी निगहबानी करते थे और इन्हें जीवित देवता मान कर पूजते थे।

किसी भी असहमति को बर्दाश्त न करने वाले, क्षमाहीन और तानाशाही प्रवृत्तियों के लोग हैं।[5] कॉमरेड गणपति ने ऐसा कुछ भी नहीं कहा जो लोगों को यह मनवा पाता कि अगर कभी माओवादी सत्ता में आये तो वे भारतीय समाज की पगला देने वाली जाति-विभाजित विविधता से निपटने के क़ाबिल होंगे। साक्षात्कार में सरसरी तौर पर लिबरेशन टाइगर्स ऑफ़ तमिल ईलम (लिट्टे) को उनका अनुमोदन माओवादियों के बड़े-से-बड़े समर्थक को दहला देने के लिए काफ़ी था। ऐसा सिर्फ़ इसलिए नहीं कि

लिट्टे ने जिन तरीक़ों से अपना संघर्ष चलाया वे अत्यन्त बर्बरतापूर्ण थे, बल्कि इसलिए भी, क्योंकि श्रीलंका के तमिलों को जैसी भीषण विभीषिका झेलनी पड़ी है, उसकी कुछ ज़िम्मेदारी निश्चित रूप से लिट्टे की भी बनती है, क्योंकि वह उनका प्रतिनिधि होने का दावा करता था।

फ़िलहाल, मध्य भारत में माओवादियों की जो छापामार सेना है, वह लगभग सारी-की-सारी ग़रीब आदिवासियों से मिलकर बनी है जो एक लम्बे अर्से से अकाल के कगार पर पहुँची भुखमरी के ऐसे हालात में जीते आ रहे हैं जिनकी तुलना अफ़्रीका के सहारा रेगिस्तान के निचले इलाक़ों से ही की जा सकती है। ये ऐसे लोग हैं जिन्हें तथाकथित आज़ादी के 60 साल बाद भी शिक्षा, स्वास्थ्य और क़ानूनी सेवाएँ मयस्सर नहीं हैं। दशकों से इनका बर्बर शोषण होता रहा है। छोटे-मोटे कारोबारी और सूदख़ोर इन्हें लगातार छलते रहे हैं। पुलिस और वन विभाग के कर्मचारी इनकी औरतों से बलात्कार को अपना अधिकार समझते रहे हैं। ऐसे में इनके आत्म-सम्मान की थोड़ी-बहुत आभा वापस आयी है तो उसका श्रेय

माओवादी कार्यकर्ताओं को जाता है जो इनके साथ दशकों से रहते, काम करते और इनके कन्धे-से-कन्धा मिलाकर लड़ते आये हैं।

आज अगर आदिवासियों ने हथियार उठा लिये हैं, तो इसलिए, क्योंकि वह सरकार जिसने इन्हें हिंसा और उपेक्षा के अलावा और कुछ नहीं दिया, अब इनकी आख़िरी चीज भी छीन लेना चाहती है : इनकी जमीन। ज़ाहिर है, जब सरकार कहती है कि वह उनके क्षेत्र का 'विकास' करना चाह रही है, तो वे इस बात पर विश्वास नहीं करते। उन्हें यक़ीन

नहीं है कि दन्तेवाड़ा में राष्ट्रीय खनिज विकास निगम द्वारा हवाई पट्टी जितनी चौड़ी सड़क महज़ इसलिए बनवायी जा रही है कि वे अपने बच्चों को स्कूल ले जा सकें। उन्हें लगता है कि अगर उन्होंने अपनी ज़मीन की लड़ाई नहीं लड़ी, तो वे नष्ट हो जायेंगे। और इसीलिए उन्होंने हथियार उठा लिये हैं।

तेरह टन पत्थरों और चट्टानों में एक टन बाक्सॉइट प्राप्त होता है। इन तालाबों में दिख रही 'लाल कीचड़' वह जहरीला अवशेष है जो इसकी शोधन प्रक्रिया से उत्पन्न होता है जिसमें बॉक्साइट अल्युमीनियम में बदल जाता है।

भले ही माओवादी आन्दोलन के विचारक यह कहें कि वे अन्ततः भारतीय राज्य-व्यवस्था का तख़्ता पलटने के लिए लड़ रहे हैं, इस समय वे भी जानते हैं कि उनकी फटेहाल, कुपोषित सेना, जिसके सिपाहियों में से अधिकांश ने कभी कोई रेलगाड़ी या बस या छोटा क़स्बा तक नहीं देखा, सिर्फ़ ज़िन्दा बचे रहने के लिए ही लड़ रही है।

2008 में योजना आयोग द्वारा नियुक्त विशेषज्ञों के एक समूह ने एक रिपोर्ट पेश की *'अतिवाद प्रभावित क्षेत्रों में विकास सम्बन्धी चुनौतियाँ।'* उसमें कहा गया था कि ''नक्सलवादी (माओवादी) आन्दोलन को ऐसे राजनैतिक आन्दोलन के रूप में स्वीकार किया जाना चाहिए

जिसका भूमिहीन और ग़रीब किसानों और आदिवासियों के बीच एक मज़बूत आधार है। उसके पैदा होने और फलने-फूलने को उन लोगों की सामाजिक स्थितियों और अनुभवों के सन्दर्भों में देखने की ज़रूरत है जो उसका हिस्सा हैं। राज्य की नीति और उसके अमल के बीच की गहरी खाई इन स्थितियों का एक लक्षण है। हालाँकि उसकी घोषित दीर्घकालीन विचारधारा बलपूर्वक राज-सत्ता पर क़ब्ज़ा करने की है, अपनी रोज़मर्रा की अभिव्यक्ति में उसे इस रूप में देखा जाना चाहिए कि वह बुनियादी तौर पर सामाजिक न्याय, बराबरी, सुरक्षा और स्थानीय विकास के लिए की जा रही लड़ाई है।''[6] यह आकलन 'देश की आन्तरिक सुरक्षा के लिए अकेला सबसे बड़ा ख़तरा' वाले आकलन से कोसों दूर है।

चूँकि माओवादी विद्रोह हफ़्ते की पसन्दीदा मिठाई है, इसलिए सबसे चिकनी खाल वाले खाये-अघाये बिल्ले से लेकर सबसे बिके हुए अख़बार का सबसे छिद्रान्वेषी और द्वेष-भरा सम्पादक तक अचानक यह मान लेने को तत्पर जान पड़ता है कि इस समस्या की जड़ में दशकों का जमा हुआ अन्याय है। लेकिन इस समस्या को हाथ में लेने की बजाय, जिसका मतलब 21वीं सदी के इस 'गोल्ड रश' पर लगाम लगाना होगा, वे इस बहस को माओवादी 'आतंकवाद' के बारे में बड़े सात्विक क्रोध के शोर-भरे विस्फोट द्वारा एक बिल्कुल अलग दिशा में ले जाने की कोशिश में जुटे हुए हैं। मगर वे ख़ुद अपने आप ही से बातें कर रहे हैं।

जिन लोगों ने हथियार उठा लिये हैं, वे अपना सारा समय टीवी देखने (या उसमें प्रकट होने) या अख़बार पढ़ने या फिर 'आज का नैतिक प्रश्न' पर एस.एम.एस. मत-संग्रह कराने में : क्या हिंसा अच्छी है या बुरी? अपने उत्तर भेजने के लिए डायल करें में नहीं ज़ाया कर रहे हैं, वे वहाँ हैं। वे लड़ रहे हैं। उन्हें यक़ीन है कि उन्हें अपने घरों और अपनी ज़मीनों को बचाने का हक़ है। उन्हें विश्वास है कि वे न्याय पाने के अधिकारी हैं।

अपने खाये-पिये-अघाये नागरिकों को पूरी तरह सुरक्षित रखने के लिए सरकार ने इन ख़तरनाक लोगों के ख़िलाफ़ युद्ध की घोषणा कर दी है। एक ऐसा युद्ध, जिसे जीतने के बारे में वह कहती है कि तीन से पाँच बरस लग जायेंगे। 'बातचीत' या सुलह-समझौतों' की कोई खुस-फुस भी नहीं है। अजीब है न, कि 26/11 के मुम्बई हमलों के बाद भी सरकार पाकिस्तान से बातचीत के लिए तैयार थी। वह चीन से बातचीत के लिए तैयार है, लेकिन जब ग़रीबों के ख़िलाफ़ लड़ाई

छेड़ने का सवाल आता है, तब लगता है उसे कोई ऊहा-पोह नहीं है। यह काफ़ी नहीं है कि हत्या करने का लाइसेंस लिये, ग्रेहाउण्ड, कोबरा और स्कॉर्पियन जैसे पाशविक नामों वाली विशेष पुलिस जंगलों में गश्त लगा रही है।

यह काफ़ी नहीं है कि केन्द्रीय रिज़र्व पुलिस बल (सीआरपीएफ़), सीमा सुरक्षा बल (बीएसएफ़) और कुख्यात नगा बटालियन सुदूर गाँवों में पहले ही जघन्य अत्याचार करके क़हर बरपा कर चुकी है। यह भी काफ़ी नहीं है कि सरकार 'जन मिलिशिया,' सलवा जुडुम को समर्थन देते हुए उसे हथियारबन्द करती है, जिसने दन्तेवाड़ा के जंगलों में मारते-काटते, बलात्कार करते और आग लगाते हुए, 50,000 लोगों को सड़क किनारे के पुलिस शिविरों में ला फेंका है और तीन लाख लोगों को बेघर-बार या छिपने को मजबूर कर दिया है। सरकार अब भारत-तिब्बत सीमा पुलिस और दसियों-हज़ारों अर्द्ध-सैन्य बलों की टुकड़ियाँ वहाँ तैनात करने जा रही है। एक सूचना के मुताबिक़ उसने बिलासपुर में ब्रिगेड मुख्यालय बनाने की योजना बनायी है (जो नौ गाँवों को उजाड़कर विस्थापित करेगा) और राजनाँदगाँव में हवाई अड्डा बनाने की (जिससे सात गाँव उजड़ जायेंगे)।[7] ज़ाहिर है, ये फ़ैसले कुछ अर्सा पहले लिये गये थे। सर्वेक्षण हो चुका है, स्थान चुन लिये गये हैं। दिलचस्प बात है! यानी युद्ध का इरादा काफ़ी पहले ही बना लिया गया था। और अब, भारतीय वायु सेना के हेलिकॉप्टरों को भी 'आत्म-रक्षा' के तहत गोली चलाने की छूट दे दी गयी है, वही अधिकार जिससे सरकार ने अपने सबसे ग़रीब नागरिकों को वंचित रखा है।

मगर सवाल है आख़िर किस पर गोली चलायी जायेगी? सुरक्षा बल भला जंगल में बदहवास भागते एक आम आदमी और माओवादी के बीच कैसे फ़र्क़ करेंगे? क्या सदियों से तीर-कमान लेकर चलने वाले आदिवासियों को भी अब माओवादी माना जायेगा? क्या माओवादियों के अहिंसक समर्थक भी अब वाजिब निशाना होंगे? जब मैं दन्तेवाड़ा में थी, तब पुलिस अधीक्षक ने मुझे 19 'माओवादियों' की तस्वीरें दिखायी थीं, जिन्हें 'उनके जवानों' ने मार गिराया था। मैंने पूछा कि आख़िर मैं कैसे मान लूँ कि ये माओवादी हैं? उसने कहा, 'ये देखिए, मैडम, इनके पास मलेरिया की दवाइयाँ, डिटॉल की बोतलें हैं, बाहर से आयी ये सारी चीज़ें।'

ऑपरेशन ग्रीनहण्ट आख़िर किस तरह का युद्ध होगा? क्या हम कभी जान पायेंगे? जंगलों से बहुत ख़बरें बाहर नहीं आ पातीं। पश्चिम बंगाल में लालगढ़

को घेर कर अलग कर दिया गया है। जो भीतर जाने की कोशिश करते हैं, उनकी पिटाई होती है और गिरफ़्तार कर लिया जाता है। और हाँ, उन्हें माओवादी कह दिया जाता है। दन्तेवाड़ा में हिमांशु कुमार का गाँधीवादी कुटीर, 'वनवासी चेतना आश्रम' कुछ ही घण्टों में बुलडोज़रों से ज़मींदोज़ कर दिया गया। युद्ध क्षेत्र शुरू होने से पहले का वह आख़िरी तटस्थ स्थान था, जहाँ अपने काम के दौरान पत्रकार, कार्यकर्ता, शोधकर्ता और तथ्यान्वेषी दल रुका करते थे।

इस दौरान सरकार ने अपना सबसे कारगर मोर्चा खोल दिया है। तक़रीबन रातों-रात हमारे निहित स्वार्थों वाले मीडिया ने 'इस्लामी आतंकवाद' की फ़र्ज़ी, अपुष्ट और पगलायी ख़बरों की जगह अब 'लाल आतंकवाद' की ख़बरें फैलानी शुरू कर दी हैं। इस सारे शोर-गुल के बीच मोर्चे पर चुप्पी का घेरा लगातार कठोरता से कसा जा रहा है। शायद 'श्रीलंका जैसा हल' निकालने की योजना है। अकारण नहीं है कि लिट्टे पर हाल के हमले के दौरान श्रीलंका सरकार द्वारा किये गये युद्ध अपराधों की अन्तर्राष्ट्रीय जाँच कराने की जो माँग यूरोपीय संघ की ओर से संयुक्त राष्ट्र में की गयी थी, उसे भारत ने बाधित कर दिया था।[8]

इस दिशा में सबसे पहला क़दम वह सरकारी प्रचार है जिसने देश भर में जारी विभिन्न क़िस्म के प्रतिरोध आन्दोलनों को ठोंक-पीट कर जॉर्ज बुश के सीधे-सादे दुरंगे फ़ॉर्मूले में फ़िट कर दिया है : अगर तुम हमारे साथ नहीं हो, तो तुम माओवादियों के साथ हो। माओवादी 'ख़तरे' को जान-बूझकर बढ़ा-चढ़ा कर दिखाने से राज्य को अपने सैन्य अभियान को सही ठहराने में मदद मिलती है (और निश्चित तौर पर इससे माओवादियों का कोई नुक़सान नहीं होता। आख़िर कौन-सा राजनैतिक दल इतना बड़ा तमग़ा पाकर, इतना ध्यान आकर्षित करके दुखी होगा?) जिस बीच 'आतंक के ख़िलाफ़' युद्ध का यह नया जुड़वाँ अभियान सारी ऑक्सिजन खींचते हुए हमें बेदम करेगा, उसी बीच राज्य मौक़े का फ़ायदा उठाकर सैकड़ों अन्य प्रतिरोध आन्दोलनों को माओवादी समर्थक क़रार देकर उन्हें अपने सैन्य अभियान के लपेटे में ले लेगा।

मैं भले ही भविष्यकाल की शब्दावली इस्तेमाल कर रही हूँ, लेकिन यह प्रक्रिया शुरू भी हो चुकी है। पश्चिम बंगाल सरकार ने नन्दीग्राम और सिंगुर में ऐसा ही करने की कोशिश की, पर विफल रही। ठीक इस समय लालगढ़ में 'पुलिस संत्रास विरोधी जनसाधारणेर कमेटी' को लगातार सीपीआई (माओवादी) की खुली शाखा बताया जा रहा है, जबकि यह एक जनान्दोलन है जो माओवादियों

से स्वतंत्र है, भले ही उनसे सहानुभूति रखता है। ग़ैर-ज़मानती हिरासत में रखे गये इसके नेता छत्रधर महतो को हमेशा 'माओवादी नेता' कहा गया है। पेशे से डॉक्टर और नागरिक स्वतंत्रता के लिए काम करने वाले कार्यकर्ता डॉ. बिनायक सेन की कहानी तो हम सभी जानते हैं, जिन्हें माओवादियों का सन्देशवाहक कह कर फ़र्ज़ी आरोप में दो साल तक जेल में रखा गया।[9] जिस दौरान ऑपरेशन ग्रीनहण्ट सबकी निगाहों के केन्द्र में रहेगा, भारत के अन्य हिस्सों में, युद्ध क्षेत्र से दूर, ग़रीबों, मज़दूरों, भूमिहीनों और उन लोगों के अधिकारों पर हमला और तेज़ होगा जिनकी ज़मीनें सरकार 'सार्वजनिक उद्देश्य' के नाम पर हड़पना चाह रही है। उनका दर्द और गहराता जायेगा और उनकी आवाज़ नक़्क़ारख़ाने में तूती की आवाज़ बन कर रह जायेगी।

एक बार युद्ध शुरू हो जाने पर, दूसरे युद्धों की तरह, इसकी भी एक अपनी गति बन जायेगी, अपना तर्कशास्त्र और अपनी अर्थ-व्यवस्था विकसित हो जायेगी। यह एक जीवन का ढर्रा बन जायेगा जिसे पलटना लगभग असम्भव होगा। पुलिस से उम्मीद की जायेगी कि वह सेना की तरह, हत्या करने वाली निर्मम मशीन की तरह पेश आये। अर्द्धसैनिक बलों से उम्मीद की जायेगी कि वे भ्रष्ट और बदनाम पुलिस की तरह प्रशासनिक बल बन जायें। हमने नगालैण्ड, मणिपुर और कश्मीर में ऐसा होते हुए देखा है। यहाँ फ़र्क़ सिर्फ़ यह होगा कि सुरक्षा बलों को बहुत जल्दी यह बात समझ में आ जायेगी कि जिन लोगों के ख़िलाफ़ वे लड़ रहे हैं, उनसे वे थोड़ा ही कम दयनीय हैं। समय के साथ लोगों और क़ानून के रक्षकों के बीच विभाजन रेखा और पतली होती चली जायेगी। बन्दूक और गोलियों की ख़रीद-फ़रोख्त शुरू हो जायेगी (ऐसा हो भी रहा है)। चाहे सुरक्षा बल हों या माओवादी या फिर लड़ाई में न शामिल आम नागरिक,अमीरों के इस युद्ध में जो मारे जायेंगे, वे निर्धनतम लोग ही होंगे। हालाँकि अगर अमीरों को विश्वास है कि इस युद्ध से उन पर कोई असर नहीं पड़ेगा, तो उन्हें एक बार फिर से सोच लेना चाहिए। इस युद्ध में जो संसाधन लगेंगे, वे देश की अर्थ-व्यवस्था को लँगड़ा-लूला बना देंगे।

पिछले हफ़्ते देश भर के नागरिक स्वतंत्रता समूहों ने दिल्ली में सिलसिलेवार कई बैठकें आयोजित कर चर्चा की कि धारा को पलट कर इस जंग को कैसे रोका जाये। आन्ध्र प्रदेश के सर्वाधिक लोकप्रिय नागरिक अधिकार कार्यकर्ता डॉ. बालगोपाल की ग़ैर-मौजूदगी ऐसे समय में हमारे लिए बहुत कष्टदायक थी।

आयरन और क्रसिंग प्लांट, क्योंझर, उड़ीसा, 2005

जहाँ आदिवासियों के लिए अब भी पहाड़ उनका जीता-जागता देवता है, जीवन और आस्था का स्रोत, क्षेत्र के परिवेश और पर्यावरण के स्वास्थ्य का प्रमुख स्तम्भ, निगमों के लिए वह एक सस्ता सुविधापूर्ण गोदाम है। गोदाम के सामान तक पहुँच तो होनी ही चाहिए।

आम की पत्तियों पर कच्चे लोहे की धूल

हर पहाड़ी, हर नदी और हर जंगल के लिए समझौता हो गया है। हम अकल्पनीय स्तर पर व्यापक सामाजिक और पर्यावरणीय कायाकल्प की बात कर रहे हैं।

दो हफ़्ते पहले उनका निधन हो गया। वे हमारे समय के सबसे साहसी और समझदार राजनैतिक चिन्तक थे और हमें ठीक उस वक़्त छोड़ गये जब हमें उनकी सबसे ज़्यादा ज़रूरत थी। बावजूद इसके हमें भरोसा है कि अगर वे होते तो एक के बाद दूसरे वक्ता की दृष्टि, गहराई, अनुभव, समझ, राजनैतिक दिशा और इस सब से ज़्यादा, हिन्दुस्तानी नागरिक स्वतंत्रता के हिमायतीशिक्षा-विदों, वकीलों, न्यायाधीशों और तमाम अन्य लोगों के इस समूह की मानवीयता से सन्तुष्ट होते। राजधानी में इन सबकी मौजूदगी इस बात का इशारा कर रही थी कि हमारे टीवी स्टूडियो की चमकती रोशनी के बाहर और मीडिया के पगलाये नक़्क़ारख़ाने के परे भारत के मध्यम वर्ग में भी इन्सानियत के लिए धड़कने वाला दिल मौजूद है। तब हैरत कैसी कि वे यही लोग हैं जिन पर केन्द्रीय गृह मंत्री ने हाल ही में आरोप लगाया था कि वे 'आतंकवाद' के अनुकूल एक 'बौद्धिक माहौल' पैदा कर रहे हैं। अगर यह आरोप लोगों को डराने के लिए था, उन्हें झुकाने के लिए था, तो इसका असर उलटा हुआ है।

वक्ताओं में उदार से ले कर क्रान्तिकारी वामपन्थी तक व्यापक मतों और मान्यताओं के प्रतिनिधि मौजूद थे। हालाँकि कोई भी वक्ता ख़ुद को माओवादी तो नहीं कहेगा, लेकिन इनमें से बहुत कम लोग सैद्धान्तिक रूप से इस विचार के विरोधी थे कि जनता के पास राजकीय हिंसा से ख़ुद को बचाने का अधिकार है। इनमें से कई को माओवादी हिंसा से, तड़-फड़ न्याय करने वाली 'जन अदालतों' और उस निरंकुशता से परेशानी थी, जो एक सशस्त्र संघर्ष में अपने आप घुस आती है और निहत्थों को हाशिये पर छोड़ देती है। अपनी परेशानी बयान करते हुए भी ये वक्ता इस बात से पूरी तरह वाक़िफ़ थे कि 'जन अदालतें' इसीलिए वजूद में हैं, क्योंकि भारतीय अदालतें आम आदमी की पहुँच से बाहर हैं; और इस बात से भी वाक़िफ़ थे कि यह सशस्त्र संघर्ष, जो मध्य देश में फूट पड़ा है, उन लोगों का पहला नहीं, बल्कि आख़िरी विकल्प है, जिन्हें अस्तित्व के हाशिये पर धकेल दिया गया है। सभी वक्ता बर्बर हिंसा की इक्का-दुक्का घटनाओं से सीधा-सादा नैतिक सन्देश निकाल लेने की कोशिश में छुपे ख़तरों से वाक़िफ़ थे, ख़ास तौर पर ऐसे हालात में, जो ज़्यादा-से-ज़्यादा युद्ध सरीखे होते जा रहे हैं। हर कोई बहुत पहले ही राज्य की संरचना में निहित हिंसा को हथियारबन्द प्रतिरोध की हिंसा के बराबर ठहराने के वैचारिक द्वन्द्व से बाहर आ गया था। यहाँ तक कि सेवा-निवृत्त न्यायाधीश पी.वी. सावन्त ने तो माओवादियों को धन्यवाद दे डाला कि उन्हीं के

चलते देश के सत्ता प्रतिष्ठान का ध्यान इस तंत्र के उद्विग्न करने वाले अन्याय की तरफ़ गया है।[10] आन्ध्र प्रदेश के हरगोपाल ने नागरिक अधिकार कार्यकर्ता के रूप में राज्य में माओवाद की सक्रियता की शुरुआत से लेकर अब तक के दौर के अपने अनुभवों के बारे में बताया। उन्होंने चलते-चलाते यह भी बताया कि सन् 2002 में गुजरात में बजरंग दल और विश्व हिन्दू परिषद् के नेतृत्व में कुछ ही दिनों के भीतर जितने लोग मारे गये, उतने तो माओवादियों ने आन्ध्र प्रदेश में अपने सबसे ख़ूनी दौर में भी नहीं मारे।[11]

जो लोग लालगढ़, झारखण्ड, छत्तीसगढ़ और उड़ीसा जैसे युद्ध-क्षेत्रों से आये थे, उन्होंने वहाँ पुलिसिया दमन, गिरफ्तारी, प्रताड़ना, हत्या और भ्रष्टाचार का विवरण दिया। उन्होंने बताया कि किस तरह उड़ीसा जैसी जगहों पर लगता था कि पुलिस सीधे उत्खनन कम्पनियों के अधिकारियों के निर्देश पर काम कर रही थी। इन लोगों ने विदेशी अनुदान पा रही कुछ स्वयंसेवी संस्थाओं की सन्दिग्ध और दुष्टतापूर्ण भूमिका के बारे में भी बताया जो पूरी तरह कॉरपोरेट हितों को साधने के लिए समर्पित हैं। बार-बार उन्होंने बताया कि कैसे झारखण्ड और छत्तीसगढ़ में कार्यकर्ताओं के साथ-साथ आम लोगों को जो भी असहमति प्रकट करते हैं को माओवादी बता कर जेल में डाल दिया जाता है। उनका कहना था कि यही वह सबसे बड़ी वजह है जो लोगों को हथियार उठाने और माओवादियों के साथ जाने पर मजबूर कर रही है। उन्होंने सवाल किया कि 'विकास' परियोजनाओं से उजड़े पाँच करोड़ लोगों में से मुट्ठी भर को भी बसाने में अपनी नाकामी स्वीकार करने वाली सरकार कैसे उद्योगपतियों को देश के अन्दर रहते हुए करों में छूट प्राप्त आसरों यानी 'विशेष आर्थिक क्षेत्रों' के लिए उपलब्ध कराने

गंधमर्धन में एक वयोवृद्ध सिपाही ग्रामवासियों द्वारा बाल्को खदान कम्पनी में 'गांधीवादी' विरोध की किंवदंती का वर्णन करती है जिस दौरान लोगों ने सर्वेक्षकों को पीटा था, एक बुल्डोजर टैंक में चीनी भर दी थी और एक जीप को धकियाकर एक खड़ी चट्टान पर चढ़ा दिया था।

लायक़ 1,40,000 हेक्टेयर उत्कृष्ट ज़मीन अचानक पहचान लेती है।[12] उन्होंने सवाल उठाया कि यह जानते हुए कि सरकार निजी निगमों को देने के लिए 'सार्वजनिक उद्देश्य' के नाम पर ज़मीनों का अधिग्रहण कर रही है, सर्वोच्च न्यायालय भूमि अधिग्रहण क़ानून में 'सार्वजनिक उद्देश्य' की परिभाषा पर फिर से विचार करने से इनकार करके आख़िर किस क़िस्म का इन्साफ़ कर रहा है? उन्होंने पूछा कि ऐसा क्यों होता है कि जब सरकार कहती है कि 'राज्य के आदेश को लागू होना चाहिए' तो लगता है इसका अर्थ सिर्फ़ यही है कि पुलिस स्टेशन बना दिये जायें? न स्कूल, न हस्पताल, न मकान, न पीने का पानी, न वनों की वाजिब क़ीमत; या फिर इतना भी नहीं कि लोगों को पुलिस के डर से अकेले मुक्त छोड़ दिया जायऐसा कुछ भी नहीं जिससे कि लोगों का जीवन आसान हो सके। उन्होंने पूछा कि आख़िर क्यों 'राज्य के आदेश' का मतलब कभी न्याय नहीं माना जा सकता था?

क़रीब दस साल पहले एक समय था जब इस तरह की बैठकों में लोग नयी आर्थिक नीति द्वारा थोपे गये 'विकास' के नमूने पर बहस करते थे। लेकिन अब इस नमूने को ख़ारिज किया जा चुका है। पूरी तरह। इस पर गाँधीवादियों से ले कर माओवादियों तक सभी सहमत हैं। अब सवाल सिर्फ़ यह है कि इस मॉडल को पुर्ज़ा-दर-पुर्ज़ा खोल कर ख़त्म करने का सबसे प्रभावी तरीक़ा क्या है?

मेरे एक मित्र के कॉलेज के दिनों के पुराने सहपाठी हैं, जिन्हें उस दुनिया को लेकर काफ़ी भ्रान्त और रुग्ण जिज्ञासा थी जिसके बारे में वे इतना कम जानते थे। कॉरपोरेट जगत में उनका काफ़ी धूम-धड़ाका है। ऐसी ही एक बैठक में वे साथ चले आये कि इस दुनिया को भी जाना-समझा जाये। हालाँकि उन्होंने देसी क़िस्म के 'फैबइंडिया' कुर्ते में अपने को छिपाने की कोशिश की थी, पर वे समृद्ध दिखने (और महकने) से बच नहीं पा रहे थे। अचानक बीच में वह मेरी ओर झुके और बोले, 'किसी को इन्हें बताना चाहिए कि ये ज़्यादा परेशान न हों। ये इस बार जीत नहीं पायेंगे। इन्हें सान-गुमान भी नहीं है कि ये आख़िर खड़े किसके ख़िलाफ़ हैं। इस सबका सम्बन्ध किस तरह की रक़म से है। ये कम्पनियाँ मंत्रियों से लेकर मीडिया के जागीरदारों और योजना के जादूगरों तक को ख़रीद सकती हैं, वे अपने एनजीओ, अपनी सेनाएँ चला सकती हैं; वे पूरी-की-पूरी सरकारें ख़रीद सकती हैं। वे माओवादियों को भी ख़रीद लेंगी। इन भले लोगों को अपनी ऊर्जा किसी बेहतर काम में लगानी चाहिए।'

जब लोगों के साथ जानवरों जैसा सुलूक़ किया जा रहा हो, तो उनके पास लड़ने के अलावा और कौन-सा 'बेहतर' काम हो सकता है? ऐसा नहीं कि कोई उनके सामने कोई विकल्प रख रहा हो चुनने के लिए, सिवा ख़ुदकुशी करने के, जैसा बढ़ते हुए क़र्ज़ के भँवर में फँसे 1,80,000 किसानों ने कर डाली है। (क्या मैं अकेली हूँ जिसे लगता है कि भारतीय राज्य व्यवस्था और मीडिया में बैठे उसके प्रतिनिधियों के लिए ग़रीबों द्वारा हताश होकर ख़ुदकुशी करने का ख़याल उनके पलट कर लड़ने के ख़याल से कई गुना सुविधाजनक है?)

पिछले कई बरस से छत्तीसगढ़, उड़ीसा, झारखण्ड और पश्चिम बंगाल के लोगों ने बड़े निगमों को रोक रखा है। इनमें से कुछ माओवादी हैं। कई नहीं भी हैं। अब सवाल यह हैआख़िर ऑपरेशन ग्रीनहण्ट उनके संघर्षों में क्या तब्दीली लायेगा? लड़ने वाले लोगों का सामना दरअसल किससे है?

यह सही है कि ऐतिहासिक रूप से खनन कम्पनियों ने तक़रीबन हमेशा स्थानीय लोगों के ख़िलाफ़ लड़ाई में जीत हासिल की है। हथियार बनाने वाले निगमों को छोड़ दें, तो बाक़ी सभी क़िस्म की कम्पनियों में इनका अतीत शायद सबसे ज़्यादा क्रूर रहा है। ये लोग द्वेष-भरे तपे हुए योद्धा हैं और जब लोग कहते हैं, 'जान देंगे पर ज़मीन नहीं देंगे,' तो इस नारे से उनके कानों पर जूँ भी नहीं रेंगती। इन निगमों ने ऐसे नारे पहले भी सुने हैं, हज़ारों भाषाओं में, सैकड़ों अलग-अलग देशों में।

इस समय भारत में इनमें से बहुत-से निगम "प्रथम श्रेणी के आगमन प्रतीक्षालय" में बैठ कर पकौड़ों और शर्बत का मज़ा लेते और आलसी मगरमच्छों की तरह पलकें झपकाते हुए आराम से इन्तज़ार कर रहे हैं कि जिन क़रारनामों पर उन्होंने हस्ताक्षर किये थे (कुछ तो काफ़ी पहले 2005 में) वे कब लागू होकर डॉलरों में तब्दील होते हैं। लेकिन चार साल तक पहले दर्जे के प्रतीक्षालय में बैठ कर इन्तज़ार करना किसी सन्त के भी धैर्य की परीक्षा के लिए काफ़ी होता है। उनके पास लोकतांत्रिक प्रक्रिया की ताम-झाम-भरी, हालाँकि उत्तरोत्तर खोखली होती जा रही रस्मों के लिए बस इतनी ही जगह है : (धोखे-धड़ी से भरी) जनसुनवाइयाँ, पर्यावरण प्रभाव के (झूठे) आकलन, विभिन्न मंत्रालयों से (ख़रीदी गयी) अनुमतियाँ और लम्बे समय तक चलने वाले मुक़दमे। झूठा लोकतंत्र भी समय लेता है। और उद्योगपतियों के लिए तो समय ही धन है।

इसलिए हम कैसी रक़मों की बात कर रहे हैं? अपनी जल्द ही प्रकाशित होने वाली मौलिक पुस्तक *ऑउट ऑफ़ दिस अर्थ : ईस्ट इण्डिया आदिवासीज़ ऐण्ड*

दि ऐल्यूमिनियम कार्टेल में समरेन्द्र दास और फ़ीलिक्स पैडल का कहना है कि सिर्फ़ उड़ीसा भर के बॉक्साइट खनिज की क़ीमत 2.27 ट्रिलियन (खरब) डॉलर है। (भारत के सकल घरेलू उत्पाद के दोगुने से भी ज़्यादा)।[13] यह आकलन वर्ष 2004 की क़ीमतों के आधार पर किया गया है। आज तो इसकी क़ीमत 4 ट्रिलियन डॉलर होगी। एक ट्रिलियन (1,00,000,00,00,000) में बारह शून्य होते हैं।

इस पर आधिकारिक रूप से सरकार को 7 फ़ीसदी से भी कम रॉयल्टी (राजस्व) मिलती है। ज़्यादा सम्भावनाएँ ये हैं कि अगर खनन निगम जाना-पहचाना और मान्यता-प्राप्त है तो भले ही खनिज सम्पदा अभी पहाड़ी में ही हो, अग्रिम बिकवाली हो जाती है। इसलिए, जहाँ आदिवासियों के लिए अब भी पहाड़ उनका जीता-जागता देवता है, जीवन और आस्था का स्रोत, क्षेत्र के परिवेश और पर्यावरण के स्वास्थ्य का प्रमुख स्तम्भ, निगमों के लिए वह एक सस्ता सुविधापूर्ण गोदाम है। गोदाम के सामान तक पहुँच तो होनी ही चाहिए। निगमों के नज़रिये से, बॉक्साइट को पहाड़ी से बाहर निकालना ही होगा। अगर यह शान्तिपूर्ण ढंग से नहीं होगा तो हिंसा का सहारा लेना पड़ेगा। खुले बाज़ार के ऐसे ही दबाव और अनिवार्यताएँ हैं।

यह तो सिर्फ़ उड़ीसा के बॉक्साइट की कहानी है। इस चार खरब डॉलर की क़ीमत को छत्तीसगढ़ और झारखण्ड के लाखों टन बेहतरीन कच्चे लोहे के अलावा यूरेनियम, डोलोमाइट, कोयला, टिन, ग्रेनाइट, संगमरमर, ताँबा, हीरा, सोना, क्वार्टज़ाइट, कॉरण्डम, वैदूर्य और हरितमणि, सिलिका, फ़्लुओराइट और याक़ूत जैसे 28 दूसरे खनिजों के साथ जोड़ कर देखिए।

अब इसमें बिजली-घर, बड़े बाँध, राज मार्ग, इस्पात और सीमेंट के कारख़ाने और ऐल्यूमिनियम गलन-भट्ठियाँ आदि संरचनात्मक परियोजनाओं को शामिल कर लीजिए जो उन सैकड़ों क़रारनामों में शामिल हैं (अकेले झारखण्ड में 90 हैं) जिन पर हस्ताक्षर किये गये हैं, तब कुल मिला कर इस सारे व्यापार की विराटता की एक मोटी रूप-रेखा और पूँजीनिवेशकों की हड़बड़ी और हताशा की वजह उभर कर सामने आने लगती है।

हर वर्ष स्वतंत्रता दिवस और गणतंत्र दिवस पर कचाईपाड़ गांव के लोग, दिसंबर 2000 में मैकांच में हिंडाल्को का विरोध करते हुए मारे गए तीन आदिवासियों की याद में काला झंडा फहराते हैं।

वह जंगल जो दण्डकारण्य के नाम से जाना जाता था और जो पश्चिम बंगाल, झारखण्ड, उड़ीसा, छत्तीसगढ़ से ले कर आन्ध्र प्रदेश के कुछ हिस्सों को समेटता हुआ महाराष्ट्र तक फैला है, लाखों आदिवासियों का घर है। मीडिया ने इसे 'लाल गलियारा' या 'माओवादी गलियारा' कहना शुरू कर दिया है। लेकिन इसे उतने ही सटीक ढंग से 'अनुबन्ध गलियारा' कहा जा सकता है। इससे रत्ती भर फ़र्क़ नहीं पड़ता कि संविधान की पाँचवीं सूची में आदिवासी लोगों के संरक्षण का प्रावधान है और उनकी भूमि के अधिग्रहण पर पाबन्दी लगायी गयी है। लगता यही है कि वह धारा वहाँ महज़ संविधान की शोभा बढ़ाने के लिए रखी गयी हैथोड़ा-सा मिस्सी-ग़ाज़ा, लिपस्टिक-काजल। अनगिनत निगम, छोटे अनजाने व्यापारी ही नहीं, दुनिया के दैत्याकार-से-दैत्याकार इस्पात और खनन निगममित्तल, जिन्दल, टाटा, एस्सार, पॉस्को, रिओ टिंटो, बीएचपी बिलिटन और हाँ, वेदान्त भीआदिवासियों के घर-बार को हड़पने की फ़िराक़ में हैं।

हर पहाड़ी, हर नदी और हर जंगल के लिए समझौता हो गया है। हम अकल्पनीय स्तर पर व्यापक सामाजिक और पर्यावरणीय कायाकल्प

की बात कर रहे हैं। और इसमें से ज़्यादातर गुप्त है। मुझे क़तई नहीं लगता कि दुनिया के सबसे पुराने और दिव्य जंगल, परिवेश और आदिम समुदाय को नष्ट करने के लिए जो परियोजनाएँ शुरू हुई हैं, उनकी चर्चा भी कोपेनहेगेन में होने वाले 'जलवायु परिवर्तन सम्मेलन' में होगी। माओवादी हिंसा की भयावह कहानियाँ खोजने वाले (और न मिलने पर उन्हें गढ़ लेने वाले) ख़बरिया चैनल लगता है क़िस्से के इस पक्ष में बिलकुल दिलचस्पी नहीं रखते। मुझे अचरज है, ऐसा क्यों?

शायद इसलिए कि विकास वाली लॉबी, जिसके वे इस हद तक गुलाम हैं, कहती है कि खनन उद्योग सकल घरेलू उत्पाद की दर में नाटकीय वृद्धि कर देगा और जिन लोगों को विस्थापित करेगा, उन्हें रोज़गार देगा। इसमें कहीं भी पर्यावरण को होने वाले प्रलयकारी नुक़सान को खाते में नहीं लिया गया है। लेकिन अपनी सीमित शर्तों पर भी यह सफ़ेद झूठ है। अधिकतर पैसा तो खनन निगमों के बैंक खातों में चला जाता है। दस फ़ीसदी से भी कम पैसा सरकारी कोष में जमा होता है। विस्थापितों की बहुत छोटी-सी संख्या को नौकरियाँ मिलती हैं, और जिन्हें मिलती भी हैं उनसे गुलामों जैसी मजूरी पर कमर-तोड़ अपमानजनक काम करवाया जाता है। लालच के इस उन्माद के आगे सिजदा करके हम दरअसल अपने पर्यावरण की क़ीमत पर दूसरे देशों की अर्थ-व्यवस्था को समृद्ध कर रहे हैं।

जब इतने बड़े पैमाने पर पूँजीनिवेश हुआ है, तब इसमें शामिल पत्तीदारों की शिनाख़्त अक्सर ठीक से नहीं हो पाती। एक ओर निजी जेट विमानों में चलने वाले प्रमुख कार्याधिकारी हैं और दूसरी तरफ़ 'जनमिलिशियाओं' के अभागे आदिवासी विशेष पुलिस अधिकारी (एसपीओ), जो कुछ हज़ार रुपये मासिक वेतन पर अपने लोगों से लड़ते हुए उनकी हत्या और बलात्कार में जुटे हैं और गाँव-के-गाँव जलाकर ख़ाली करा रहे हैं, ताकि खनन शुरू हो सके। इन दो विपरीत ध्रुवों के बीच प्रथम, द्वितीय और तृतीय पत्तीदारों का पूरा-का-पूरा ब्रह्माण्ड है। इन्हें अपने हितों को घोषित करने की ज़रूरत नहीं है, लेकिन वे अपने रुतबे और पद का इस्तेमाल अपने हित साधने के लिए करते हैं। हम कभी यह तथ्य कैसे जान पायेंगे कि इस लूट में किस राजनैतिक दल, किस मंत्री, किस सांसद, किस राजनेता, किस जज, किस एनजीओ, किस विशेषज्ञ, किस पुलिस अधिकारी का प्रत्यक्ष या अप्रत्यक्ष हिस्सा है? हमें कैसे पता चलेगा कि माओवादी 'अत्याचारों' की ख़बर छापने वाले कौन-कौन-से अख़बार, और 'मोर्चे से सीधे सूचना देने वाले,' या ज़्यादा सही होगा कहना कि 'मोर्चे से सीधे न सूचना देने' का ख़याल रखने

वाले, या और भी सही होगा यह कहना कि 'मोर्चे से सफ़ेद झूठ बोलने वाले' किस-किस ख़बरिया चैनल की कितनी हिस्सेदारी है?

स्विस बैंकों में जमा भारतीय लोगों के अरबों-खरबों (भारत के सकल घरेलू उत्पाद के कई गुना) डॉलरों का स्रोत क्या है? लोकसभा चुनाव पर ख़र्च हुए दो बिलियन अरब डॉलर कहाँ से आये? वे लाखों-करोड़ों रुपये जो राजनैतिक दल और नेता चुनाव से पहले 'कवरेज पैकेज' के रूप में ऊँचे क़िस्म के (हाई एण्ड), कम क़िस्म के (लो एण्ड) और 'सीधे' प्रसारण के लिए मीडिया को देते हैं, जिनके बारे में पी. साईनाथ ने हाल में लिखा था, आख़िर कहाँ से आते हैं?[14] (अगली बार जब आप किसी टीवी ऐंकर को किसी स्तम्भित अतिथि को डपटते हुए चिल्ला कर यह पूछते सुनें कि 'आख़िर माओवादी चुनाव में हिस्सा क्यों नहीं लेते, आख़िर वे मुख्यधारा में शामिल क्यों नहीं होते?' तो चैनल को यह एस.एम.एस. ज़रूर करिएगा'क्योंकि आपकी दरें उनकी बिसात से बाहर हैं।')

हम इस तथ्य का क्या मतलब निकालें कि ऑपरेशन ग्रीनहण्ट के प्रमुख कार्याधिकारी और हमारे गृह मंत्री पी. चिदम्बरम कॉरपोरेट वकील के रूप में अनेक खनिज निगमों के हितों के प्रतिनिधि रहे हैं? हम इस तथ्य का क्या मतलब निकालें कि जिस दिन 2004 में उन्होंने मंत्रिमण्डल में वित्त मंत्री के रूप में शपथ ली, उसी दिन उन्होंने वेदान्त के ग़ैर-कार्यकारी निदेशक पद से इस्तीफ़ा दिया था? इसका क्या अर्थ हुआ कि वित्त मंत्री के रूप में उन्होंने सीधे विदेशी पूँजीनिवेश की पहली मंज़ूरी मॉरिशस की कम्पनी 'ट्विनस्टार होल्डिंग' को दी ताकि वह 'स्टरलाइट' में शेयर ख़रीद सके, जो वेदान्त समूह की ही कम्पनी है।[15]

हम इस तथ्य का क्या मतलब निकालें कि जब उड़ीसा के कुछ लोगों ने वेदान्त के ख़िलाफ़ सुप्रीम कोर्ट में यह कहते हुए मुक़दमा दायर किया कि नॉर्वीजियन पेंशन फ़ण्ड ने पर्यावरण को नुक़सान पहुँचाने और मानव अधिकार का उल्लंघन करने के चलते अपने को इस परियोजना से अलग कर लिया है, तो न्यायमूर्ति कपाड़िया ने सुझाव दिया कि वेदान्त की जगह स्टरलाइट को दे देनी चाहिए (जो वेदान्त समूह की ही कम्पनी है)? बाद में न्यायमूर्ति कपाड़िया ने भरी अदालत में ख़ुशी-ख़ुशी बताया कि उनके पास भी स्टरलाइट के शेयर हैं। उन्होंने स्टरलाइट को खनन शुरू करने के लिए जंगल साफ़ करने की मंज़ूरी दे दी, जबकि सुप्रीम कोर्ट की अपनी विशेष समिति ने इसे मंज़ूरी न देने की सिफ़ारिश की थी और कहा था कि इससे जंगल, पर्यावरण और वहाँ रहने वाले हज़ारों आदिवासियों

गाँव की एक सभा, कुचईपढार, 2005

ऐतिहासिक रूप से खनन कम्पनियों ने तक़रीबन हमेशा स्थानीय लोगों के ख़िलाफ़ लड़ाई में जीत हासिल की है। जब लोग कहते हैं, 'जान देंगे पर ज़मीन नहीं देंगे,' तो इस नारे से उनके कानों पर जूँ भी नहीं रेंगती।

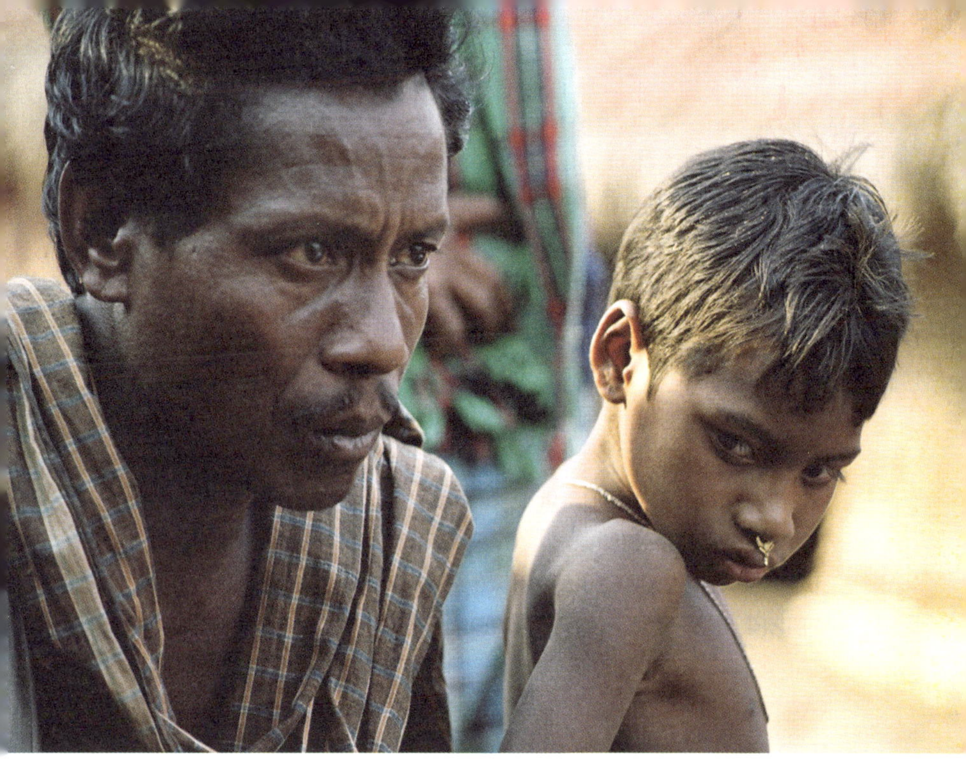

कुचईपढार, 2005

चित्र-9 : जब लोगों के साथ जानवरों जैसा सुलूक़ किया जा रहा हो, तो उनके पास लड़ने के अलावा और कौन-सा 'बेहतर' काम हो सकता है? ऐसा नहीं कि कोई उनके सामने कोई विकल्प रख रहा हो चुनने के लिए।

की ज़िन्दगी ख़त्म हो जायेगी? न्यायमूर्ति कपाड़िया ने यह मंज़ूरी सुप्रीम कोर्ट की अपनी विशेष समिति की सिफ़ारिशों की चर्चा किये बिना या उनका खण्डन किये बिना ही दी।[16]

हम इस तथ्य का क्या मतलब निकालें कि दन्तेवाड़ा में ज़मीन ख़ाली कराने वाली सलवा जुडुम की, जिसे 'स्वतःस्फूर्त' जन-सेना कहा जाता है, औपचारिक शुरुआत 2005 में टाटा से सहमति-पत्र पर हस्ताक्षर होने के कुछ ही दिन बाद हुई थी? और काँकेर में जंगल युद्ध प्रशिक्षण स्कूल की स्थापना भी उसी समय के आस-पास हुई थी?[17]

हम इस तथ्य का क्या मतलब निकालें कि 12 अक्तूबर, 2009 को दन्तेवाड़ा के लोहण्डीगुडा नामक स्थान में लगने वाले टाटा इस्पात के 10 हज़ार करोड़ रुपये के कारख़ाने के सन्दर्भ में अनिवार्य जन-सुनवाई ज़िलाधिकारी कार्यालय के भीतर एक छोटे-से सभागार में की गयी, जिसके चारों तरफ़ सुरक्षा बलों का घेरा था और किराये के 50 आदिवासियों को बस्तर के दो गाँवों से सरकारी जीपों में लाद कर वहाँ ला बैठाया गया था? (जनसुनवाई को सफल घोषित किया गया और ज़िलाधीश ने बस्तर के लोगों को सहयोग देने के लिए धन्यवाद भी दिया।)

हम इस तथ्य का क्या मतलब निकालें कि ठीक जिस समय से प्रधानमंत्री माओवादियों को 'आन्तरिक सुरक्षा के लिए सबसे बड़ा ख़तरा' बताना शुरू किया (जो इस बात का संकेत था कि सरकार नक्सलियों के पीछे पड़ने वाली है), उसी समय बहुत-सी खनिज कम्पनियों के शेयरों के भाव आकाश छूने लगे?

खनिज कम्पनियों को इस 'जंग' की बुरी तरह ज़रूरत है। यह पुराना तरीक़ा है। उन्हें लगता है कि हिंसा से उन लोगों को वहाँ से भागना पड़ेगा जो अभी तक उन्हें वहाँ से भगाने की कोशिशों का प्रतिरोध करने में सफल रहे हैं। देखने वाली बात यह है कि वैसा ही होगा जैसा खनिज कम्पनियाँ चाहती हैं या फिर इससे माओवादियों की संख्या में बढ़ोत्तरी होगी।

इस दलील के ठीक उलट, पश्चिम बंगाल के पूर्व वित्त मंत्री डॉ अशोक मित्रा ने अपने एक लेख 'द फ़ैण्टम एनिमी' में यह दलील रखी है कि माओवादी जिस तरह 'भयानक और अन्धाधुन्ध हत्याएँ' कर रहे हैं वह छापामार युद्ध की किताबों से सीखा गया पुराना तरीक़ा है। डॉ मित्रा का ख़याल है कि माओवादियों ने प्रशिक्षण देकर एक पूरी छापामार सेना तैयार कर ली है जो अब भारतीय राज्य

को चुनौती देने के लिए तैयार है और माओवादियों द्वारा मचायी जा रही 'तबाही' दरअसल उनकी अपनी समझी-बूझी रणनीति है जिससे कि बौखलाये हुए, क्रुद्ध भारतीय राज्य का क़हर उन पर नाज़िल होगा और वह ऐसी क्रूर बर्बर कार्रवाई करेगा जिससे आदिवासी भड़क उठेंगे। डॉ. अशोक मित्रा का कहना है कि आदिवासियों के इसी रोष को माओवादी व्यापक जनविद्रोह में बदलने की अपेक्षा रखते हैं।[18]

इसी 'दुस्साहसवाद' का आरोप तमाम वामपन्थी धाराएँ माओवादियों पर हमेशा लगाती रही हैं। इससे तो यही मतलब निकलता है कि माओवादी सिद्धान्तकार उस क्रान्ति को लाने के लिए जो उन्हें सत्ता में ले आयेगी, उन्हीं लोगों का विनाश करने से गुरेज़ नहीं करेंगे जिनकी नुमाइन्दगी का वे दावा करते हैं। अशोक मित्रा पुराने कम्युनिस्ट हैं जिन्होंने पश्चिम बंगाल में छठे और सातवें दशक में नक्सली उभार को सामने की सीटों पर बैठ कर देखा है। उनके विचारों को यूँ ही ख़ारिज नहीं किया जा सकता। लेकिन यह याद रखना ज़रूरी है कि आदिवासियों के साहसिक प्रतिरोध का इतिहास बहुत लम्बा रहा है, जो माओवादियों की उत्पत्ति से भी काफ़ी पुराना है। इसलिए उन्हें बेदिमाग़ कठपुतलियों के रूप में देखना जिन्हें मुट्ठी भर मध्यवर्गीय सिद्धान्तकार बरग़ला सकें, उनके साथ अन्याय करना होगा।

ऐसा लगता है कि डॉ मित्रा लालगढ़ की स्थिति के बारे में बात कर रहे हैं जहाँ अब तक खनिज सम्पदा की कोई बात सामने नहीं आयी है। (लेकिन हम भूल न जायें कि लालगढ़ में मौजूदा संकट तब शुरू हुआ जब मुख्यमंत्री वहाँ जिन्दल इस्पात के एक कारख़ाने का उद्‌घाटन करने गये थे। जहाँ स्टील कारख़ाना हो, वहाँ से कच्चा लोहा क्या दूर होगा?) वहाँ जनता का गुस्सा दरअसल अपनी भयावह ग़रीबी और दशकों से किये जा रहे पुलिसिया ज़ुल्म, और 30 साल से भी ज़्यादा से लगातार शासन करने वाली मार्क्सवादी कम्युनिस्ट पार्टी (माकपा) के सशस्त्र मिलिशिया 'हरमाद' के हाथों हो रहे उत्पीड़न और दमन के ख़िलाफ़ है।

अगर हम बहस की ख़ातिर यह न भी पूछें कि दसियों हज़ारों पुलिस और अर्द्धसैनिक बल लालगढ़ में आख़िर कर क्या रहे हैं, और हम माओवादी 'दुस्साहसवाद' के सिद्धान्त को स्वीकार भी कर लें तब भी यह तस्वीर का काफ़ी छोटा हिस्सा होगा।

असली संकट यह है कि भारत के चमत्कारिक 'विकास' का हिरावल रथ दलदल में जा फँसा है। उसके लिए भारी सामाजिक और पर्यावरणीय क़ीमत चुकानी पड़ी थी। और अब जब नदियाँ सूखने लगी हैं और जंगल ख़त्म होने लगे हैं और जल स्तर लगातार नीचे जा रहा है और लोग यह जानने लगे हैं कि उनके साथ क्या हुआ है, तो करनी के फल अब दिखने लगे हैं। पूरे देश में असन्तोष है, अपनी ज़मीन और संसाधन देने से मना करने वाले लोग वादों पर विश्वास करना बन्द करके विरोध में सड़कों पर उतर आये हैं। अचानक महसूस होने लगा है कि 10 फ़ीसदी की विकास दर और लोकतंत्र का परस्पर सामंजस्य सम्भव नहीं है।

सिंघबहाली की तुला देई पाराभोई बरसों तक अपनी जगह छोड़ने से इनकार करती रहीं। उसका घर लांजीगढ़ में वेदांत की रिफाइनरी की चारदीवारी से लगा हुआ था। अकेली खड़ी वह औरत अब वहाँ से जा चुकी है!

बॉक्साइट को चपटे शिखर वाली पहाड़ियों से बाहर निकालने, लोहे को जंगल की धरती के नीचे से बाहर निकालने के लिए, भारत की 85 फ़ीसदी जनता को उसकी ज़मीन से बाहर निकाल कर शहर में लाने के लिए (जैसा कि श्री चिदम्बरम कहते हैं कि वे देखना चाहेंगे) भारत को लामुहाला पुलिसिया राज बनाना होगा। सरकार का सैन्यीकरण करना पड़ेगा। सैन्यीकरण को सही ठहराने के लिए शत्रु की ज़रूरत होती है। माओवादी वही शत्रु हैं। कट्टरपन्थी निगमों के लिए माओवादी वही हैं जो हिन्दू कट्टरपन्थियों के लिए मुसलमान हैं। (क्या कट्टरपन्थियों की एक ही बिरादरी होती है? क्या इसीलिए आर.एस.एस. ने मुक्त कण्ठ से चिदम्बरम की प्रशंसा की है?)

यह सोचना बहुत बड़ी भूल होगी कि अर्द्धसैनिक बल, राजनंदगाँव हवाई पट्टी, बिलासपुर बिग्रेड के मुख्यालय, 'ग़ैर क़ानूनी कार्रवाई अधिनियम,' 'छत्तीसगढ़ विशेष जन-सुरक्षा क़ानून' और ऑपरेशन ग्रीनहण्ट जैसी गतिविधियाँ सिर्फ़ कुछ हज़ार माओवादियों को जंगलों से

बाहर खदेड़ने के लिए की जा रही हैं। चाहे चिदम्बरम साहब इस ऑपरेशन को हरी झण्डी दिखायें या नहीं, ऑपरेशन ग्रीनहण्ट की तमाम बातों में मुझे आने वाले आपातकाल के ऐलान की बू आ रही है। (आपके लिए गणित का एक छोटा-सा सवाल : कश्मीर की एक छोटी-सी घाटी को नियंत्रित करने के लिए अगर छह लाख सैनिकों की ज़रूरत पड़ती है तो करोड़ों लोगों में उभर रहे आक्रोश को नियंत्रित करने के लिए कितने सैनिकों की ज़रूरत होगी?)

हाल ही गिरफ़्तार माओवादी नेता कोबाद गाँधी का नार्को परीक्षण कराने की बजाय उनसे बातचीत करने का विचार ज़्यादा कारगर हो सकता है।

इस बीच क्या कोई, जो कोपेनहेगेन में होने वाले जलवायु परिवर्तन सम्मेलन में हिस्सा लेने जा रहा है, एकमात्र पूछने लायक़ सवाल पूछेगा : क्या हम मेहरबानी करके बॉक्साइट को पहाड़ियों में ही रहने दे सकते हैं?

अक्तूबर, 2009

भूमकाल : कॉमरेडों के साथ

मेरे दरवाज़े के नीचे सीलबन्द लिफ़ाफ़े में उस संक्षिप्त-से टंकित पुर्ज़े ने 'हिन्दुस्तान की आन्तरिक सुरक्षा के लिए अकेले सबसे बड़े ख़तरे' के साथ मेरी मुलाक़ात की पुष्टि कर दी। मैं महीनों से उनके सन्देश का इन्तज़ार कर रही थी।

मुझे दो तयशुदा दिनों पर, पहले से निश्चित चार समयों पर दन्तेवाड़ा, छत्तीसगढ़ में माँ दन्तेश्वरी के मन्दिर पर मौजूद रहना था। यह बन्दोबस्त बुरे मौसम, पंचरों, चक्का-जामों, परिवहन हड़तालों और निपट दुर्भाग्य की गुंजाइश रखने के लिए किया गया था। पुर्ज़े में टंकित था : 'लेखक के पास कैमरा, टीका और नारियल होना चाहिए। मुलाक़ाती के पास टोपी, हिन्दी 'आउटलुक' पत्रिका और केले होंगे। संकेत शब्द : नमस्कार गुरु जी।'

नमस्कार गुरु जी। मैंने हैरत से सोचा कि क्या मुलाक़ाती और स्वागतकर्ता किसी पुरुष की उम्मीद रखते होंगे। और क्या मुझे अपने लिए एक मूँछ का जुगाड़ कर लेना चाहिए।

■

दन्तेवाड़ा का वर्णन करने के कई तरीक़े हैं। वह विरोधाभास नामक अलंकार है। वह भारत के ठीक बीचों-बीच एक सीमावर्ती क़स्बा है। वह एक युद्ध का ऊपरी केन्द्र है। वह एक सिर के बल, अन्दर का बाहर क़स्बा है।

दन्तेवाड़ा में पुलिस सादी वर्दी पहनती है और विद्रोही वर्दियाँ पहनते हैं। कारागार अधीक्षक कारागार में है। क़ैदी आज़ाद हैं (तीन सौ क़ैदी क़स्बे की पुरानी जेल से दो साल पहले भाग निकले थे।) औरतें, जिनके साथ बलात्कार हुआ, पुलिस हिरासत में हैं। बलात्कारी बाज़ार में भाषण देते हैं।

इन्द्रावती नदी के पार, माओवादियों द्वारा नियंत्रित इलाक़े में, वह जगह है, जिसे पुलिस 'पाकिस्तान' कहती है। वहाँ गाँवों में सन्नाटा है, लेकिन जंगलों में लोगों की भीड़। जिन बच्चों को स्कूल में होना चाहिए था, बेलगाम दौड़ते-फिरते हैं। वन प्रान्तर के सुन्दर गाँवों में कंक्रीट-निर्मित स्कूली इमारतें या तो उड़ा दी गयी हैं और मलबे का ढेर हैं या फिर पुलिस के सिपाहियों से भरी हैं। जंगल में जो सिर-धड़ की लड़ाई शुरू हो रही है, वह ऐसी जंग है जिसे लेकर भारत सरकार गर्व और शर्म, दोनों महसूस करती है। ऑपरेशन ग्रीनहण्ट का ऐलान भी किया गया है और इससे इनकार भी। भारत के गृहमंत्री (और युद्ध के प्रमुख कार्याधिकारी) पी. चिदम्बरम का कहना है कि उसका कोई वजूद नहीं है, वह मीडियाजनित है। तिस पर भी भारी राशि उसे आबण्टित की गयी है और उस जंग के लिए दसियों हज़ार फ़ौजी तैनात किये जा रहे हैं। हालाँकि युद्ध-क्षेत्र मध्य भारत के जंगल हैं, इस युद्ध के हम सबके लिए गम्भीर परिणाम होंगे।

अगर प्रेत किसी व्यक्ति के पीछे रह गयी मँडराती आत्माएँ होते हैं या किसी ऐसी चीज़ की जिसका अब कोई अस्तित्व नहीं रह गया है, तो शायद जंगल को चीरता-फोड़ता बढ़ा जाता, चार पथों वाला नया राजमार्ग प्रेत का विलोम है। शायद वह उस सबका हरकारा है, सँदेसिया है, जो आने वाला है।

जंगल में एक-दूसरे के प्रतिद्वन्द्वी लगभग हर लिहाज़ से परस्पर भिन्न और असमान हैं। एक तरफ़ है उभरती हुई महाशक्ति के पैसे, असलहों, समाचार-तंत्र और अहम्मन्यता से लैस भारी अर्द्ध-सैनिक बल। दूसरी ओर परम्परागत हथियारों

से लैस गाँव के आम निवासी, और उनके पीछे हथियारबन्द विद्रोह के असाधारण और हिंसक इतिहास वाला अत्यन्त सुसंगठित, दुर्दान्त प्रेरणा से भरा हुआ, माओवादी छापामार लड़ाकू बल। माओवादी और अर्द्ध-सैनिक पुराने प्रतिद्वन्द्वी हैं और कई बार पहले भी एक-दूसरे के पुराने अवतारों से दो-दो हाथ कर चुके हैं 1950 के दशक में तेलंगाना में, 1960 के दशक के अन्त और 1970 के दशक में पश्चिम बंगाल, बिहार, श्रीकाकुलम (आन्ध्र प्रदेश) में और फिर 1980 के दशक से ठीक मौजूदा वक़्त तक। वे एक-दूसरे की रणनीतियों से परिचित हैं और उन्होंने एक-दूसरे की लड़ाई की नियमावलियों का अध्ययन बहुत ध्यान से किया है। हर बार यह लगता था कि माओवादी (या उनके पिछले अवतार) न सिर्फ़ पराजित हुए, बल्कि अक्षरशः भौतिक रूप से उनका सफ़ाया हो गया। हर बार वे पुनर्जीवित हुए हैं, पहले से ज़्यादा संगठित, पहले से ज़्यादा संकल्पबद्ध और पहले से कहीं अधिक प्रभावशाली। आज एक बार फिर बग़ावत छत्तीसगढ़, झारखण्ड, उड़ीसा और पश्चिम बंगाल के खनिज सम्पन्न जंगलों में फैल गयी हैजो हिन्दुस्तान के लाखों आदिवासियों का बसेरा हैं, साथ ही कॉरपोरेट पूँजीवादी जगत के लिए सपनों का देश भी।

उदारवादियों के अन्तःकरण के लिए यह विश्वास करना सुविधाजनक है कि वन-प्रान्तर में चल रहा युद्ध भारत सरकार और माओवादियों के बीच लड़ाई है, जो चुनावों को पाखण्ड, संसद को सुअरबाड़ा कहते हैं और जिन्होंने खुल्लम-खुल्ला भारतीय राज-तंत्र के तख़्ता-पलट के अपने इरादे का ऐलान कर दिया है। यह भूलना भी सुविधाजनक है कि मध्य भारत की जन-जातियों का प्रतिरोध और बग़ावत का इतिहास माओ से सदियों पुराना है। (निश्चय ही यह स्वतः-सिद्ध है। अगर ऐसा न होता तो उनका वजूद भी न रहता।) हो, ओराँव, कोल, सन्थाल, मुण्डा और गोंड, सब-के-सब कई बार विद्रोह कर चुके हैं, अंग्रेज़ों के ख़िलाफ़, ज़मींदारों और साहूकारों के ख़िलाफ़। ये विद्रोह क्रूरता से कुचले गये, हज़ारों मौत के घाट उतारे गये, लेकिन लोगों पर कभी विजय हासिल नहीं हो पायी। आज़ादी के बाद भी आदिवासी लोग ही उस पहले विप्लव के केन्द्र में थे, जिसे माओवादी क़रार दिया जा सकता हैपश्चिम बंगाल के नक्सलबाड़ी गाँव में (जहाँ से यह शब्द 'नक्सलवादी,' जो अब 'माओवादी' के पर्याय के रूप में इस्तेमाल होता है, निकला है।) तब से अब तक नक्सलवादी राजनीति के रेशे जन-जातियों के विद्रोह के साथ इस तरह गुँथे रहे हैं कि उन्हें अलग करना सम्भव नहीं है, जो बात

दण्डकारण्य, मध्य भारत, 2010

इन्द्रावती नदी के पार, माओवादियों द्वारा नियंत्रित इलाक़े में, वह जगह है, जिसे पुलिस 'पाकिस्तान' कहती है। वहाँ गाँवों में सन्नाटा है, लेकिन जंगलों में लोगों की भीड़। जिन बच्चों को स्कूल में होना चाहिए था, बेलगाम दौड़ते-फिरते हैं।

नींद में कॉमरेड

इस जगह में एक सादगी-भरी सुन्दरता है। हर चीज़ साफ़-सुथरी और ज़रूरत के हिसाब से है। कोई ठाँसा-ठूँसी नहीं। एक काली मुर्ग़ी मिट्टी की नीची दीवार पर आगे-पीछे क़वायद कर रही है। बाँस का एक मचान फूस की छत के बत्तों को सहारा देने के साथ-साथ सामान रखने के काम भी आता है। उस पर तिनकों का झाड़ू, दो ढोलकियाँ, सरपत की बुनी हुई टोकरी, एक टूटा हुआ छाता और पिचकाये गये ख़ाली गत्ते के डिब्बों की पूरी थाक है। मेरी आँख किसी चीज़ पर जा अटकती है। मुझे अपने चश्मे की ज़रूरत पड़ती है। गत्ते पर जो छपा है, वह यह है : आइडियल पावर 90 हाई एनर्जी इमल्शन एक्सप्लोसिव (क्लास-2) एस.डी.सी.ए.टी. ज़ेड.ज़ेड.। आदर्श शक्ति युक्त 90 उच्च ऊर्जा तरल विस्फोटक (श्रेणी-2) एस.डी.सी.ए.टी. ज़ेड.ज़ेड.।

जन-जातियों के बारे में उतना ही बताता है, जितना नक्सलवादियों के बारे में।

विद्रोह की इस विरासत का नतीजा एक ऐसा क्रुद्ध समुदाय है, जिसे भारत सरकार द्वारा जान-बूझकर अलग-थलग किया गया और हाशिये पर फेंका गया है। भारतीय संविधान, जो भारतीय लोकतंत्र की आधार-शिला है, संसद द्वारा 1950 में लागू किया गया। यह जन-जातियों और वनवासियों के लिए एक दुख-भरा दिन था। संविधान ने उपनिवेशवादी नीति का अनुमोदन किया और राज्य को जन-जातियों की आवास-भूमि का संरक्षक बना दिया। रातों-रात उसने पूरी जन-जातीय आबादी को अपनी ही भूमि का अतिक्रमण करने वालों में तब्दील कर दिया। उसने उन्हें वनों से प्राप्त होने वाली उपज के पारम्परिक अधिकार से वंचित कर दिया और एक पूरी जीवन-शैली का अपराधीकरण कर दिया। मतदान के अधिकार के बदले में संविधान ने उनसे आजीविका और सम्मान के अधिकार छीन लिये।

उन्हें बेदख़ल करके दैन्य और दरिद्रता के भँवर में धकेलने के बाद सरकार एक क्रूरता-भरी हाथ की सफ़ाई से उनकी अपनी गुरबत को उनके ख़िलाफ़ इस्तेमाल करने लगी। हर बार जब उसे भारी आबादी को विस्थापित करने की ज़रूरत होतीबाँधों के लिए, सिंचाई परियोजनाओं और खदानों के लिएवह 'जन-जातियों को मुख्यधारा में लाने' या उन्हें 'आधुनिक विकास के फल प्रदान करने' की बात करती। देश के अन्दर ही विस्थापित लाखों-करोड़ों (सिर्फ़ बड़े बाँधों द्वारा ही तीस लाख से ज़्यादा) लोगों में, भारत की 'प्रगति' के इन शरणार्थियों में, अधिकतर आदिवासी और जन-जातीय समुदाय हैं। जब-जब सरकार जन-जातियों के कल्याण की बात करना शुरू करती है, चिन्ता करने का समय आ जाता है।

चिन्ता और सरोकार की ताज़ातरीन अभिव्यक्ति गृहमंत्री पी. चिदम्बरम की ओर से आयी है, जिनका कहना है कि वे नहीं चाहते जन-जातियों के लोग 'अजायबघर वाली संस्कृतियों' में रहें। जन-जातियों के कल्याण की चिन्ता उनके लिए तब इतनी प्राथमिक नहीं थी, जब वे बड़े व्यापारिक निगमों के वकील थे और अनेक खनन कम्पनियों के हितों का प्रतिनिधित्व कर रहे थे। इसलिए उनकी इस नयी उद्विग्नता के आधार को परखना उचित होगा।

पिछले पाँचेक वर्षों के दौरान छत्तीसगढ़, झारखण्ड, उड़ीसा और पश्चिम बंगाल की सरकारों ने इस्पात कारख़ानों, कच्चे लोहे के कारख़ानों, बिजली-घरों,

ऐल्यूमिनियम संशोधन संयंत्रों, बाँधों और खदानों के लिए कॉरपोरेट घरानों से सैकड़ों क़रारनामे किये हैं, सब-के-सब गुप-चुप। ये क़रारनामे रुपये-आने-पाई में तब्दील हो सकें, इसलिए जन-जातियों का हटाया जाना ज़रूरी है।

लिहाज़ा, यह जंग।

जब कोई देश जो अपने को लोकतंत्र कहता है खुल्लम-खुल्लम अपनी सीमाओं के अन्दर युद्ध घोषित कर देता है तो यह लड़ाई कैसी नज़र आती है? क्या प्रतिरोध के सफल होने की कोई सम्भावना है? क्या उसे सफल होना चाहिए? कौन हैं माओवादी? क्या वे महज़ ख़ून-ख़राबे में यक़ीन करने वाले अनास्थावादी हैं, जो आदिवासियों को कोंच-कोंच कर निराशाजनक विप्लव की ओर धकेलते हुए, उन पर एक पुरानी पड़ चुकी विचारधारा को थोप रहे हैं? क्या हथियारबन्द संघर्ष बुनियादी तौर पर अलोकतांत्रिक है? क्या 'चक्की के पाट का सिद्धान्त' कि 'आम' आदिवासी राज्य और माओवादियों के बीच गोलीबारी में फँसे हुए हैंसही और सटीक है? क्या 'माओवादी' और 'आदिवासी' दो बिलकुल अलग-अलग कोटियाँ हैं जैसा कि बताया जा रहा है? क्या उनके हित परस्पर मिलते हैं? क्या उन्होंने एक-दूसरे से कुछ सीखा है? क्या उन्होंने एक-दूसरे को बदला है?

■

मेरे रवाना होने से एक दिन पहले मेरी माँ का फ़ोन आया, वे निंदासी जान पड़ती थीं। 'मैं सोचती रही हूँ,' उन्होंने माँओं के सहज अन्तर्ज्ञान से कहा, 'इस देश को जिस चीज़ की ज़रूरत है वह क्रान्ति है।'

इण्टरनेट पर एक लेख में कहा गया है कि इस्रायली संस्था मोसाद तीस उच्चस्तरीय भारतीय पुलिस अफ़सरों को चिह्नित हत्याओं की तकनीक में प्रशिक्षित कर रही है ताकि माओवादी संगठन को 'सिर विहीन' किया जा सके।[1] अख़बारों में उस नये असलहे का ज़िक्र है, जो इस्राइल से ख़रीदा गया हैलेज़र दूरी मापक, ताप नियंत्रित छवि-निर्माता उपकरण और बिना चालक के वाहन, जो अमरीकी फ़ौज में बहुत लोकप्रिय हैं। ग़रीबों के ख़िलाफ़ इस्तेमाल करने के लिए बिलकुल मुफ़ीद हथियार।

■

रायपुर से दन्तेवाड़ा तक कार का सफ़र लगभग दस घण्टे लेता हैऐसे इलाक़ों से जो 'माओवादियों से संक्रमणग्रस्त' जाने जाते हैं। ये असावधानी से इस्तेमाल

'बार्डर' के एक गाँव में झोंपड़ी।
दीवारों पर जो लिखा है वह गरीबी रेखा से नीचे रहनेवाले हर घर में लिखा जाना अनिवार्य है।

ग्रामीण दस्ता

युद्ध उनकी प्राथमिक चिन्ता नहीं जान पड़ता। उन्होंने गाँव के कुछ घरों के गिर्द बाड़ बनाने में मदद करते हुए, ताकि बकरियों को खेतों में जाने से रोका जा सके, अभी-अभी दिन भर का काम ख़त्म किया है। उनका काम है चार या पाँच गाँवों के समूह की गश्त लगाना और उनकी हिफ़ाज़त करना और खेतों में मदद करना, कुएँ साफ़ करना या घरों की मरम्मत करना—ज़रूरत के सारे कामों में हाथ बँटाना।

किये गये शब्द नहीं है। 'संक्रमण/संक्रमित' का अभिप्राय 'बीमारी/कीटाणु' से है। बीमारियों का इलाज किया जाना चाहिए। कीटाणुओं का सफ़ाया होना चाहिए। माओवादियों को साफ़ कर दिया जाना चाहिए। इन निरीह, रेंगते हुए तरीक़ों से जनसंहार की भाषा हमारे शब्द-भण्डार में दाख़िल हुई है।

राजमार्ग की रक्षा के लिए सुरक्षा-बलों ने दोनों तरफ़ वन की एक सँकरी पट्टी 'सुरक्षित' कर दी है। उसके और अन्दर चल कर, 'दादा लोग' का राज है। भाइयों का। साथियों का। कॉमरेडों का।

रायपुर के बाहरी छोर पर वेदान्त (वह कम्पनी जिसके साथ हमारे गृहमंत्री कभी काम किया करते थे) कैंसर हस्पताल का विज्ञापन करने वाला एक विशाल बोर्ड लगा है। उड़ीसा में, जहाँ वेदान्त बॉक्साइट का खनन कर रही है, वह एक विश्वविद्यालय को वित्तीय सहायता दे रही है। इन सहज, अदृश्य तरीक़ों से खनन निगम हमारे कल्पनालोक में प्रवेश करते हैं : दीनबन्धु दानव जो सचमुच दयावान हैं। इसे कॉरपोरेट सामाजिक उत्तरदायित्व कहते हैं। इससे खनन कम्पनियों को विख्यात अभिनेता और पूर्व मुख्यमंत्री एन. टी. रामाराव सरीखा बनने की छूट मिल जाती है, जो तेलुगु की पौराणिक फ़िल्मों में सभी भूमिकाएँ अदा करते थेनायक भी, खलनायक भीएक साथ, उसी फ़िल्म में। कॉरपोरेट सामाजिक उत्तरदायित्व उस बेहूदा और अन्यायपूर्ण अर्थ-शास्त्र पर पर्दा डालने का काम करता है, जो भारत में खनन उद्योग का आधार है। मिसाल के लिए, कर्नाटक के सम्बन्ध में लोक आयुक्त की एक हाल की रिपोर्ट के अनुसार निजी कम्पनी द्वारा निकाले गये कच्चे लोहे के हर टन पर सरकार को 27 रुपये राजस्व मिलता है और खदान कम्पनी 5000 रुपये कमाती है।[2] बॉक्साइट और ऐल्यूमिनियम उद्योगों में आँकड़े और भी ख़राब हैं। हम अरबों डॉलर के दिन-दहाड़े डाके की बात कर रहे हैं, जो चुनावों, सरकारों, न्यायाधीशों, अख़बारों, टीवी चैनलों, ग़ैर-सरकारी संस्थाओं और राहत एजेंसियों को ख़रीदने के लिए काफ़ी हैं। तब एकाध कैंसर हस्पताल यहाँ या वहाँ कोई मानी रखता है भला?

मुझे छत्तीसगढ़ सरकार द्वारा किये गये क़रारनामों की लम्बी फ़ेहरिस्त में वेदान्त का नाम देखने की याद नहीं है। लेकिन मुझमें इतना शक करने लायक़ पेचीदगी ज़रूर है कि अगर कैंसर हस्पताल है तो कहीं-न-कहीं चपटे शिखर वाला बॉक्साइट का पर्वत भी अवश्य होगा।

हम काँकेर से होकर गुज़रते हैं जो इस युद्ध के रम्पल स्टीलस्किन 'Rumple Stiltskin' हैं। ब्रिगेडियर बी.के. पँवार के 'जंगल युद्ध प्रशिक्षण विद्यालय' के लिए

प्रसिद्ध है और जिन्हें भ्रष्ट, ढिल्लम-ढील पुलिसवालों (घास-फूस) को जंगल के लड़ाकों (सोने) में बदल देने का ज़िम्मा सौंपा गया है। 'युद्ध प्रशिक्षण विद्यालय' का आदर्श-वाक्य'छापामार से छापामार की तरह लड़ो' चट्टानों पर लिखा हुआ है। यहाँ सिपाहियों को दौड़ना, सरकना, हवा में उड़ रहे हेलीकॉप्टरों पर कूद कर चढ़ना-उतरना, घुड़सवारी (किसी कारण से), साँप खाना और जंगल की उपज पर जीना सिखाया जाता है।[3] ब्रिगेडियर को गर्व है कि वे सड़क के कुत्तों को 'आतंकवादियों' से लड़ने के लिए प्रशिक्षित कर रहे हैं। हर छह हफ़्तों पर पुलिस के आठ सौ सिपाही 'युद्ध प्रशिक्षण विद्यालय' से उत्तीर्ण होकर निकलते हैं। भारत भर में ऐसे बीस विद्यालयों की योजना है। पुलिस को धीरे-धीरे फ़ौज में तब्दील किया जा रहा है। (कश्मीर में इसका उलट है। फ़ौज को एक मुटाये हुए प्रशासनिक, पुलिस बल में परिवर्तन किया जा रहा है।) सिर के बल। अन्दर का बाहर। किसी भी नज़रिये से दुश्मन जनता है।

रात हो चुकी है। जगदलपुर सोया हुआ है, सिवा राहुल गाँधी की उन बहुत-सी होर्डिंगों के, जिनमें लोगों से युवा कांग्रेस में शामिल होने के लिए कहा जा रहा है। वे हाल के महीनों में दो बार बस्तर आ चुके हैं, लेकिन युद्ध के बारे में उन्होंने कुछ ज़्यादा नहीं कहा है। शायद इस मुक़ाम पर जनता के राजकुमार के लिए दख़ल देना कुछ अधिक कण्टकाकीर्ण है। उनके मीडिया-प्रबन्धकों ने ज़रूर पेशबन्दी कर ली होगी। राहुल गाँधी के इर्द-गिर्द सावधानी से नियोजित प्रचार में इस बात का ज़्यादा उल्लेख नहीं होता कि सलवा जुडुम (पावनकारी आखेट) वह ख़ौफ़नाक, सरकार-समर्थित शान्ति-व्यवस्थापक गश्ती जत्था जो बलात्कारों, हत्याओं, गाँवों को जलाने और हज़ारों-लाखों लोगों को उनके घरों से भगाने के लिए ज़िम्मेदार हैएक कांग्रेसी विधायक महेन्द्र करमा के नेतृत्व में काम कर रहा है।

मैं अपनी मुलाक़ात के लिए सही वक़्त पर माँ दन्तेश्वरी के मन्दिर पर पहुँच गयी (पहला दिन, पहला शो।) मेरे पास मेरा कैमरा था, मेरा छोटा-सा नारियल और माथे पर लाल, झरता हुआ टीका। मैंने सोचा कहीं कोई मुझे देखकर हँस तो नहीं रहा होगा। कुछ ही मिनटों में एक लड़का प्रकट हुआ। उसके पास एक टोपी और पीठ पर लादने वाला स्कूली बस्ता था। उँगलियों के नाख़ूनों पर उखड़ा-उखड़ा लाल नेलपॉलिश था। कोई हिन्दी 'आउटलुक' नहीं, न केले ही। 'क्या तुम हो, जो अन्दर जा रही हो?' उसने मुझसे पूछा। कोई 'नमस्कार गुरु जी'

नहीं। मुझे समझ में नहीं आया क्या कहूँ। उसने एक सीला-सा पुर्ज़ा अपनी जेब से निकाल कर मुझे दिया। उसमें लिखा था 'आउटलुक नहीं मिला।'

'और केला?'

'मैं खा गया,' उसने कहा, 'मुझे भूख लगी थी।'

वह सचमुच सुरक्षा को ख़तरा था।

उसके बस्ते पर छपा था, 'चार्ली ब्राउननॉट योर ऑर्डिनरी ब्लॉक हेड' (चार्ली ब्राउनतुम्हारा आम घोंघाबसन्त नहीं।) उसने बताया उसका नाम मँगतू था। मुझे जल्दी ही पता चल गया कि दण्डकारण्य, वह जंगल जिसमें मैं दाख़िल होने वाली थी, ऐसे लोगों से भरा हुआ था, जिनके कई नाम थे और पानी पर लिखी पहचानें। मेरे लिए यह मलहम सरीखा था, यह विचार। कितना उम्दा है हर वक़्त अपने साथ चिपके न रहना, कुछ देर के लिए कोई और बन जाता।

हम पैदल ही बस अड्डे की तरफ़ चले जो मन्दिर से कुछ मिनट की दूरी पर था। वहाँ पहले ही भीड़-भाड़ थी। चीज़ें बड़ी तेज़ी से घटित हुईं। मोटर-साइकिलों पर दो लोग थे। कोई बातचीत नहीं हुईमहज़ पहचान लेने वाली एक निगाह, शरीर के वज़न का सरकना, इंजनों की रफ़्तार का बढ़ना। मुझे कुछ अन्दाज़ा नहीं था कि हम जा कहाँ रहे थे। हम पुलिस अधीक्षक के घर के सामने से गुज़रे, जिसे मैंने अपनी पिछली यात्रा की याद से पहचाना। पुलिस अधीक्षक एक साफ़गो आदमी था : 'देखिए मैडम, साफ़-साफ़ कहें तो यह समस्या पुलिस या फ़ौज से हल होने वाली नहीं है। इन आदिवासियों के साथ दिक़्क़त यह है कि वे लालच नहीं समझते हैं। जब तक कि वे लालची नहीं बनते, हमारे लिए कोई उम्मीद नहीं है। मैंने अपने बॉस से कहा है, पुलिस बल को हटा लीजिए और इसकी बजाय हर घर में टीवी लगा दीजिए। सारी चीज़ें आप-से-आप ठीक हो जायेंगी।'

देखते-ही-देखते हमारी मोटरसाइकिलें क़स्बे के बाहर चली आयीं। किसी ने पीछा नहीं किया। लम्बा सफ़र था। मेरी घड़ी के मुताबिक़ तीन घण्टे। अचानक ही वह ख़त्म हो गया, सुनसान वीराने में, ख़ाली सड़क पर, जिसके दोनों तरफ़ जंगल था। मँगतू उतरा। मैं भी। मोटरसाइकिलें चलती बनीं और मैंने अपना पिट्ठू उठाया और उस छोटे-से आन्तरिक सुरक्षा के ख़तरे के पीछे-पीछे जंगल में हो ली। दिन ख़ूबसूरत था। जंगल की ज़मीन सुनहरी ग़ालीचा बनी हुई थी।

थोड़ी ही देर में हम एक चौड़ी सपाट नदी के सफ़ेद, रेतीले तट पर पहुँच गये। ज़ाहिरा तौर पर वह बरसाती नदी थी, इसलिए अब वह कमो-बेश एक

रेतीला तल थी, बीचों-बीच टख़नों तक आता पानी, आसानी से हेल कर दूसरी तरफ़ जाने के क़ाबिल। उस पार 'पाकिस्तान' था। ''वहाँ पर मैडम,'' साफ़गो पुलिस अधीक्षक ने मुझसे कहा था, ''मेरे जवान जान लेने के लिए गोली दाग़ते हैं।'' जब हम पार करने लगे तो मुझे यह बात याद आयी। मैंने कल्पना में देखा कि हम पुलिसवाले की बन्दूक के निशाने पर हैंखुले इलाक़े में नन्हीं आकृतियाँ, आसानी से उड़ाने लायक़। लेकिन मँगतू बिलकुल बेफ़िक्र जान पड़ता था और मैंने उसी का अनुसरण किया।

दूसरे तट पर हमारे इन्तज़ार में, दूब जैसी हरी कमीज़ पहने, जिस पर 'हॉर्लिक्स' लिखा था, चन्दू मौजूद था। उमर में थोड़ा-सा बड़ा आन्तरिक सुरक्षा को ख़तरा। शायद बीस का। उसके पास एक मनमोह लेने वाली मुस्कान, एक साइकिल, उबले पानी का कैन और मेरे लिए ग्लूकोज़ बिस्कुटों के कई पैकेट थे, पार्टी की तरफ़ से। हमने साँस ठीक की और फिर पैदल चल पड़े। साइकिल, जैसा कि बाद में पता चला, एक धोखा था। रास्ता लगभग पूरी तरह साइकिल के अयोग्य था। हम खड़ी पहाड़ियों पर चढ़े और कुछ बहुत संकट-भरे कगारों के साथ-साथ चट्टानी रास्तों से होते हुए नीचे को उतरे। जब वह साइकिल को धकेल न पाता तो चन्दू उसे सिर के ऊपर उठा कर ले जाता मानो उसका कुछ वज़न न हो। मैंने उसकी अभिभूत गाँव के छोरे वाली मुद्रा और हाव-भाव को ले कर सोचना शुरू किया। मुझे (बहुत बाद में) पता चला कि वह हर तरह का हथियार चला लेता था, 'सिवा लाइट मशीनगन के,' उसने प्रफुल्ल स्वर में मुझे सूचित किया था।

पगड़ियों में फूल लगाये तीन ख़ूबसूरत, अधेड़ आदमी हमारे साथ-साथ आधे घण्टे तक चलते रहे, जब तक कि हमारे रास्ते जुदा नहीं हो गये। सूर्यास्त के साथ उनके कन्धों से लटके झोलों से बाँग सुनायी दी। उनमें उन्होंने मुर्ग़े रखे हुए थे, जो वे बाज़ार में ले गये थे, पर बेच नहीं पाये थे।

ऐसा लगता है कि चन्दू अँधेरे में देख सकता है। मुझे अपनी टॉर्च इस्तेमाल करनी पड़ती है। झींगुर बोलने लगते हैं। और जल्द ही एक वाद्य-वृन्द, आवाज़ों का एक गुम्बद हमारे ऊपर मौजूद होता है। मैं ऊपर, रात के आकाश को देखने के लिए तरसती हूँ, लेकिन मुझे हिम्मत नहीं होती। मुझे अपनी आँखें ज़मीन पर गाड़े रखनी हैं। एक बार में एक क़दम। एकाग्र होकर।

मुझे कुत्तों की आवाज़ सुनाई देती है, लेकिन मैं बता नहीं सकती कि वे कितनी दूर हैं। रास्ता समतल हो जाता है। मैं आकाश की तरफ़ चोरी से एक

निगाह डालती हूँ। वह मुझे आह्लादित कर देता है। मैं उम्मीद करती हूँ कि हम जल्दी ही रुकेंगे। 'जल्दी।' चन्दू कहता है। लेकिन एक घण्टे से भी ज़्यादा समय लग जाता है। मुझे विशाल पेड़ों की धुँधली छायाएँ नज़र आती हैं। हम पहुँच जाते हैं।

गाँव खुला-खुला लगता है, मकान एक-दूसरे से काफ़ी दूरी पर। जिस घर में हम दाख़िल होते हैं वह सुन्दर है। आग जल रही है, कुछ लोग इर्द-गिर्द बैठे हुए हैं। और भी लोग बाहर हैं, अँधेरे में। मैं बता नहीं सकती कितने। मुझे वे मुश्किल ही से नज़र आते हैं। एक बुदबुदाहट-सी फैल जाती है। लाल सलाम, कॉमरेड। 'लाल सलाम,' मैं कहती हूँ। मैं थकान से परे हूँ। घरवाली मुझे अन्दर बुलाती है और हरी फलियों के साथ पका मुर्ग़े का शोरबेदार सालन और थोड़ा-सा लाल चावल देती है। शानदार। उसकी बच्ची मेरे पास सो रही है, उसकी चाँदी की पायल आग की रोशनी में चमकती है।

खाने के बाद मैं अपने स्लीपिंग बैग की ज़िप खोलती हूँ। अजीब-सा अतिक्रमण करने वाला शोर होता है। बड़ी वाली ज़िप का। कोई रेडियो चालू कर देता है। बी.बी.सी. की हिन्दी सर्विस। चर्च ऑफ़ इंग्लैण्ड ने पर्यावरण के नुक़सान और डोंगरिया कोंड आदिवासियों के अधिकारों के हनन का हवाला देते हुए वेदान्त की नियमगिरि परियोजना से अपनी धनराशि वापस ले ली है। मुझे गायों की घण्टियाँ, उनके नथुनों की हँफनी, खुरों की खस-खस और मवेशियों के पादने की आवाज़ें सुनाई देती हैं। दुनिया ठीक-ठाक है। मेरी आँखें बन्द हो जाती हैं।

सुबह के पाँच बजे हम उठ जाते हैं। छै बजते-बजते चल देते हैं और दो घण्टों में हम एक और नदी पार करते हैं। हर गाँव में, जिससे होकर हम गुज़रते हैं, इमली के पेड़ों का एक परिवार है, विशाल, कृपालु देवताओं की तरह उसके ऊपर निगरानी करता हुआ। मीठी, बस्तर की इमली। ग्यारह बजते-बजते सूरज काफ़ी चढ़ जाता है और पैदल चलने में कम मज़ा आने लगता है। हम एक गाँव में दोपहर के भोजन के लिए रुकते हैं। चन्दू घर के लोगों से परिचित जान पड़ता है। एक सुन्दर युवती उससे चुहल करती है। वह थोड़ा शर्माया हुआ-सा लगता है। शायद मेरी मौजूदगी की वजह से। खाने में मसूर की दाल के साथ कच्चा पपीता और लाल चावल है। और पिसी हुई लाल मिर्च। हम फिर से पैदल चलना शुरू करने से पहले सूरज के तीखेपन के शान्त होने का इन्तज़ार करेंगे। हम

झरोखे में एक झपकी लेते हैं। इस जगह में एक सादगी-भरी सुन्दरता है। हर चीज़ साफ़-सुथरी और ज़रूरत के हिसाब से है। कोई ठाँसा-ठूँसी नहीं। एक काली मुर्ग़ी मिट्टी की नीची दीवार पर आगे-पीछे क़वायद कर रही है। बाँस का एक मचान फूस की छत के बत्तों को सहारा देने के साथ-साथ सामान रखने के काम भी आता है। उस पर तिनकों का झाड़ू, दो ढोलकियाँ, सरपत की बुनी हुई टोकरी, एक टूटा हुआ छाता और पिचकाये गये ख़ाली गत्ते के डिब्बों की पूरी थाक है। मेरी आँख किसी चीज़ पर जा अटकती है। मुझे अपने चश्मे की ज़रूरत पड़ती है। गत्ते पर जो छपा है, वह यह है : आइडियल पावर 90 हाई एनर्जी इमल्शन एक्सप्लोसिव (क्लास-2) एस.डी.सी.ए.टी. ज़ेड.ज़ेड.। आदर्श शक्ति युक्त 90 उच्च ऊर्जा तरल विस्फोटक (श्रेणी-2) एस.डी.सी.ए.टी. ज़ेड.ज़ेड.।

भारी रुकावटों के बावजूद उसने अपने जीवित बच निकलने का एक नक़्शा तैयार किया है। उसे मदद और कल्पनाशीलता की ज़रूरत है, उसे डॉक्टरों, अध्यापकों, किसानों की ज़रूरत है।

उसे युद्ध की ज़रूरत नहीं है।

हम दो बजे फिर चलना शुरू कर देते हैं। जिस गाँव में हम जा रहे हैं, वहाँ हम एक दीदी से मिलेंगे, जो जानती है कि यात्रा का अगला चरण क्या होगा। चन्दू नहीं जानता। जानकारी की भी किफ़ायतशारी है। किसी के लिए भी सब कुछ जानना ज़रूरी नहीं है। लेकिन जब हम गाँव पर पहुँचते हैं, दीदी वहाँ नहीं है। उसकी कोई ख़बर नहीं है। पहली बार मैं चन्दू के माथे पर चिन्ता का हलका-सा बादल घिरते देखती हूँ। एक बड़ा बादल मेरे ऊपर छा जाता है। मैं नहीं जानती कि संचार-प्रणाली क्या है, लेकिन अगर वह गड़बड़ा गयी हो तब क्या होगा?

हम गाँव से थोड़ी दूरी पर स्कूल की एक निर्जन, परित्यक्त इमारत के बाहर ठहरे हैं। गाँव के सारे सरकारी स्कूल कंक्रीट के बुर्जों की तरह क्यों बने हैं, जिनमें खिड़कियों की जगह लोहे के शटर लगे होते हैं और लोहे

के सरकने, मुड़ने वाले दरवाज़े? गाँव के घरों की तरह मिट्टी और फूस से क्यों नहीं? क्योंकि वे सिपाहियों के रहने के लिए भी इस्तेमाल होते हैं और चौकियों के लिए भी। "अबूझमाड़ के गाँवों में," चन्दू कहता है, "स्कूल ऐसे ही हैं..." वह तिनके से ज़मीन पर एक इमारत का नक़्शा बनाता है। तीन अठकोने कमरे मधुमक्खी के छत्ते की तरह एक-दूसरे से जुड़े हुए..."ताकि वे सभी तरफ़ गोली चला सकें।" वह अपनी बात को समझाने के लिए रेखाएँ खींचता है, क्रिकेट के चित्र की तरहबल्लेबाज़ का पहियाहर दिशा में खेली गयी गेंदों का रेखा-चित्र।
किसी भी स्कूल में कोई अध्यापक नहीं है, चन्दू बताता है। वे सब-के-सब भाग गये हैं। या तुम लोगों ने उन्हें भगा दिया है? नहीं, हम सिर्फ़ पुलिस को भगाते हैं, लेकिन अध्यापक यहाँ जंगल में भला आयें ही क्यों, जब उन्हें घर-बैठे तन्ख़्वाहें मिल जाती हैं? अच्छा नुक़्ता है।

वह मुझे बताता है कि यह 'नया इलाक़ा' है। पार्टी अभी हाल ही में यहाँ दाख़िल हुई है।

लगभग बीस युवक-युवतियाँ आ पहुँचते हैं। बीस साल की उमर से कुछ नीचे-ऊपर के। चन्दू बताता है कि ये गाँव के स्तर के अर्द्ध-सैनिक हैं माओवादी सैनिक सोपान की सबसे निचली सीढ़ी। मैंने पहले कभी उन जैसे लोग नहीं देखे। उन्होंने साड़ियाँ और लुंगियाँ पहन रखी हैं, कुछ घिसी हुई वर्दियों में हैं। लड़कों ने गहने और पगड़ियाँ पहन रखी हैं। उनमें से हरेक के पास एक पुरानी तोड़ेदार राइफ़ल है, जिसे 'भरमार' कहा जाता है। कुछ के पास छुरे, कुल्हाड़ियाँ और तीर-कमान भी हैं। एक लड़का एक अनगढ़ मोर्टार लिये हुए है, जो तीन फ़ुट लम्बी, भारी नलकूप की नली से बना है। वह बारूद और किरचों से भरा है और दाग़े जाने के लिए तैयार है। वह भारी आवाज़ करता है, लेकिन एक बार ही दाग़ा जा सकता है। फिर भी पुलिसवालों को डरा देता है, वे कहते हैं और खी-खी करके हँसते हैं। युद्ध उनकी प्राथमिक चिन्ता नहीं जान पड़ता। शायद इसलिए कि उनका इलाक़ा सलवा जुडुम की निजी सीमा-रेखा के बाहर है। उन्होंने गाँव के कुछ घरों के गिर्द बाड़ बनाने में मदद करते हुए, ताकि बकरियों को खेतों में जाने से रोका जा सके, अभी-अभी दिन भर का काम ख़त्म किया है। वे मौज-मस्ती और उत्सुकता से भरे हैं। लड़कियों में आत्म-विश्वास है और लड़कों से उनका व्यवहार सहज है। मेरे अन्दर इस तरह की चीज़ों को भाँपने की क्षमता है और मैं प्रभावित होती हूँ। चन्दू बताता

है कि उनका काम है चार या पाँच गाँवों के समूह की गश्त लगाना और उनकी हिफ़ाज़त करना और खेतों में मदद करना, कुएँ साफ़ करना या घरों की मरम्मत करनाज़रूरत के सारे कामों में हाथ बँटाना।

अब भी दीदी का कुछ अता-पता नहीं। क्या किया जाये? कुछ नहीं। इन्तज़ार। कुछ काटने-छीलने में मदद करना।

खाने के बाद, बिना ज़्यादा बातचीत के, सब-के-सब क़तार बाँध लेते हैं। साफ़ है कि हमें चलना है। हर चीज़ हमारे साथ-साथ चलती हैचावल, सब्ज़ियाँ, बर्तन-भाँडे। हम स्कूल के अहाते से बाहर आकर इकहरी पाँत में जंगल के भीतर दाख़िल हो जाते हैं। आधे घण्टे से भी कम समय में हम जंगल के बीच एक खुली जगह में आ पहुँचते हैं, जहाँ हमें सोना है। वहाँ ज़रा भी आवाज़ नहीं की जाती। कुछ ही मिनटों के भीतर सब अपनी-अपनी नीली-प्लास्टिक की चादरहर जगह विद्यमान 'झिल्ली'बिछा लेते हैं (जिसके बिना कोई क्रान्ति नहीं होगी)। चन्दू और मँगतू मिलकर अपने लिए एक झिल्ली बिछाते हैं और एक मेरे लिए। वे मेरे लिए सबसे बढ़िया जगह खोज देते हैं, सबसे अच्छी सलेटी चट्टान के पास। चन्दू कहता है कि उसने दीदी को एक सँदेसा भेजा है। अगर उसे मिल जाता है तो वह सुबह-सुबह यहाँ आ पहुँचेगी। अगर उसे मिल जाता है तो।

एक लम्बे अर्से के दौरान यह सबसे सुन्दर कमरा है, जिसमें मैं सोयी हूँ। मेरा निजी कक्ष हज़ार-सितारा होटल है। मैं विचित्र हथियारों वाले इन अजीब, सुन्दर बच्चों से घिरी हुई हूँ। वे सभी माओवादी हैं, यह पक्का है। क्या वे सब-के-सब मारे जायेंगे? क्या 'जंगल युद्ध प्रशिक्षण विद्यालय' इनके लिए गठित किया गया है? और तोपधारी हेलीकॉप्टर, ताप नियंत्रित छवि-निर्माता उपकरण और लेज़र दूरी-मापक यंत्र?

इन्हें क्यों मरना पड़े? किसलिए? इस सारी जगह को एक खदान में बदलने के लिए? मुझे केयोनझार, उड़ीसा में कच्चे लोहे की खुली खदानों की यात्रा याद हो आयी। वहाँ कभी वन हुआ करता था। और ऐसे ही बच्चे। अब वह इलाक़ा कच्चे, लाल ज़ख़्म-सरीखा है। लाल धूल आपके नथुनों और फेफड़ों में भर जाती है। पानी लाल है, हवा लाल है, लोग लाल हैं, उनके फेफड़े और बाल लाल हैं। सारा दिन, सारी रात ट्रक उनके गाँवों से घड़घड़ाते हुए गुज़रते हैं, बम्पर-से-बम्पर सटाये, हज़ारों-हज़ारों ट्रक, लोहे के चूरे को पारादीप ले जाते हुए, जहाँ से वह चीन जायेगा। वहाँ यह तब्दील होगाकारों और धुएँ और रातों-रात उभर कर खड़े हो

जंगल में माओवादी बैनर

भारत को साम्राज्यवाद का चरागाह बनाने से रोको। केन्द्र सरकार को हमारे वोट माँगने का कोई हक नहीं है। इन अरबपतियों को वोट मत दो जो हमारी सम्पत्ति को बेचकर धनवान बन रहे हैं। आत्मनिर्भर, क्रान्तिकारी विकास के लिए संघर्ष करो। लोकसभा चुनावों का बहिष्कार करो।

लौंग मार्च

अब हम एक पंक्ति में आगे बढ़ रहे थे। मैं और एक सौ 'संवेदनहीन हिंसक, खून के प्यासे' लड़ाकू।

जाने वाले अनपेक्षित नगरों में; ऐसी 'विकास-दर' मेंजो अर्थ-शास्त्रियों को अवाक छोड़ जायेगीऔर हथियारों में जिनसे युद्ध छेड़ा जाये।

सब सो गये हैं, सिवा उन पहरेदारों के जो डेढ़-डेढ़ घण्टे की पालियों में गश्त कर रहे हैं। आख़िरकार मैं सितारों की तरफ़ देख सकती हूँ। जब मैं बच्ची थी और मीनाचल नदी के किनारों पर बड़ी हो रही थी, मैं सोचा करती थी कि झींगुरों की आवाज़जो हमेशा झुटपुटा होने पर शुरू हो जाती थीचमकने के लिए तैयार होते सितारों के तेज़ी से घूमने की आवाज़ थी। मुझे अचरज होता है कि मुझे यहाँ होना कितना अच्छा लग रहा है। दुनिया की और कोई जगह नहीं जहाँ मैं इस जगह की बजाय होना चाहूँगी। आज की रात मैं क्या बनूँ? सितारों के नीचे कॉमरेड रहेल। हो सकता है दीदी कल आ जाये।

वे शुरू दोपहर के वक़्त आते हैं। मैं उन्हें दूर से देख सकती हूँ। वे लगभग पन्द्रह हैं, सब-के-सब फ़ौजी रंग की हरी वर्दियों में। हमारी तरफ़ आते हुए वे जिस तरह दौड़ रहे हैं, उसे इतनी दूर से देखते हुए भी मैं बता सकती हूँ कि वे ज़बर्दस्त लड़ाके हैं। 'जनमुक्ति छापामार सेना' के सिपाही। इन्हीं के लिए हैं ताप-नियंत्रित छवि-निर्माता उपकरण और लेज़र-निर्देशित राइफ़लें। इन्हीं के लिए हैं 'जंगल युद्ध प्रशिक्षण विद्यालय।'

वे घातक क़िस्म की बन्दूकें लिये हुए हैं, इनसास, स्वचालित राइफ़लें, दो के पास एके-47 भी हैं। जत्थे के नेता कॉमरेड माधव हैं, जो नौ साल की उम्र से पार्टी के साथ हैं। वे वारंगल, आन्ध्र प्रदेश के रहने वाले हैं। इस समय वे विक्षुब्ध और बेहद शर्मसार हैं। संचार-व्यवस्था में भारी गड़बड़ी हुई, वे बार-बार कहते हैं, जो आम तौर पर कभी नहीं होती। पहली ही रात मेरा मुख्य शिविर पर पहुँच जाना तय था। किसी ने बीच के संचार में भूल से क्रम-भंग कर दिया। मोटर साइकिल से भी एक बिलकुल अलग जगह पहुँचना था। हमने आपको इन्तज़ार कराया, हमने आपको इतना चलने पर मजबूर किया। जब सँदेसा आया कि आप यहाँ हैं तो हम दौड़ते हुए आये हैं। मैंने कहा फ़िक्र की कोई बात नहीं, मैं इन्तज़ार करने, पैदल चलने और सुनने के लिए तैयार होकर आयी थी। वे तत्काल चल देना चाहते हैं, क्योंकि कैम्प पर लोग इन्तज़ार कर रहे थे और चिन्तित थे।

कैम्प तक कुछ घण्टों की पैदल यात्रा है। अँधेरा हो चला है जब हम वहाँ पहुँचते हैं। पहरेदारों की कई परतें और गश्त के एक के बाद एक कई दायरे हैं।

दो क़तारों में कॉमरेड खड़े हैं। गिनती में वे सौ के क़रीब होंगे। वे गाने लगते है *लाल लाल सलाम, लाल लाल सलाम, आने वाले साथियों को लाल लाल सलाम।* बड़ी मिठास के साथ, मानो वह किसी नदी या किसी जंगली फूल के बारे में कोई लोकगीत हो। गीत के साथ अभिवादन, हाथ मिलाना, भिंची हुई मुट्ठी। हर कोई बुदबुदाते हुए हरेक का अभिवादन करता है, *लालस्लाम, मस्लाम, स्लाम...*

लगभग पन्द्रह वर्ग फ़ुट की एक बड़ी-सी नीली झिल्ली के सिवा 'कैम्प' का कोई निशान नहीं है। इस झिल्ली की एक छत भी है। झिल्ली से बनी हुई। यह रात भर के लिए मेरा कमरा है। मुझे या तो दिन-रात चलने का इनाम मिल रहा था या फिर आगे जो आने वाला था, उसके लिए दुलराया जा रहा था, या दोनों ही। दोनों ही स्थितियों में यह पूरे दौरे में आख़िरी बार था, जब मेरे सिर पर छत होने वाली थी। रात के खाने पर मैं कॉमरेड नर्मदा से, जो क्रान्तिकारी आदिवासी महिला संगठन' की प्रभारी हैं और जिन के सिर पर इनाम है, जनमुक्ति छापामार सेना की कॉमरेड सरोजा से, जो बस अपनी स्वचालित राइफ़ल जितनी ही लम्बी हैं, कॉमरेड मासे से (जिसका मतलब गोंडी में काली लड़की होता है) जिनके सिर पर भी इनाम है, और कॉमरेड रूपी से, जो तकनीकी जादूगर हैं और कॉमरेड राजू से मिली, जो उस मण्डल के प्रभारी हैं, जिससे होकर मैं आ रही थी और कॉमरेड वेणु (या मुरली या सोनू या सुशील, जो भी आप उनको बुलाना चाहें) से भी, जो स्पष्ट रूप से उन सबमें सबसे वरिष्ठ थे। शायद केन्द्रीय समिति या शायद पॉलिट ब्यूरो भी। मुझे बताया नहीं जाता, मैं पूछती भी नहीं। हमारे बीच गोंडी, हल्बी, तेलुगू, पंजाबी और मलयालम भाषी हैं। सिर्फ़ मासे अंग्रेज़ी बोलती हैं। (लिहाज़ा हम सब हिन्दी में बातचीत करते हैं)। कॉमरेड मासे लम्बी और ख़ामोश हैं और उन्हें बातचीत में हिस्सा लेने के लिए, लगता है, पीड़ा की एक परत से तैर कर आना पड़ता है, लेकिन जिस तरह वे मुझे गले लगाती हैं मैं बता सकती हूँ कि वे पाठिका हैं। और यह भी कि उन्हें जंगल में किताबों की कमी महसूस होती है। वे मुझे अपनी व्यथा बाद ही में बतायेंगी, जब वे मुझे अपने दुख का साझीदार बनायेंगी।

बुरी ख़बर आती है, जैसा कि इस जंगल में होता है। 'बिस्कुटों' के साथ एक हरकारा। काग़ज़ पर हाथ से लिखे पुर्ज़े, तहा कर और स्टेपल लगा कर छोटे-छोटे चौकोर टुकड़ों की शक्ल में। वे झोला भर हैं। चिप की तरह। हर जगह

से ख़बर। पुलिस ने ओंगनार गाँव में पाँच लोगों को मार दिया है, चार अर्द्धसैनिक और एक साधारण ग्रामीण : सन्तू पोट्टायी (25), फूलू वड्डे (22), कण्डे पोट्टायी (22), रामोली वड्डे (20), दलसाई कोराम (22)। वे पिछली रात के मेरे तारों जड़े शयन-कक्ष के बच्चे हो सकते थे।

फिर अच्छी ख़बर आती है। लोगों के छोटे-से जत्थे के साथ एक गोल-मटोल युवक। उसने भी फ़ौजी वर्दी पहन रखी है, लेकिन वह नयी जान पड़ती है। सब उसे सराहते हैं और उसकी फ़िटिंग पर टीका-टिप्पणी करते हैं। वह शर्माया हुआ और ख़ुश दिखाई देता है। वह डॉक्टर है, जो अपने साथियों के संग जंगल में रहने और काम करने आया है। बरसों हुए जब कोई डॉक्टर दण्डकारण्य में आया है।

रेडियो पर युद्ध की चर्चा के लिए 'वामपन्थी उग्रवाद' से प्रभावित पाँच राज्यों के मुख्यमंत्रियों के साथ गृहमंत्री की बैठक की ख़बर आ रही है। झारखण्ड और बिहार के मुख्यमंत्री संकोच बरत रहे हैं और उपस्थित नहीं हुए हैं। रेडियो के इर्द-गिर्द बैठे सभी लोग हँस पड़ते हैं। चुनावों के समय के आस-पास, अभियान की पूरी अवधि के दौरान और फिर सम्भव है सरकार गठित होने के एक-दो महीने बाद तक, मुख्य धारा के राजनेता कुछ ऐसी बातें कहेंगे जैसे 'नक्सल तो हमारे बच्चे हैं।' लेकिन वे कब अपने मन बदल देंगे और नाख़ून और दाँत निकाल लेंगे, इसके कार्यक्रम से आप अपनी घड़ियाँ मिला सकते हैं।

मेरा परिचय कॉमरेड कमला से कराया जाता है। मुझे हिदायत दी जाती है कि किसी भी हालत में उसे जगाये बिना मैं अपनी झिल्ली से पाँच फ़ुट दूर भी न जाऊँ, क्योंकि अँधेरे में सबको दिशा-भ्रम हो जाता है और कोई भी गम्भीर रूप से गुम हो सकता है। (मैं उसे नहीं जगाती। घोड़े बेच कर सोयी रहती हूँ)। सुबह कमला मुझे पीली पॉलिथीन का एक डिब्बा देती है, जिसका एक कोना कटा हुआ है। कभी उसमें एबिस गोल्ड रिफ़ाइण्ड सोया तेल था। अब वह मेरा शौच का लोटा है। क्रान्ति की राह में कुछ भी ज़ाया नहीं किया जाता।

(अब भी मैं कॉमरेड कमला के बारे में हर समय सोचती हूँ, हर रोज़। वह सत्रह की है। कमर में देसी कट्टा बाँधे रहती है। और भई वाह, क्या मुस्कान है उसकी। लेकिन अगर वह पुलिस के हत्थे चढ़ गयी तो वे उसे मार देंगे। हो सकता है कि वे पहले उसके साथ बलात्कार करें। कोई सवाल नहीं पूछे जायेंगे। क्योंकि वह आन्तरिक सुरक्षा को ख़तरा है।)

नाश्ते के बाद कॉमरेड वेणु (सुशील, सोनू, मुरली) झिल्ली पर पालथी मारकर बैठे हुए मेरी प्रतीक्षा कर रहे हैं। कुल मिला कर एक दुबले-पतले ग्रामीण अध्यापक जैसे दिखते हुए। मुझे इतिहास का सबक़ मिलने वाला है। या ज़्यादा सही तौर पर एक व्याख्यानदण्डकारण्य के वन-क्षेत्र में पिछले तीस वर्षों के इतिहास पर, जिसका परिणाम उस युद्ध में हुआ है, जो आज बवण्डर की तरह उसके चक्कर काट रहा है। यक़ीनन, यह एक पक्षधर बयान है। लेकिन फिर कौन-सा इतिहास पक्षधर नहीं होता? हर हाल में गुप्त इतिहास को सार्वजनिक किया ही जाना चाहिए अगर उसका विरोध और खण्डन होना है, उस पर बहस की जानी है, बजाय इसके कि उसके बारे में झूठ बोला जाय जो अभी हो रहा है।

कॉमरेड वेणु का रवैया शान्त और आश्वस्त करने वाला है और आवाज़ में एक मुलायमियत जो आने वाले दिनों में एक ऐसे सन्दर्भ में उभर कर सामने आयेगी, जो पूरी तरह मेरे औसान ख़ता कर देगी। इस सुबह वे कई घण्टों तक बातें करते हैं, लगभग धाराप्रवाह। वे एक छोटे-से भण्डार के व्यवस्थापक की तरह हैं, जिसके पास चाभियों का एक भीमकाय गुच्छा हो, जिससे वह कहानियों, कविताओं और अन्तर्दृष्टियों से भरे दराज़ों की भूल-भुलैयाँ खोल सके।

कॉमरेड वेणु उन सात हथियारबन्द दस्तों में से एक में थे, जो 30 वर्ष पहले आन्ध्र प्रदेश से जून 1980 में गोदावरी पार करके दण्डकारण्य वन में दाख़िल हुए थे। वे उन पहले 49 लोगों में से एक हैं। वे मूल नक्सलवादियों, भारत की कम्युनिस्ट पार्टी (मार्क्सवादी लेनिनवादी) से टूटे हुए एक हिस्से पीपुल्स वॉर ग्रुप के सदस्य थे। उसी वर्ष अप्रैल में कोण्डापल्ली सीतारमैया के नेतृत्व में पीपुल्स वॉर ग्रुप को औपचारिक तौर पर एक अलग, स्वतंत्र पार्टी घोषित किया गया था। पीपुल्स वॉर ग्रुप ने एक स्थायी सेना निर्मित करने का फ़ैसला किया था, जिसके लिए उसे एक आधार-क्षेत्र की ज़रूरत थी। दण्डकारण्य को वह आधार-क्षेत्र होना था और वे पहले जत्थे इलाक़े की जाँच-पड़ताल करने और छापामार अंचल बनाने की प्रक्रिया शुरू करने के लिए भेजे गये थे। यह बहस कि कम्युनिस्ट पार्टियों के पास एक स्थायी सेना होनी चाहिए या नहीं और अपनी शब्दावली के लिहाज़ से 'जनसेना' एक अन्तर्विरोध है या नहीं, एक पुरानी बहस है। पीपुल्स वॉर ग्रुप द्वारा सेना गठित करने का फ़ैसला आन्ध्र प्रदेश में उसके अनुभवों से उपजा था, जहाँ 'भूमि जोतने वाले की' नामक अभियान का नतीजा ज़मींदारों के साथ सीधी मुठभेड़ में हुआ था, जिसके परिणामस्वरूप कुछ ऐसा पुलिस दमन सामने आया

पीपुल्स लिबरेशन गुरिल्ला आर्मी (पीएलजीए) की एक कॉमरेड

पीएलजीए की औपचारिक स्थापना दिसम्बर 2000 में हुई थी। यह पूर्णतया स्वयंसेवी सेना है। इसके कैडर में 45 प्रतिशत महिलाएँ हैं।

कैम्प

चलने से पहले मैंने शिविर पर नज़र डाली थी। सिवा थोड़ी-सी राख के, जहाँ आग जलायी गयी थी, वहाँ कोई चिह्न नहीं था कि लगभग सौ लोगों ने यहाँ डेरा डाला था। मुझे इस फ़ौज पर विश्वास नहीं होता। जहाँ तक उपभोग का सवाल है, यह किसी भी गाँधीवादी से ज़्यादा गाँधीवादी है और किसी भी ऋतु-परिवर्तन-सुधारक से कम कार्बन प्रदूषण पैदा करने वाली।

था, जिसका सामना करना पार्टी को बिना अपने एक प्रशिक्षित पेशेवर लड़ाकू बल के बिना असम्भव जान पड़ा था।

2004 तक पीपुल्स वॉर ग्रुप का विलय दूसरे सीपीआई (एमएल) गुटोंपार्टी यूनिटी और माओइस्ट कम्यूनिस्ट सेण्टर (जो अधिकतर बिहार और झारखण्ड में काम करता है)के साथ हो गया और वह भारत की कम्युनिस्ट पार्टी (माओवादी) बना, जो वह अब है।

■

दण्डकारण्य उस भूभाग का हिस्सा है, जिसे अंग्रेज़ अपने गोरों वाले ढंग से, गोंडवाना कहते थे, गोंड लोगों की भूमि। आज मध्य प्रदेश, छत्तीसगढ़, उड़ीसा, आन्ध्र प्रदेश और महाराष्ट्र की सीमाएँ इसे चीरती चली जाती हैं। मुसीबत खड़ी करने वाले लोगों को अलग-अलग प्रशासनिक इकाइयों में बाँटना एक पुरानी चाल है। लेकिन ये माओवादी और माओवादी गोंड, राज्य सीमाओं जैसी चीज़ों को बहुत ख़ातिर में नहीं लाते। उनके दिमाग़ों में अलग नक़्शे होते हैं और वनों के अन्य प्राणियों की तरह उनके अपने निजी पथ और मार्ग होते हैं। उनके लिए सड़कें चलने के लिए नहीं बनी हैं। वे सिर्फ़ पार किये जाने के लिए हैं या जैसा कि उत्तरोत्तर देखने में आया है, घात लगा कर हमला करने के लिए। हालाँकि (कोया और डोरला क़बीलों में बँटे) गोंड कुल मिला कर सबसे बड़ी संख्या में हैं, वहाँ दूसरे क़बाइली समुदायों की भी छोटी-छोटी बस्तियाँ हैं। ग़ैर-आदिवासी समुदाय, व्यापारी और बाहर से आकर बसे लोग जंगल के किनारों पर, सड़कों और बाज़ारों के नज़दीक रहते हैं।

पीपुल्स वॉर ग्रुप दण्डकारण्य में आने वाले सबसे पहले सुसमाचार वाहक नहीं थे। जाने-माने गाँधीवादी बाबा आम्टे ने 1975 में वारोरा में अपना आश्रम और कुष्ठ निवारण हस्पताल खोला था।[4] रामकृष्ण मिशन ने अबूझमाड़ के दूरस्थ वनों में ग्रामीण विद्यालय खोलने शुरू किये थे। उत्तरी बस्तर में बाबा बिहारी दास ने 'आदिवासियों को वापस हिन्दुओं के पन्थ में लाने के लिए' एक आक्रामक अभियान शुरू कर दिया था, जिसमें आदिवासी संस्कृति की निन्दा-भर्त्सना करने, आत्म-घृणा के लिए उकसाने और हिन्दुत्व के सबसे वरदान वर्ण-व्यवस्था से परिचित कराने का अभियान शामिल था। पहले-पहले धर्म परिवर्तन करने वालों, गाँव के मुखियाओं और बड़े ज़मींदारोंसल्वा जुडुम के संस्थापक महेन्द्र करमा जैसे

लोगोंको द्विजों की हैसियत दी गयी। (बेशक यह एक पाखण्ड है, क्योंकि कोई ब्राह्मण बन नहीं सकता। अगर ऐसा हो सकता तो अब तक हम ब्राह्मणों का राष्ट्र बन गये होते।) लेकिन यह जाली हिन्दुत्व आदिवासियों के लिए ठीक-ठाक माना गया, ठीक बाक़ी दूसरी चीज़ों के जाली नमूनों की तरह जो गाँवों के हाट में बेचे जाते हैंबिस्कुट, साबुन, माचिसें और तेल। हिन्दुत्व के अभियान के तहत भूमि सम्बन्धी अभिलेखों में गाँवों के नाम बदल दिये गये, नतीजे के तौर पर अधिकतर गाँवों के अब दो-दो नाम हैं, जनता के नाम और सरकारी नाम, मिसाल के लिए इन्नार गाँव चिन्नारी में तब्दील हो गया। मतदाता सूचियों में आदिवासी नाम हिन्दू नामों में बदल दिये गये (मास्सा करमा, महेन्द्र करमा बन गया।) जो हिन्दू दायरे में शामिल होने के लिए आगे नहीं आये, उन्हें 'कटवास' (अछूत) घोषित कर दिया गया जो आगे चल कर माओवादियों का स्वाभाविक निर्वाचक मण्डल बन गये।

पीपुल्स वॉर ग्रुप ने पहले-पहल दक्षिणी बस्तर और गढ़चिरोली में काम शरू किया। कॉमरेड वेणु उन शुरुआती महीनों का वर्णन कुछ अधिक ब्योरेवार ढंग से करते हैं। कैसे गाँववासी उन्हें शक की नज़रों से देखते थे और उन्हें अपने घरों में नहीं आने देते थे। कोई उन्हें खाना या पानी नहीं पेश करता था। पुलिस ने अफ़वाहें फैला दी थीं कि वे चोर हैं। औरतें अपने गहने चूल्हे की राख में छिपा देती थीं। भारी मात्रा में उत्पीड़न हुआ। नवम्बर 1980 में, गढ़चिरोली में (जो तब चन्द्रपुर ज़िला के नाम से जाना जाता था) पुलिस ने गाँव की सभा में गोलियाँ चलानी शुरू कर दीं और एक पूरे-के-पूरे जत्थे को मार डाला। यह दण्डकारण्य में 'मुठभेड़' वाला पहला हत्याकाण्ड था। यह प्रगति को अवरुद्ध कर देने वाला सदमा था। और कॉमरेड, गोदावरी के पार, वापस आदिलाबाद चले गये।

लेकिन 1981 में वे लौट आये। उन्होंने आदिवासियों को उन क़ीमतों में वृद्धि की माँग करने के लिए संगठित करना शुरू किया जो उन्हें तेन्दू के पत्तों के लिए दी जाती थीं। (जो बीड़ियाँ बनाने के लिए इस्तेमाल होते हैं) उस समय व्यापारी लगभग 50 पत्तों के बण्डल के लिए 3 पैसे देते थे। इस तरह की राजनीति से बिल्कुल अनभिज्ञ लोगों को संगठित करना, उन्हें हड़ताल करने के लिए तैयार करना एक दुष्कर काम था। आख़िरकार हड़ताल कामयाब रही और दाम दुगुने हो गयेएक बण्डल के छै पैसे। लेकिन पार्टी की असली कामयाबी यह थी कि वह एकता के लाभ को और राजनीतिक बातचीत के संचालन के एक नये तरीक़े को प्रदर्शित कर सकी थी। कई हड़तालों और आन्दोलनों के बाद आजकल तेन्दू

के पत्तों के एक बण्डल की क़ीमत एक रुपया हो गयी है। (इन दरों पर यह असम्भव-सा लगता है, लेकिन तेन्दू का व्यापार कई सौ करोड़ रुपयों का होता है।) हर मौसम में सरकार निविदाएँ जारी करती है और ठेकेदारों को तेन्दू पत्तों की तय की गयी मात्रा को निकालने की अनुमति देती हैआम तौर पर 1500 और 5 हज़ार मानक बोरों के बीच। हर मानक बोरे में लगभग एक हज़ार बण्डल आते हैं। (बेशक, यह सुनिश्चित करने का कोई तरीक़ा नहीं है कि ठेकेदार उस मात्रा से ज़्यादा न निकालें जिसकी उन्हें अनुमति है। जब तक तेन्दू का पत्ता बाज़ार में आता है वह किलो के भाव बिकने लगता है। वह पकड़ में न आने वाला गणित और नाप-जोख की प्रणाली, जो बण्डलों को मानक बोरों में और फिर किलोग्रामों में परिवर्तित करती है, ठेकेदारों द्वारा नियंत्रित होती है और इसमें सबसे ख़राब क़िस्म के जोड़-तोड़ की गुंजाइश रहती है। सबसे ज़्यादा कंजूसी से किया गया अनुमान उनके मुनाफ़े को 1100 रुपये प्रति मानक बोरा आँकता है। (पार्टी को 120 रुपये प्रति बोरा 'लेवी' देने के बाद)। इस हिसाब से भी एक छोटा ठेकेदार(1500 बोरे) एक मौसम में 16 लाख रुपये और बड़ा ठेकेदार (5 हज़ार बोरे) 55 लाख रुपये तक का मुनाफ़ा कमा लेता है। ज़्यादा सही अनुमान इस रक़म का कई गुना होगा। इस बीच 'आन्तरिक सुरक्षा को गम्भीरतम ख़तरा' बस इतना कमाता है कि अगले मौसम तक ज़िन्दा रह सके।

हमारी बातचीत थोड़ी-सी हँसी-ठट्ठे और जनमुक्ति छापामार सेना एक युवक कॉमरेड नीलेश को देखकर रुक जाती है, जो अपने शरीर को थपथपाता हुआ तेज़ी से खाना पकाने की जगह की तरफ़ आ रहा है। जब वह पास आता तो मैं देखता हूँ कि वह एक पत्ते में ग़ुस्सायी हुई लाल चींटियों का खोंता लिये हुए है जो उसके बदन पर रेंग कर चढ़ गयी हैं और उसे काट रही हैं। नीलेश भी हँस रहा है। " क्या आपने चींटी की चटनी खायी है।" कॉमरेड वेणु मुझसे पूछते हैं। मैं केरल में बिताये बचपन के कारण लाल चींटियों से भली-भाँति परिचित हूँ। मुझे भी उन्होंने काटा है, लेकिन मैंने उन्हें कभी खाया नहीं। (चटनी स्वाद बनती है, खट्टी, उसमें काफ़ी मात्रा में फ़ोलिक ऐसिड है।)

नीलेश बीजापुर का रहने वाला है जो सल्वा जुडुम की कार्रवाईयों के केन्द्र में है। नीलेश का छोटा भाई सल्वा जुडुम की लूट-मार और आगज़नी के अभियानों में से एक के दौरान उसमें शामिल हो गया था और विशेष पुलिस अफ़सर (एस.पी.ओ.) बना दिया गया था। वह बासगुडा शिविर में अपनी माँ के साथ

रहता है। उसके पिता ने वापस गाँव में जाकर रहने से इनकार कर दिया। दरअसल वह पुश्तैनी झगड़ा है। बाद में जब मुझे नीलेश से बात करने का मौका मिला तो मैंने नीलेश से पूछा कि उसके भाई ने ऐसा क्यों किया था। ''वह बहुत छोटा था,' नीलेश ने कहा, 'उसे बेलगाम ज़िन्दगी जीने और लोगों को तकलीफ़ पहुँचाने और घरों को जलाने का मौक़ा मिला। वह पगला गया और उसने भयानक काम किये। अब वह फँस गया है। वह कभी गाँव वापस नहीं आ सकता। उसे कभी माफ़ नहीं किया जायेगा। वह इस बात को जानता है।'

■

हम इतिहास के सबक़ की तरफ़ लौट आते हैं। पार्टी का अगला बड़ा संघर्ष, कॉमरेड वेणु बताते हैं, बल्लारपुर पेपर मिल के ख़िलाफ़ था। सरकार ने थापर घराने को 45 साल के लिए भारी अनुदान वाली क़ीमतों पर 1.5 लाख टन बाँस निकालने का ठेका दे रखा था। (बॉक्साइट की तुलना में रत्ती भर, फिर भी)। आदिवासियों को एक बण्डल के लिए दस पैसे दिये जाते थे। जिसमें बाँस की 20 फुनगियाँ होती थीं। (मैं इस असभ्य लालच में नहीं पड़ूँगी कि इसकी तुलना उस मुनाफ़े से करूँ, जो थापर कमा रहे थे।) एक लम्बे आन्दोलन, हड़ताल और उसके बाद जनता की मौजूदगी में काग़ज़ के कारख़ाने के अधिकारियों से हुई वार्ताओं के बाद क़ीमत तिगुनी हो गयी30 पैसे प्रति बण्डल। आदिवासियों के लिए यह भारी उपलब्धियाँ थीं। दूसरे राजनैतिक दलों ने वादे किये थे, लेकिन उन्हें निभाने का कोई संकेत नहीं दिया था। लोग यह पूछने के लिए पीपुल्स वॉर ग्रुप से सम्पर्क करने लगे कि क्या वे शामिल हो सकते थे।

लेकिन तेन्दू, बाँस और दूसरी वन्य उपज की राजनीति मौसमी थी। स्थायी सिर-दर्द, जनता की मुसीबत का असली कारण, तो सबसे बड़ा ज़मींदार, यानी वन विभाग था। हर सुबह वन विभाग के अधिकारी, उनमें से सबसे छोटे-से-छोटे भी, किसी दुःस्वप्न की तरह लोगों को अपने खेत जोतने, जलावन इकट्ठा करने, पत्ते तोड़ने, फल चुनने, मवेशी चराने, यों कहें कि जीने से रोकते हुए, गाँव में प्रकट होते थे। वे खेतों को रौंदने के लिए हाथी लाते और गुज़रते समय मिट्टी को नष्ट करने के लिए बबूल के बीज छींटते जाते। लोग पीटे जाते, हिरासत में लिये जाते, अपमानित किये जाते, उनकी फ़सलें तबाह कर दी जातीं। अलबत्ता, वन विभाग के अधिकारियों के नज़रिये से ये ग़ैर-क़ानूनी लोग थे जो असंवैधानिक गतिविधियों

में लिप्त थे और वन विभाग सिर्फ़ क़ानूनी नियम लागू कर रहा था। (औरतों का यौन शोषण तो ऐसी तकलीफ़देह तैनाती के लिए भत्ते की तरह था।)

इन पिछले संघर्षों में जनता की भागीदारी से साहस जुटा कर पार्टी ने वन विभाग का सामना करने का फ़ैसला किया। उसने लोगों को वन भूमि पर क़ब्ज़ा करके उस पर खेती करने के लिए प्रोत्साहित किया। वन विभाग ने वन-क्षेत्र में बसने वाले नये गाँवों को जला कर जवाबी कार्रवाई की। 1986 में उसने बीजापुर में राष्ट्रीय उद्यान की घोषणा की, जिसका मतलब 60 गाँवों को उजाड़ना था। उनमें से आधे से ज़्यादा हटाये भी जा चुके थे और राष्ट्रीय उद्यान के ढाँचे का निर्माण शुरू भी हो चुका था जब पार्टी ने प्रवेश किया। उसने निर्माण-कार्य ध्वस्त कर दिया और बाक़ी गाँवों की बेदख़ली रोक दी। उसने इलाक़े में वन विभाग के घुसने पर पाबन्दी लगा दी। कुछ मौक़ों पर अधिकारी पकड़े गये और पेड़ों से बाँध कर गाँववासियों द्वारा पीटे गये। यह पीढ़ियों से चले आ रहे भयानक शोषण का राहत- दिलाऊ प्रतिशोध था। अन्ततः वन विभाग भाग खड़ा हुआ। 1986 से 2000 के बीच पार्टी ने 3,00,000 एकड़ वन्य भूमि पुनर्वितरित की। आज, कॉमरेड वेणु बताते हैं, दण्डकारण्य में कोई भूमिहीन किसान नहीं है।

आज के युवा लोगों की पीढ़ी के लिए वन विभाग सुदूर स्मृति का हिस्सा बन चुका है, उन कहानियों की सामग्री है, जो बँधुआगिरी और अपमान के पौराणिक अतीत के बारे में माँएँ अपने बच्चों को सुनाती हैं। बड़े-बूढ़ों की पीढ़ी के लिए वन विभाग से मुक्ति का मतलब असली आज़ादी था। वे उसे छू सकते थे, चख सकते थे। इसका मतलब भारत की स्वतंत्रता के अर्थ से कहीं ज़्यादा था। वे इस पार्टी के इर्द-गिर्द जुटने लगे जिसने उनके साथ संघर्ष किया था।

सात जत्थों वाला दल एक लम्बा रास्ता पार कर आया था। उसका प्रभाव अब 60 हज़ार वर्ग किलोमीटर की वन्य भूमि में फैला था, हज़ारों गाँव और लाखों-करोड़ों लोग।

लेकिन वन विभाग की विदाई ने पुलिस के आगमन का ऐलान किया। इससे ख़ून-ख़राबे का दौर चालू हो गया। पुलिस द्वारा नक़ली मुठभेड़ें। पीपुल्स वॉर ग्रुप द्वारा घात लगा कर हमले। भूमि के पुनर्वितरण के साथ दूसरी ज़िम्मेदारियाँ भी आयींसिंचाई, कृषि की उपज की वृद्धि और बढ़ती हुई आबादी की समस्या जो मनमाने ढंग से वन्य भूमि को साफ़ कर रही थी। 'जनता के काम' और 'सेना के काम' को अलग-अलग करने का फ़ैसला किया गया।

आज दण्डकारण्य का प्रशासन 'जनताना सरकारों'जनता सरकारोंके विस्तृत ढाँचे के माध्यम से चलाया जाता है। इसके सांगठनिक सिद्धान्त चीनी क्रान्ति और वियतनाम युद्ध की देन हैं। हर जनताना सरकार को गाँवों के एक समूह द्वारा चुना जाता है, जिनकी कुल आबादी 500 से 5000 तक हो सकती है। उसके नौ विभाग हैंकृषि, व्यापार-उद्योग, आर्थिक, न्याय, रक्षा, हस्पताल, जन- सम्पर्क, स्कूल-रीति-रिवाज और जंगल। जनताना सरकारों के एक समूह के ऊपर एक क्षेत्रीय समिति होती है। तीन क्षेत्रीय समितियों को मिला कर एक मण्डल बनता है। दण्डकारण्य में दस मण्डल हैं।

'हमारे पास एक जंगल बचाओ विभाग है।' कॉमरेड वेणु कहते हैं, 'आपने वह सरकारी रिपोर्ट तो पढ़ी होगी जो बताती है कि नक्सल इलाक़ों में जंगल का क्षेत्र बढ़ गया है।'

विडम्बना यह है, कॉमरेड वेणु कहते हैं, वन विभाग के ख़िलाफ़ पार्टी के अभियान से लाभान्वित होने वाले पहले-पहले लोगों में गाँव के मुखिया थेद्विजों की टोली। उन्होंने बहती गंगा में हाथ धोते हुए भरसक ज़्यादा-से-ज़्यादा भूमि पर क़ब्ज़ा कर लेने के लिए अपने लोगों और संसाधनों का इस्तेमाल किया। लेकिन फिर लोग अपने 'आन्तरिक अन्तर्विरोधों' को लेकर पार्टी से सम्पर्क करने लगे, जैसा कि कॉमरेड वेणु उसे अनोखे ढंग से व्यक्त करते हैं, और पार्टी ने अपना ध्यान आदिवासी समाज के *अन्दर* निष्पक्षता, वर्गीय संरचना और अन्याय के विषय की तरफ़ केन्द्रित करना शुरू किया। बड़े ज़मींदारों ने क्षितिज पर उमड़ते तूफ़ानों के आसार भाँप लिये। पार्टी के प्रभाव के बढ़ने के साथ उनका प्रभाव घटने लगा था। ज़्यादा-से-ज़्यादा तादाद में लोग अपनी समस्याओं को लेकर मुखियाओं के पास जाने की बजाय पार्टी के पास जा रहे थे। शोषण के पुराने रूपों को चुनौती दी जाने लगी। वर्षा के पहले दिन परम्परागत रूप से लोग अपने खेतों की बजाय मुखियाओं के खेतों को जोता करते थे। यह बन्द हो गया। वे अब मुखियाओं को महुए या वन की दूसरी उपज की पहली-पहली खेप नहीं पेश करते थे। स्वाभाविक रूप से कुछ करने की ज़रूरत थी।

यहीं इलाक़े के सबसे बड़े ज़मींदारों में से एक, और उस समय भारतीय कम्युनिस्ट पार्टी के सदस्य, महेन्द्र करमा का प्रवेश हुआ। 1990 में उसने मुखियाओं और ज़मींदारों के एक समूह को इकट्ठा किया और 'जनजागरण अभियान' के नाम से एक मुहिम शुरू की। 'जनता' को 'जागरूक' करने का

जनताना सरकार का झंडा

आज दण्डकारण्य का प्रशासन 'जनताना सरकारों'—जनता सरकारों—के विस्तृत ढाँचे के माध्यम से चलाया जाता है। हर जनताना सरकार को गाँवों के एक समूह द्वारा चुना जाता है, जिनकी कुल आबादी 500 से 5000 तक हो सकती है। उसके नौ विभाग हैं। कॉमरेड वेणु ने कहा—'हमारे पास एक जंगल बचाओ विभाग है।'

कॉमरेड कमला जनताना सरकार के खेत दिखाती हुई

यह अभी एक विकल्प नहीं बल्कि–यह बन्दूक के बल पर ग्राम स्वराज का आइडिया है। यहाँ बहुत ज़्यादा भूख है, बहुत ज़्यादा बीमारी। लेकिन उसने विकल्प की सम्भावनाएँ तो निश्चय ही पैदा कर दी हैं। सारी दुनिया के लिए नहीं, न अलास्का के लिए न नयी दिल्ली, यहाँ तक कि शायद समूचे छत्तीसगढ़ के लिए भी नहीं, बल्कि ख़ुद अपने लिए। दण्डकारण्य के लिए।

उनका तरीक़ा थाजंगल को छानने के लिए लगभग तीन सौ लोगों का एक शिकारी दल गठित करके लोगों को मारना, घरों को जलाना, औरतों से बलात्कार करना। तत्कालीन मध्य प्रदेश सरकार ने (छत्तीसगढ़ अभी बना नहीं था) पुलिस समर्थन जुटाया। महाराष्ट्र में इसी से मिलते-जुलते 'लोकतांत्रिक मोर्चे' ने अपना आक्रमण शुरू किया। पीपुल्स वॉर ग्रुप ने इसका जवाब सच्ची पीपुल्स वॉर ग्रुप शैली में कुछ बहुत ही बदनाम ज़मींदारों को मारकर दिया। कुछ ही महीनों में 'जनजागरण अभियान'कॉमरेड वेणु के शब्दों में 'सफ़ेद आतंक'विलीन हो गया। 1998 में महेन्द्र करमा ने, जो तब तक कॉंग्रेस पार्टी में शामिल हो चुका था'जनजागरण अभियान' में नयी जान फूँकने की कोशिश की। इस बार उसकी हवा पहले की तुलना में और भी तेज़ी से निकल गयी।

फिर 2005 की गर्मियों में क़िस्मत उस पर मेहरबान हो गयी। अप्रैल में छत्तीसगढ़ में भाजपा सरकार ने सकल इस्पात के कारख़ाने लगाने के लिए दो क़रारनामों पर हस्ताक्षर किये (जिनकी शर्तें गुप्त हैं)। एक क़रारनामा बैलाडीला में एस्सार स्टील के साथ 7,000 करोड़ का था और दूसरा लोहण्डीगुडा में टाटा स्टील के साथ 10,000 करोड़ का। उसी महीने में प्रधानमंत्री मनमोहन सिंह ने 'माओवादियों को भारत की आन्तरिक सुरक्षा के लिए गम्भीरतम ख़तरा' बताने वाला अपना मशहूर बयान दिया।[5] (उस समय यह कहना बहुत अजीब था, क्योंकि इसका उलट सही था। आन्ध्र प्रदेश में कॉंग्रेस की सरकार ने अभी-अभी माओवादियों का सफ़ाया करके उन्हें नेस्तनाबूद कर दिया था। वे अपने कार्यकर्ताओं में से लगभग 1600 गँवा बैठे थे और बुरी तरह अस्त-व्यस्त थे।) प्रधानमंत्री के बयान से खनन कम्पनियों के शेयरों में भारी उछाल आया। इसने मीडिया को यह भी संकेत दिया कि जो कोई भी चाहे, उसके लिए माओवादी आसान शिकार थे। जून 2005 में महेन्द्र करमा ने कुटरू गाँव में मुखियाओं की एक गुप्त सभा बुलायी और सल्वा जुडुम (पावनकारी आखेट) का ऐलान किया। आदिवासी देसीपन और द्विज/नाज़ी भावना की एक सुन्दर खिचड़ी।

'जन-जागरण अभियान' के विपरीत सल्वा जुडुम ज़मीनी-सफ़ाई की कार्रवाई थी, जिसका उद्देश्य लोगों को उनके गाँवों से हटा कर सड़क किनारे के शिविरों में ले जाना था जहाँ वे पुलिस की निगरानी में रहें और उन्हें नियंत्रित किया जा सके। सैनिक शब्दावली में इसे रणनीतिक ग्रामीणीकरण कहते हैं। इसकी ईजाद जेनरल सर हैरल्ड ब्रिग्स ने 1950 में की थी जब मलाया में कम्युनिस्टों के

ख़िलाफ़ अंग्रेज़ों ने युद्ध छेड़ रखा था। ब्रिग्स योजना भारतीय सेना में बड़ी लोकप्रिय हुई, जिसने उसे नागालैण्ड, मिज़ोरम और तेलंगाना में इस्तेमाल किया है। छत्तीसगढ़ में भाजपा के मुख्य मंत्री रमण सिंह ने घोषणा की कि जहाँ तक उनकी सरकार का सम्बन्ध था, जो गाँववाले पुलिस शिविरों में नहीं जायेंगे, वे माओवादी समझे जायेंगे। इसलिए बस्तर में किसी आम गाँववासी के लिए घर पर रहना, साधारण जीवन जीना, ख़तरनाक आतंकवादी गतिविधि में संलग्न होने के बराबर ठहराया जाने लगा।

विशेष सत्कार के तौर पर लोहे के प्याले में काली चाय के साथ कोई मुझे एक जोड़ा ईयर फ़ोन देता है और एक छोटा-सा एमपी-3 प्लेयर चालू कर देता है। यह एक खरखराती हुई रिकॉर्डिंग है जिसमें बस्तर के तत्कालीन पुलिस अधीक्षक डी.एस. मनहर एक छोटे अफ़सर को बेतार से उन पुरस्कारों और प्रोत्साहनों के बारे में बता रहे हैं जो केन्द्रीय और राज्य सरकारें 'जागृत' गाँवों को और उन लोगों को दे रही हैं जो शिविरों में जाने को तैयार हैं। वे फिर स्पष्ट निर्देश देते हैं कि जो गाँव 'समर्पण' करने से इनकार करें, उन्हें जला दिया जाये और जो पत्रकार नक्सलवादियों की ख़बरें इकट्ठी करना चाहें, उन्हें देखते ही गोली मार दी जाये। (मैंने इसके बारे में बहुत पहले अख़बारों में पढ़ा था। जब इस ख़बर का भण्डाफोड़ हुआ, पुलिस अधीक्षक का तबादला बतौर सज़ायह साफ़ नहीं है कि किसे देने के लिएराज्य के मानवाधिकार आयोग में कर दिया गया।

सल्वा जुडुम की घोषणा जून 2005 में अम्बेली नामक गाँव में गाँव के मुखियाओं की बैठक के दौरान की गयी। जून से दिसम्बर 2005 के बीच वह दक्षिणी दन्तेवाड़ा के सैकड़ों गाँवों को जलाता, लूटता, वहाँ मार-काट और बलात्कार का क़हर बरपा करता चला गया। उसकी कार्रवाइयों का केन्द्र बैलाडीला के नज़दीक, बीजापुर और भैरमगढ़ ब्लॉक थे, जहाँ एस्सार स्टील का नया कारख़ाना स्थापित करने का प्रस्ताव था। यह संयोग नहीं था कि ये इलाक़े माओवादियों के गढ़ भी थे, जहाँ जनताना सरकारों ने बहुत काम किया था, ख़ास तौर पर जल- संचय के ढाँचे बनाने के सिलसिले में। जनताना सरकारें सल्वा जुडुम के हमलों का ख़ास निशाना बन गयीं। सैकड़ों लोग अत्यधिक पाशविक तरीक़ों से मार दिये गये। लगभग 60,000 लोग पुलिस शिविरों में चले गये, कुछ स्वेच्छा से, कुछ आतंकित होकर। इनमें से लगभग 3000 को 1500 रुपये के वेतन पर विशेष पुलिस अधिकारी नियुक्त कर दिया गया।

इस रत्ती-बराबर फ़ायदे के लिए नीलेश के भाई जैसे युवा लोगों ने ख़ुद को कँटीली तारों के एक कारागार में आजीवन क़ैद की सज़ा दे दी है। अपनी क्रूरता के कारण वे इस भयावह युद्ध के सबसे अभागे शिकार साबित हो सकते हैं। सल्वा जुडुम को भंग करने वाला सर्वोच्च न्यायालय का कोई फ़ैसला भी उनकी नियति को नहीं बदल सकता।

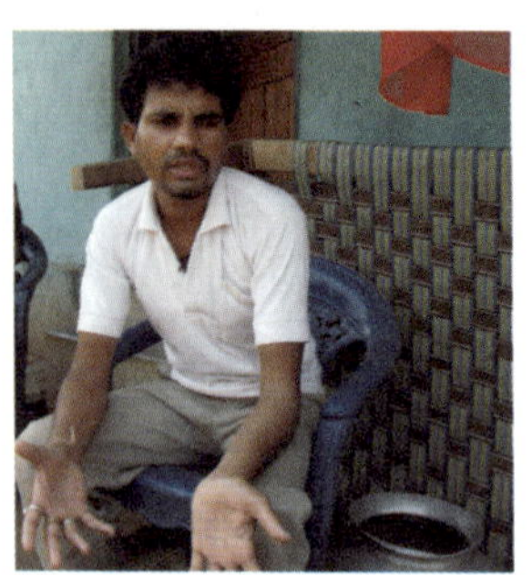

सलवा जुडूम नेता, डोर्नायाल कैम्प, 2009

बचे हुए लाखों लोग सरकारी ख़ुर्दबीन के बाहर चले गये। (लेकिन इन 644 गाँवों की विकास राशि नहीं गयी। उस छोटी-सी सोने की खदान का क्या हुआ?) उनमें से बहुत-से लोग आन्ध्र-प्रदेश और उड़ीसा की तरफ़ खिसक लिये, जहाँ वे आम तौर पर मिर्ची चुनने के मौसम में दिहाड़ी मज़दूरों की तरह प्रवासी बन कर जाया करते थे। लेकिन दसियों हज़ारों ने जंगल में शरण ली, जहाँ वे अब भी रहते हैं, बेआसरा जीते हुए, सिर्फ़ दिन के समय अपने खेतों और घरों में वापस आते हुए।

सल्वा जुडुम द्वारा अपने पीछे छोड़े गये झुलसे हुए पथ पर पुलिस थानों और शिविरों का एक झुण्ड बढ़ता चला आया। इरादा था कि माओवादियों द्वारा नियंत्रित इलाक़े पर 'रेंगते हुए फिर से क़ब्ज़ा करने' की ख़ातिर ज़मीनी सुरक्षा प्रदान की जाये। अनुमान यह था कि सुरक्षा बलों की इतनी घनी उपस्थिति पर माओवादी हमला करने की जुर्रत नहीं करेंगे। अपने तईं माओवादियो ने यह महसूस किया कि अगर वे इस ज़मीनी सुरक्षा को नहीं तोड़ते तो यह उन लोगों का साथ छोड़ने के बराबर होगा जिनका भरोसा उन्होंने जीता था और जिनके साथ पिछले पच्चीस साल से वे रहते और काम करते आ रहे थे। उन्होंने सिलसिलेवार हमलों द्वारा सुरक्षा-जाल के हृदय पर जवाबी चोट की।

26 जनवरी, 2006 को जनमुक्ति छापामार सेना ने गंगालौर पुलिस शिविर पर हमला किया और सात लोगों को मार डाला। 17 जुलाई, 2006 को एराबोर के सल्वा जुडुम शिविर पर हमला किया गया, 20 लोग मारे गये और 150 घायल हुए (आपने शायद इसके बारे में कुछ इस तरह की ख़बर पढ़ी हो'माओवादियों ने उस राहत शिविर पर हमला किया जो राज्य सरकार ने उन गाँववालों को आसरा देने के लिए स्थापित किया था जो नक्सलवादियों द्वारा बरपा किये गये आतंक के कारण अपने गाँवों से भाग निकले थे') 13 दिसम्बर, 2006 को उन्होंने बासागुडा 'राहत' शिविर पर हमला किया और तीन विशेष पुलिस अधिकारियों और पुलिस के एक सिपाही को मार दिया। 15 मार्च, 2007 को इनमें से सबसे दुस्साहसिक हमला किया गया। जनमुक्ति सेना के 120 छापामारों ने लड़कियों के एक छात्रावास, रानी बोडिली कन्या आश्रम पर हमला किया जिसे छत्तीसगढ़ के 80 पुलिसवालों (और विशेष पुलिस अधिकारियों) के आवास में तब्दील कर दिया गया था, जबकि लड़कियाँ तब भी मानवीय ढालों के रूप में उसमें रहती थीं। जनमुक्ति छापामार सेना अहाते में दाख़िल हुई, उसने उस परिसर को घेरा डाल कर अलग-थलग कर दिया जिसमें लड़कियाँ रहती थीं और बैरकों पर हमला कर दिया। 55 पुलिस वाले और विशेष पुलिस अधिकारी मारे गये। एक भी लड़की को चोट नहीं आयी। (दन्तेवाड़ा के साफ़गो पुलिस अधीक्षक ने मुझे अपना कम्प्यूटरीकृत प्रस्तुतीकरण दिखाया था जिसमें उड़ायी गयी स्कूली इमारत के खँडहरों के बीच पुलिसवालों के जले हुए कटे-फटे शवों के फ़ोटो भी थे। वे इतने भयानक और जुगुप्सा पैदा करने वाले थे कि नज़रें न हटाना असम्भव था। मेरी प्रतिक्रिया पर वह प्रसन्न दिखा था।)

रानी बोडिली कन्या आश्रम पर किये गये विस्फोट ने देश में हंगामा बरपा कर दिया। मानवाधिकार संस्थाओं ने न सिर्फ़ हिंसा के लिए माओवादियों की भर्त्सना की, बल्कि शिक्षा-विरोधी होने और स्कूलों पर हमला करने के लिए भी। लेकिन दण्डकारण्य में रानी बोडिली वाला हमला एक गाथा बन गया : उसके बारे में गीत और कविताएँ और नाटक लिखे गये।

माओवादियों का जवाबी हमला ज़मीनी सुरक्षा को तोड़ने में सफल रहा और लोगों को साँस लेने की मोहलत मिली। पुलिस और सल्वा जुडुम के लोग अपने शिविरों में लौट गये जहाँ से वे अब आम तौर पर सिर्फ़ रात के सन्नाटे में 300 या 1000 के समूहों में गाँवों में घेरेबन्दी और ढुँढाई की कार्रवाइयाँ करने के लिए

बाहर आते हैं। धीरे-धीरे विशेष पुलिस अधिकारियों और उनके परिवारों को छोड़कर सल्वा जुडुम के शिविरों के बाक़ी लोग अपने-अपने गाँवों को लौटने लगे। माओवादियों ने उनकी वापसी का स्वागत किया और घोषणा की कि विशेष पुलिस अधिकारी भी वापस आ सकते थे : बशर्ते वे सच्चे मन से और सार्वजनिक तौर पर अपने कदमों के लिए पश्चाताप करें। युवा लोग झुण्ड-के-झुण्ड 'जनमुक्ति छापामार सेना' में शामिल होने लगे। (जनमुक्ति छापामार सेना औपचारिक रूप से दिसम्बर 2000 में गठित हुई थी। पिछले तीस वर्षों में उसके हथियारबन्द जत्थे ने बहुत धीरे-धीरे बढ़ कर खण्डों का रूप ले लिया था, खण्ड बढ़ कर दस्ते बने थे और दस्ते कम्पनियों में तब्दील हुए थे। लेकिन सल्वा जुडुम की लूट-मार के बाद जनमुक्ति छापामार सेना बड़ी जल्दी ही अपने को वाहिनी के बराबर घोषित करने के क़ाबिल हो गयी। यह पूरी तरह स्वैच्छिक सेना है। किसी को वेतन नहीं दिया जाता।)

सल्वा जुडुम नाकाम ही नहीं हुआ था, उसने बुरी तरह मुँह की खायी थी।

जैसा कि हम अब जानते हैं, वह किसी छोटे-मोटे गुण्डे की स्थानीय कार्रवाई भर नहीं था। प्रेस में दुमुँहेपन के बावजूद, सल्वा जुडुम छत्तीसगढ़ की राज्य सरकार और केन्द्र में सत्तासीन काँग्रेस पार्टी का संयुक्त अभियान था। उसे नाकाम होने नहीं दिया जा सकता था। ऐसी हालत में तो बिलकुल नहीं जब वे सारे-के-सारे क़रारनामे शादी के बाज़ार में कुम्हलाते उम्मीदवारों की तरह प्रतीक्षारत थे। सरकार पर कोई नयी तरकीब ईजाद करने के लिए बेतहाशा दबाव था। सरकार ने ऑपरेशन ग्रीन हण्ट पेश किया। सल्वा जुडुम के विशेष पुलिस अधिकारियों को अब कोया कमाण्डो कहा जाता है। कोया कमाण्डो के अलावा सरकार ने छत्तीसगढ़ सशस्त्र बल, केन्द्रीय रिज़र्व पुलिस बल, सीमा सुरक्षा बल, भारत-तिब्बत सीमा पुलिस, केन्द्रीय औद्योगिक सुरक्षा बल, ग्रेहाउण्ड, स्कॉर्पियन, कोबरा तैनात किये हैं। और एक नीति, जिसे प्यार से हृदय और मन जीतना कहा जाता है।

महत्वपूर्ण युद्ध अनपेक्षित स्थानों पर लड़े जाते हैं। खुले बाज़ार के पूँजीवाद ने सोवियत कम्युनिज़्म को अफ़ग़ानिस्तान की धूसर पहाड़ियों में शिकस्त दी थी। यहाँ दन्तेवाड़ा के जंगलों में हिन्दुस्तान की आत्मा के लिए एक सिर-धड़ की लड़ाई चल रही है। भारतीय लोकतंत्र के गहराते संकट और बड़े व्यापारिक निगमों, प्रमुख राजनैतिक दलों और सुरक्षा-व्यवस्था के आपसी गँठजोड़ के बारे में बहुत कहा जा चुका है। लेकिन अगर कोई तुरत-फुरत मूल्यांकन करना चाहे तो उसे दन्तेवाड़ा जाना चाहिए।

राज्य कृषि सम्बन्धों और भूमि सुधारों के अधूरे कार्य के बारे में एक मसविदा रिपोर्ट (भाग-1) में कहा गया है कि टाटा स्टील और एस्सार स्टील सल्वा जुडुम के पहले साहूकारों में से थे। क्योंकि वह एक सरकारी रिपोर्ट थी इसलिए जब वह अख़बारों में छपी तो उसने हलचल पैदा कर दी। (यह तथ्य बाद में चल कर अन्तिम रिपोर्ट से हटा दिया गया है। क्या वाक़ई भूल से या फिर सकल इस्पाती पंजे ने किसी के कन्धे को हल्के से थपथपाया था?[6])

12 अक्टूबर, 2009 को टाटा के इस्पात कारख़ाने के लिए अनिवार्य जन सुनवाई, जिसे लोहण्डीगुडा में होना था जहाँ स्थानीय जनता आ सकती थी, वास्तव में मीलों दूर जगदलपुर के ज़िलाधिकारी कार्यालय के भीतर एक छोटे-से सभागार में भारी सुरक्षा के घेरे में हुई। भाड़े पर 50 आदिवासियों के एक समूह को बतौर दर्शक, बस्तर से सरकारी जीपों के सुरक्षित काफ़िले में लाया गया। बैठक के बाद ज़िलाधिकारी ने लोहण्डीगुडा की जनता को उसके सहयोग के लिए बधाई दी। स्थानीय अख़बारों ने इस झूठ को छापा, हालाँकि वे असलियत से वाक़िफ़ थे। (धड़ाधड़ विज्ञापन जो मिलने लगे।) गाँववालों के प्रतिवाद के बावजूद, परियोजना के लिए भूमि अधिग्रहण शुरू हो चुका है।

अकेले माओवादी ही नहीं हैं जो भारतीय राजतंत्र का तख़्ता पलटना चाहते हैं। उसका पहले भी कई बार तख़्ता-पलट हो चुका है। हिन्दू कट्टरतावाद और आर्थिक अधिनायकवाद द्वारा।

दन्तेवाड़ा से कार द्वारा पाँच घण्टे की दूरी पर मौजूद लोहण्डीगुडा कभी नक्सलवादी इलाक़ा नहीं था। मगर अब है। कॉमरेड जूरी, जो मेरी बग़ल में बैठी थी जब मैं चींटियों की चटनी खा रही थी, उस इलाक़े में काम करती है। उसने कहा कि उन्होंने वहाँ जाने का फ़ैसला तब लिया जब गाँव के घरों की दीवारों पर यह लिखा मिलने लगा कि *'नक्सली आओ, हमें बचाओ।'* कुछ महीने पहले गाँव पंचायत प्रमुख विमल मेश्राम को बाज़ार में गोली मार दी गयी। ''वह टाटा का आदमी था,'' जूरी कहती है, ''वह लोगों को अपनी ज़मीन देने और मुआवज़ा लेने पर मजबूर कर रहा था। अच्छा है जो वह ख़त्म हो गया। हमने भी एक कॉमरेड गँवा दिया। उन्होंने उसे गोली मार दी। आपको और *चपोली* चाहिए?' वह सिर्फ़ बीस साल की है। ''हम टाटा को यहाँ आने नहीं देंगे। लोग उन्हें नहीं चाहते हैं।'' जूरी जनमुक्ति छापामार सेना में नहीं है। वह पार्टी के सांस्कृतिक खण्ड 'चेतना नाट्य मंच' में है। वह गाती है, गीत लिखती है। वह अबूझमाड़ से

है। वह कॉमरेड माधव से विवाहित है। वह कॉमरेड माधव के गाने पर रीझ गयी थी जब वह चेतना नाट्य मंच की एक मण्डली के साथ जूरी के गाँव गया था।)

मुझे महसूस होता है मुझे इस मुक़ाम पर कुछ कहना चाहिए। हिंसा की निरर्थकता के बारे में, तुरत-फुरत मृत्यु-दण्ड देने की अस्वीकार्यता के बारे में। लेकिन मैं क्या सुझाऊँ कि वे क्या करें? अदालत में जायें? दिल्ली में जन्तर-मन्तर पर धरना दें? जुलूस निकालें? क्रमिक अनशन पर बैठें? सुनने में हास्यास्पद लगता है। नयी आर्थिक नीति के ढिंढोरचियों कोजिन्हें 'कोई विकल्प नहीं है' कहना आसान जान पड़ता हैएक वैकल्पिक प्रतिरोध नीति सुझाने के लिए कहा जाना चाहिए। एक विशेष नीति, इस विशिष्ट वन में इन विशिष्ट लोगों को। यहाँ। अभी। किस पार्टी के लिए वे मतदान करें? किस लोकतांत्रिक संस्था से वे गुज़ारिश करें? नर्मदा पर बड़े बाँधों के ख़िलाफ़ बरसों-बरसों संघर्ष करने के दौरान कौन-सा दरवाज़ा था जो नर्मदा बचाओ आन्दोलन ने नहीं खटखटाया था?

■

अँधेरा है। शिविर में ढेर सारी गतिविधि हो रही है, लेकिन मैं कुछ नहीं देख पा रही। बस रोशनी के इधर-उधर चलते-फिरते बिन्दु। यह बताना मुश्किल है कि वे तारे हैं या जुगनू या चलते हुए माओवादी। नन्हा मँगतू शून्य से प्रकट होता है। मैंने पता लगा लिया था कि वह दस बच्चों के दल का सदस्य है जो युवा कम्युनिस्टों के सचल स्कूल की पहली खेप का हिस्सा हैं जिन्हें पढ़ना-लिखना सिखाया जा रहा है और साम्यवाद के बुनियादी सिद्धान्तों में दीक्षित भी किया जा रहा है। ('कच्चे दिमाग़ों में विचार ठूँसना,' हमारा कॉरपोरेट मीडिया चीख़ता है। टीवी के जो विज्ञापन बच्चों के सोचने लायक़ होने से पहले ही उन पर विचार लादने लगते हैं, उन्हें विचार ठूँसने के माध्यमों के रूप में नहीं देखा जाता।) युवा कम्युनिस्टों को बन्दूकें ले कर चलने या वर्दी पहनने की इजाज़त नहीं है। लेकिन वे झिलमिलाती आँखें लिये, जनमुक्ति छापामार सेना के जत्थों का पीछा करते हैं, फ़िल्मी अभिनेताओं के प्रशंसकों की तरह।

मँगतू ने बड़ी कोमल-सी अधिकार-भावना के साथ मुझे अपना लिया है। उसने मेरी पानी की बोतल भर दी है और कहा है कि मैं अपना सामान बाँध लूँ। एक सीटी बजती है। नीली झिल्ली का तम्बू उतार कर पाँच मिनट के भीतर तहा लिया जाता है। एक और सीटी और सभी सौ-के-सौ कॉमरेड क़तार में खड़े हो

जाते हैं। पाँच क़तारें। कॉमरेड राजू कार्रवाई निर्देशक हैं। हाज़िरी लगती है। मैं भी क़तार में हूँ और जब कॉमरेड कमला जो मेरे आगे खड़ी है मुझे याद दिलाती है, अपनी संख्या पुकार कर बताती हूँ । (हम बीस तक गिनते हैं और फिर एक से शुरू करते हैं, क्योंकि ज़्यादातर गोंड वहीं तक गिन पाते हैं। उनके लिए बीस काफ़ी है। हमारे लिए भी शायद होना चाहिए।) चन्दू अब वर्दी में है और स्टेनगन लिये हुए है। धीमी आवाज़ में कॉमरेड राजू दल को हिदायतें दे रहे हैं। सब गोंडी में है, मुझे कुछ भी समझ में नहीं आता, लेकिन मैं लगातार 'आर-वी' का शब्द सुनती रहती हूँ। बाद में राजू मुझे बताते हैं कि 'आर-वी' का मतलब है राँदेवू (मिलन-स्थल)। यह अब गोंडी शब्द बन चुका है। 'हम आर-वी के स्थान तय कर लेते हैं ताकि अगर हम पर गोलियाँ चलने लगें और लोगों को तितर-बितर होना पड़े तो उन्हें पता हो कि उन्हें फिर से कहाँ इकट्ठा होना है।' वे किसी भी हालत में यह नहीं जान सकते कि यह बात मुझे किस तरह की घबराहट से भर देती है, इसलिए नहीं कि मैं अपने ऊपर गोलियाँ चलाये जाने से डरती हूँ, बल्कि इसलिए कि मैं खो जाने से भयभीत हूँ। मैं दिशा-भ्रम की मारी हूँ, अपने सोने के कमरे और ग़ुसलख़ाने के बीच भटक जाने के क़ाबिल हूँ। 60,000 वर्ग किलोमीटर के जंगल में क्या कर पाऊँगी मैं? ओले पड़ें या गोलियाँ चलें, मैं कॉमरेड राजू का पल्लू नहीं छोड़ने वाली।

हमारे चलने से पहले कॉमरेड वेणु मेरे पास आते हैं। "अच्छा तो कॉमरेड मैं चलूँगा अब।" मुझे धक्का-सा लगता है। वे ऊनी टोपी और चप्पलों में एक छोटे-से मच्छर जैसे लगते हैं, अपने अंगरक्षकों से घिरे हुए, तीन मर्द और तीन औरतें। पूरी तरह हथियारबन्द। "हम आपके बहुत आभारी हैं कॉमरेड कि आप इतनी दूर यहाँ आयीं," वे कहते हैं। एक बार फिर हाथ मिलाना, भिंची हुई मुट्ठी हिलाना। "लाल सलाम कॉमरेड।" वे जंगल में ग़ायब हो जाते हैं, कुंजियों के रखवाले। और पल भर में ऐसा लगता है कि वे कभी यहाँ थे ही नहीं। मैं थोड़ा ठगी-सी रह जाती हूँ। लेकिन मेरे पास सुनने के लिए कई घण्टों की रिकॉर्डिंग है। और जैसे-जैसे दिन हफ़्तों में बदलेंगे मैं बहुत-से लोगों से मिलूँगी जो उस रूप-रेखा में रंग और ब्योरे भरेंगे जो कॉमरेड वेणु ने मेरे लिए खींची थी। हम उलटी दिशा में चलना शुरू कर देते हैं। मील भर दूर से ही आयोडेक्स से महकते कॉमरेड राजू खिली हुई मुस्कान के साथ कहते हैं, "मेरे घुटने जवाब दे चुके हैं। मैं तभी चल पाता हूँ जब दर्द दूर करने वाली मुट्ठी भर गोलियाँ खा लूँ।"

विश्राम

दण्डकारण्य ऐसे लोगों से भरा हुआ था, जिनके कई नाम थे और पानी पर लिखी पहचानें। मेरे लिए यह मलहम सरीखा था, यह विचार। कितना उम्दा है हर वक़्त अपने साथ चिपके न रहना, कुछ देर के लिए कोई और बन जाता।

कथा वचन

मुझे महसूस होता है मुझे इस मुक़ाम पर कुछ कहना चाहिए। हिंसा की निरर्थकता के बारे में, तुरत-फुरत मृत्यु-दण्ड देने की अस्वीकार्यता के बारे में। लेकिन मैं क्या सुझाऊँ कि वे क्या करें? अदालत में जायें? दिल्ली में जन्तर-मन्तर पर धरना दें? जुलूस निकालें? क्रमिक अनशन पर बैठें? किस पार्टी के लिए वे मतदान करें? किस लोकतान्त्रिक संस्था से वे गुज़ारिश करें?

कॉमरेड राजू निर्दोष हिन्दी बोलते हैं। उनमें मज़ाकिया-से-मज़ाकिया क़िस्सों को बिलकुल भावहीन चेहरे के साथ सुनाने की सिफ़त है। वे अट्ठारह साल तक रायपुर में वकील के तौर पर काम करते रहे। वे और उनकी पत्नी, मालती, दोनों पार्टी सदस्य और उसके शहरी संगठन का अंग थे। 2007 को अन्त में रायपुर के संगठन का एक महत्वपूर्ण सदस्य गिरफ़्तार कर लिया गया, उसे यातना दी गयी और वह मुख़बिर बन गया। उसे पुलिस की बन्द गाड़ी में रायपुर में घुमाया गया और अपने भूतपूर्व सहकर्मियों को चिह्नित करने के लिए मजबूर किया गया। कॉमरेड मालती इनमें से एक थी। 22 जनवरी, 2008 को उसे दूसरे कई लोगों के साथ गिरफ़्तार कर लिया गया। उसके ख़िलाफ़ मुख्य आरोप यही है कि उसने सल्वा जुडुम के अत्याचारों के विडियो सबूत वाली सीडियाँ अनेक संसद सदस्यों को डाक से भेजी थीं। उसका मुक़दमा बिरले ही सुनवाई के लिए पेश होता है, क्योंकि पुलिस जानती है कि उसका मामला कमज़ोर है। लेकिन नया 'छत्तीसगढ़ विशेष जन सुरक्षा अधिनियम' पुलिस को छूट देता है कि वह उसे बिना ज़मानत कई साल तक हिरासत में रखे। ''अब सरकार ने छत्तीसगढ़ पुलिस की कई बटालियनें बेचारे संसद सदस्यों को अपनी डाक से बचाने के लिए तैनात कर दी हैं,'' कॉमरेड राजू कहते हैं। वे नहीं पकड़े गये, क्योंकि वे उस समय दण्डकारण्य में चल रही एक बैठक में भाग ले रहे थे। उसी समय से वे यहाँ हैं। उनके दो स्कूल जाने वाले बच्चों से, जो घर पर अकेले छूट गये थे, पुलिस ने सघन पूछ-ताछ की थी। अन्ततः उनका घर बन्द कर दिया गया और बच्चे एक चाचा के यहाँ रहने चले गये। कॉमरेड राजू को उनके बारे में पहली बार ख़बर अभी कुछ हफ़्ते पहले ही मिली। वह कौन-सी चीज़ है जो उन्हें अपने तीखे हास्य-व्यंग पर टिके रहने की यह क्षमता, यह ताक़त देती है? कौन-सी चीज़ है जो इन सबको वह सब कुछ सहने के बाद जो उन्होंने सहा हैचालू रखती है? पार्टी में उनका भरोसा और प्यार। मैं उससे बार-बार सबसे गहरे, सबसें निजी तरीक़ों से रू-ब-रू होती हूँ।

■

हम अब इकहरी पाँत में चल रहे हैं। मैं और एक सौ, 'निरर्थक रूप से हिंसक,' ख़ून के प्यासे विद्रोही। चलने से पहले मैंने शिविर पर नज़र डाली थी। सिवा थोड़ी-सी राख के, जहाँ आग जलायी गयी थी, वहाँ कोई चिह्न नहीं था कि लगभग

सौ लोगों ने यहाँ डेरा डाला था। मुझे इस फ़ौज पर विश्वास नहीं होता। जहाँ तक उपभोग का सवाल है, यह किसी भी गाँधीवादी से ज़्यादा गाँधीवादी है और किसी भी ऋतु-परिवर्तन-सुधारक से कम कार्बन प्रदूषण पैदा करने वाली। लेकिन फ़िलहाल तो, तोड़-फोड़ के प्रति भी इसका रवैया गाँधीवादी है। मिसाल के लिए, किसी भी पुलिस वाहन को जलाने से पहले उसे पूरी तरह खोल लिया जाता है और हर हिस्से का 'भक्षण' कर लिया जाता है। चक्के को सीधा करके राइफ़ल की नली बना ली जाती है, रेक्सीन की गद्दियाँ चीर कर गोलियों की थैलियाँ बनाने के काम में ले ली जाती हैं, बैटरी से सोलर सेल चार्ज किये जाते हैं। (हाई कमान से नये निर्देश हैं कि क़ब्ज़ा किये गये वाहन जलाये जाने की बजाय गाड़ दिये जायें। ताकि जब ज़रूरत हो, उन्हें पुनर्जीवित किया जा सके।)

मैं सोचती हूँ क्या मैं एक नाटक लिखूँ *गाँधी अपनी बन्दूक उठाओ?* या वे मुझे फाँसी देंगे?

हम घुप्प अँधेरे और एकदम सन्नाटे में चल रहे हैं। सिर्फ़ मैं ही टॉर्च इस्तेमाल कर रही हूँ, नीचे को झुकाये जिससे मुझे उसकी रोशनी के चकत्ते में कॉमरेड कमला की घिसी हुई काली चप्पलों में उसकी एड़ियाँ नज़र आ रही हैं, मुझे दिखाती हुई कि मुझे पैर ठीक-ठीक कहाँ रखने हैं। वह मुझसे दस गुना ज़्यादा भार उठाये हुए हैउसका पिट्ठू, राइफ़ल, सिर पर रसद की एक बड़ी-सी बोरी, बड़े पतीलों में से एक और कन्धों से लटके सब्ज़ियों से भरे हुए दो झोले। उसके सिर पर रखी बोरी बिलकुल सन्तुलित है और वह ढलानों और फिसलन-भरे चट्टानी रास्तों पर उसे छुए बग़ैर ही कूदती-फाँदती उतर सकती है। वह एक चमत्कार है। रास्ता काफ़ी लम्बा साबित होता है। मैं इतिहास के सबक़ की आभारी हूँ, क्योंकि बाक़ी सब चीज़ों के अलावा उसने मेरे पैरों को पूरा एक दिन का आराम मुहैया करा दिया।

यह सबसे ख़ूबसूरत अनुभव है, रात के वक़्त जंगल में चलना और मैं रात-दर-रात यही करने वाली हूँ।

■

हम 1910 के भूमकाल विद्रोह की सौवीं जयन्ती मनाने के आयोजन में जा रहे हैं। इसमें कोया लोगों ने अंग्रेज़ों के ख़िलाफ़ विद्रोह कर दिया था। भूमकाल का, कॉमरेड राजू कहते हैं, मतलब है भूचाल। वे बताते हैं, आयोजन में भाग लेने के

लिए लोग कई-कई दिन पैदल चल कर आयेंगे। जंगल लगातार चल रहे लोगों से भरा होगा। दण्डकारण्य के सभी मण्डलों में समारोह हो रहे हैं। हमारा सौभाग्य है कि आयोजन के संचालक कॉमरेड लेंग हमारे साथ चल रहे हैं। गोंडी में 'लेंग' का मतलब आवाज़ होता है। कॉमरेड लेंग आन्ध्र प्रदेश के रहने वाले, लम्बे, अधेड़ आदमी हैं, जाने-माने लोकप्रिय गायक-कवि गदर के साथी जिन्होंने 1972 में क्रान्तिकारी सांस्कृतिक संगठन 'जन नाट्य मंच' (जे.एन.एम.) की स्थापना की

थी। आगे चल कर 'जन नाट्य मंच' औपचारिक रूप से पीपुल्स वॉर ग्रुप का अंग बन गया और आन्ध्र प्रदेश में दसियों हज़ार की संख्या में श्रोताओं को इकट्ठा कर सकता था। कॉमरेड लेंग 1977 में शामिल हुए और अपने बल पर एक प्रसिद्ध गायक बन गये। वे दुर्दान्त दमन के दौरान आन्ध्र में रहे, 'मुठभेड़' वाली हत्याओं के युग में, जिसमें मित्र लगभग हर रोज़ मारे जा रहे थे। वे ख़ुद एक रात हस्पताल के बिस्तर से एक महिला पुलिस अधीक्षक द्वारा उठा लिये गये, जिसने डॉक्टर का भेस बनाया हुआ था। उन्हें 'मुठभेड़' के लिए वारंगल के बाहर जंगल में ले जाया गया। लेकिन उनके सौभाग्य से गदर को ख़बर हो गयी और वे लोगों को ख़बरदार करने में सफल हो गये। जब पीपुल्स वॉर ग्रुप ने 1998 में दण्डकारण्य में एक सांस्कृतिक संगठन शुरू करने का फ़ैसला किया तो कॉमरेड लेंग को उसका मुखिया बना कर भेजा गया और अब वे यहाँ मेरे साथ चल रहे हैं, फ़ौजी कमीज़ पहने, मगर उसके साथ जाने किस कारण से एक बैंगनी पाजामा जिस पर गुलाबी ख़रगोश बने हुए हैं। "चेतना नाट्य मंच में अब 10,000 सदस्य हैं," उन्होंने मुझे बताया था। "हमारे पास 500 गीत हैं, हिन्दी, गोंडी, छत्तीसगढ़ी और हल्बी में। हमने एक किताब छपायी है, जिसमें हमारे 140 गीत हैं। हर कोई गीत रचता है।"

जब पहली बार मैंने उनसे बात की तो वे बड़े गम्भीर जान पड़े थे, बहुत एकाग्र-चित्त। लेकिन कई दिन बाद, अलाव के गिर्द बैठे और अब भी वही पाजामा पहने हुए, वे हमको मुख्यधारा की तेलुगू फ़िल्मों के एक अत्यन्त सफल निर्देशक के बारे में बताते हैं, जो उनके मित्र हैं और जो अपनी फ़िल्मों में हमेशा नक्सलवादी की भूमिका निभाते हैं। "मैं उसको पूछा," कॉमरेड लेंग ने अपनी मज़ेदार तेलुगू लहजे वाली हिन्दी में कहा, "तुम काईकू सोचता है कि

नक्सलाइट लोग हमेशा अइसाइच ही होता है?"और उन्होंने जंगल से एके-47 के साथ बाहर आते पिछयाये-गये दिखते आदमी की झुकी हुई, उचक-उचक कर चलने वाली मुद्रा की बड़ी दक्ष नक़ल की और हम लोगों को पेट पकड़ कर हँसने पर मजबूर कर दिया।

अकेले माओवादी ही नहीं हैं जो भारतीय राजतन्त्र का तख़्ता पलटना चाहते हैं। उसका पहले भी कई बार तख़्ता-पलट हो चुका है। हिन्दू कट्टरतावाद और आर्थिक अधिनायकवाद द्वारा।

मुझे पक्के तौर पर यह अन्दाज़ा नहीं है कि मैं भूमकाल उत्सव को देखने के लिए उत्सुक हूँ या नहीं। मुझे डर है कि मैं माओवादी प्रचार से भरे परम्परागत आदिवासी नृत्य, शब्दाडम्बर से भरे उकसाने वाले भाषण और निस्तेज आँखों वाले दर्शक देखूँगी। हम मैदान में शाम को काफ़ी देर गये पहुँचते हैं। लाल कपड़े से लिपटे बाँस के मचान का एक अस्थायी स्मारक बनाया गया है। शिखर पर माओवादी पार्टी के हंसिया-हथौड़ा के ऊपर चाँदी की पन्नी में लिपटा, आदिवासी योद्धा का तीर-कमान है। श्रेणी विभाजन उपयुक्त है। मंच काफ़ी विशाल है। यह भी अस्थायी, मिट्टी की मोटी परत से लीपे गये मज़बूत मचान पर। अभी से मैदान में छोटे-छोटे अलाव जल रहे हैं, लोग आने शुरू हो गये हैं और शाम का भोजन बना रहे हैं। अँधेरे में वे सिर्फ़ छायाएँ हैं। हम उनके बीच से रास्ता बनाते निकलते हैं (*लालसलाम, लालसलाम, लालसलाम*) और

पन्द्रह मिनट तक चलते रहते हैं, जब तक कि हम दोबारा जंगल में दाख़िल नहीं हो जाते।

अपने नये डेरे पर हमें फिर से क़तार में खड़ा होना पड़ता है। एक और हाज़िरी। और फिर पहरेदारों की तैनाती के बारे में निर्देश और 'गोलीबारी के दायरे' के बारे मेंपुलिस का हमला होने पर कौन किस इलाक़े की देख-रेख करेगा, इसके बारे में फ़ैसले। आर-वी के मुक़ाम फिर से तय किये जाते हैं।

एक अग्रिम दल आ गया है और पहले ही से खाना बना चुका है। खाने के बाद की मिठाई के तौर पर कमला मुझे एक जंगली अमरूद ला कर देती है, जो उसने रास्ते में तोड़ लिया था और गिलहरी की तरह मेरे लिए छिपाये रखा था।

दिन के समारोह के लिए ज़्यादा-से-ज़्यादा लोगों के इकट्ठे होने का एहसास भोर से ही है। उत्तेजना की एक भनभनाहट है, जो धीरे-धीरे बढ़ती जा रही है। जिन लोगों ने एक-दूसरे को लम्बे समय से नहीं देखा है, फिर से मेल-मुलाक़ात कर रहे हैं। हमें माइक्रोफ़ोनों की जाँच किये जाने की आवाज़ सुनायी देती है। झण्डे, बैनर, पोस्टर, झण्डियाँ लगायी जा रही हैं। जिस दिन हम पहुँचे थे, उस दिन ओंगार में मारे गये पाँच लोगों की तस्वीरों वाला एक पोस्टर नज़र आ रहा है।

मैं कॉमरेड नर्मदा, कॉमरेड मासे और कॉमरेड रूपी के साथ चाय पी रही हूँ। कॉमरेड नर्मदा दण्डकारण्य में क्रान्तिकारी आदिवासी महिला संगठन की प्रमुख बनने से पहले गढ़चिरोली में कई वर्षों तक काम करने के अनुभवों के बारे में बताती हैं। रूपी और मासे आन्ध्र प्रदेश में शहरी कार्यकर्ता रही हैं और मुझे वर्षों तक किये गये उस संघर्ष के बारे में बताती हैं, जो महिला कॉमरेडों ने पार्टी के भीतर न सिर्फ़ अपने अधिकारों के लिए किया, बल्कि पार्टी को यह देखने पर विवश करने के लिए भी कि स्त्रियों और पुरुषों के बीच समानता एक न्यायपूर्ण समाज के स्वप्न के केन्द्र में होनी चाहिए। हम 1970 के दशक और नक्सलवादी आन्दोलन के भीतर की महिलाओं की कहानियों के बारे में बात करते हैं, जिन्हें पुरुष कॉमरेडों से मोहभंग हुआ था, जो ख़ुद को महान क्रान्तिकारी समझते थे, लेकिन उनके पैरों में उसी पुरानी पितृसत्तात्मकता, उसी पुरानी पुरुष-प्रधानता की बेड़ियाँ जकड़ी हुई थीं। मासे कहती हैं कि तबसे हालात काफ़ी बदल गये हैं, हालाँकि अभी काफ़ी रास्ता तय करना बाक़ी है। (पार्टी की केन्द्रीय समिति और पॉलिट ब्यूरो में अभी तक कोई औरत नहीं है। केन्द्रीय समिति में अनुराधा गाँधी

थींजिनका पिछले साल मस्तिष्क ज्वर से निधन हो गयाऔर एक आदिवासी कॉमरेड शीला, जो अब जेल में हैं।)

दोपहर के समय जनमुक्ति छापामार सेना का एक और जत्था आ पहुँचता है। इसकी अगुवाई एक लम्बे, पतले-छरहरे, किशोर-सरीखे कॉमरेड कर रहे हैं। कॉमरेड के दो नाम हैंसुखदेव और गुडसा उसेण्डीजिनमें से एक भी उनका नहीं है। सुखदेव एक बहुत ही प्यारे कॉमरेड का नाम है, जो शहीद हो गया। (इस युद्ध में सिर्फ़ दिवंगत लोगों के लिए ही अपना असली नाम इस्तेमाल करना निरापद है)। रही बात गुडसा उसेण्डी की, तो कई कॉमरेड किसी-न-किसी मौक़े पर गुडसा उसेण्डी रहे हैं। (कुछ महीने पहले कॉमरेड राजू थे।) गुडसा उसेण्डी दण्डकारण्य में पार्टी प्रवक्ता का नाम होता है। लिहाज़ा हालाँकि सुखदेव बाक़ी सारे सफ़र के दौरान मेरे साथ रहते हैं, मुझे रत्ती भर अन्दाज़ा नहीं है कि मैं उनको फिर कभी कैसे खोज पाऊँगी। अलबत्ता, उनकी हँसी मैं कहीं भी पहचान लूँगी। वे कहते हैं कि वे दण्डकारण्य में 1988 में आये जब पीपुल्स वॉर ग्रुप ने उत्तरी तेलंगाना से अपने एक तिहाई बल को दण्डकारण्य में भेजने का फ़ैसला किया। उन्होंने अच्छे कपड़े पहन रखे हैं, 'ड्रेस' की बजाय 'सिविल' ('आम कपड़ों' के लिए गोंडी शब्द) 'ड्रेस' (माओवादी 'वर्दी' के विपरीत) और किसी व्यावसायिक कम्पनी के युवा अधिकारी समझे जा सकते हैं। मैं उनसे वर्दी न पहनने की वजह पूछती हूँ।

वे बताते हैं कि वे सफ़र करते रहे हैं और अभी-अभी काँकेर के नज़दीक केशकाल घाट से लौटे हैं। ख़बर है कि वहाँ बॉक्साइट का भण्डार हैलगभग 30 लाख टन्जिस पर वेदान्त नामक कम्पनी की आँख है।

टन्! मेरे सहज ज्ञान के लिए दस में से दस।

सुखदेव बताते हैं कि वे लोगों का तापमान परखने के लिए वहाँ गये थे। यह देखने के लिए कि क्या वे लड़ने को तैयार हैं। "वे अब जत्थे चाहते हैं। और बन्दूकें।" वे सिर पीछे फेंक कर ठहाका लगाते हैं। "मैंने उनसे कहा यह इतना आसान नहीं है, भाई।" बातचीत के भूले-भटके टुकड़ों से और जिस आराम से वे अपनी एके-47 लिये हुए हैं, मैं बता सकती हूँ कि उनका भी दर्जा ऊँचा है और वे जनमुक्ति छापामार सेना में सक्रिय हैं।

जंगल की डाक आती है। मेरे लिए भी एक बिस्कुट है। कॉमरेड वेणु का भेजा हुआ। कई तहें लगाये गये काग़ज़ के नन्हे-से टुकड़े पर उन्होंने एक गीत

के शब्द लिखे हैं, जो उन्होंने मुझे भेजने का वादा किया था। कॉमरेड नर्मदा उन्हें पढ़ कर मुस्कराती हैं। वे इस क़िस्से को जानती हैं। यह 1980 के दशक की बात है, उस वक़्त की, जब लोग पहले-पहल पार्टी में भरोसा करने लगे थे और अपनी समस्याएँ ले कर उसके पास आने लगे थेकॉमरेड वेणु के शब्दों में, अपने 'आन्तरिक अन्तर्विरोध' ले कर। सबसे पहले आने वालों में औरतें थीं। एक शाम अलाव के पास बैठी एक बूढ़ी औरत उठी और उसने दादा लोग के लिए एक गीत गाया। वह माडिया आदिवासी थी, जिनके बीच रिवाज था कि औरतें शादी के बाद चोलियाँ उतार दें और छातियाँ खुली रखें।

जम्पर पोलो इनटोर दादा, दाकोनिले
ताने तासोम इनटोर दादा, दाकोनिले
बाता पापम कित्तोम दादा, दाकोनिले
दुनिया काडिले माता दादा, दाकोनिले
चोली न रखो वे कहते दादा, दाकोनिले
इसको उतारो वे कहते दादा, दाकोनिले
हमने कौन-सा पाप किया दादा, दाकोनिले
पूरी दुनिया नहीं क्या बदली दादा, दाकोनिले

आतुम हाट्टेके दादा, दाकोनिले
आदा नंगा दान्तोम दादा, दाकोनिले
इद पिसवाल मन्नी दादा, दाकोनिले
मावा कोयाटुर्कू वेहत दादा, दाकोनिले

जब हम हाट में जायें दादा, दाकोनिले
आधा नंगा जाना पड़े दादा, दाकोनिले
ऐसी जिनगिया भावे ना दादा, दाकोनिले
पुरखों को बोलो ई बात हमारी दादा, दाकोनिले

औरतों से सम्बन्धित यह पहला मामला था, जिसके ख़िलाफ़ पार्टी ने अभियान चलाने का फ़ैसला किया। उसे बड़ी नज़ाकत के साथ निपटाया जाना था, बारीक़

औज़ारों से। 1986 में पार्टी ने 'आदिवासी महिला संगठन' गठित किया, जो 'क्रान्तिकारी आदिवासी महिला संगठन' में विकसित हो गया और अब उसके 90,000 बाक़ायदा सदस्य हैं। हो सकता है यह देश का सबसे बड़ा महिला संगठन हो। (लगे हाथ यह बता दें कि वे सब माओवादी हैं, सारी-की-सारी 90,000 महिला सदस्य। क्या उनका 'सफ़ाया' कर दिया जायेगा? और 'चेतना नाट्य मंच' के 10000 सदस्य? उनका भी।) 'क्रान्तिकारी आदिवासी महिला संगठन' जबरन ब्याह और अपहरण की आदिवासी प्रथाओं के ख़िलाफ़ अभियान चलाता है। माहवारी के दिनों में औरतों को गाँव के बाहर कुटिया में रहने पर विवश करने के रिवाज के ख़िलाफ़। बहुपत्नीवाद और घरेलू हिंसा के ख़िलाफ़। उसने सारी लड़ाइयाँ अभी नहीं जीती हैं, लेकिन किन नारीवादियों ने जीती हैं अभी? मिसाल के लिए, आज भी दण्डकारण्य में औरतों को बीज नहीं बोने दिया जाता। पार्टी बैठकों में लोग मानते हैं कि यह अन्याय है और इस रिवाज को बन्द कर दिया जाना चाहिए। लेकिन व्यवहार में वे औरतों को बीज नहीं बोने देते। इसलिए पार्टी ने तय किया कि औरतें साझी ज़मीनों पर, जो जनताना सरकारों की हैं, बीज बो सकती हैं। उन ज़मीनों पर वे बीज बोती हैं, सब्ज़ियाँ उगाती हैं और मेड़ें बाँधती हैं। पूरी नहीं, आधी जीत तो है।

जैसे-जैसे बस्तर में पुलिस उत्पीड़न बढ़ा है, 'क्रान्तिकारी आदिवासी महिला संगठन' की औरतें एक ज़बर्दस्त ताक़त बन कर उभरी हैं और पुलिस से दो-दो हाथ करने के लिए सैकड़ों, कभी-कभी हज़ारों की तादाद में सड़कों पर निकल आती हैं। 'क्रान्तिकारी आदिवासी महिला संगठन' की मौजूदगी ने परम्परागत रवैयों में भारी परिवर्तन किया है और महिलाओं के ख़िलाफ़ भेदभाव के अनेक परम्परागत रूपों को ढीला कर दिया है। बहुत-सी जवान औरतों के लिए पार्टी में, विशेषकर जनमुक्ति छापामार सेना में शामिल होना ख़ुद अपने समाज की घुटन से बचने का ज़रिया बन गया। क्रा.आ.म. संगठन की एक वरिष्ठ पदाधिकारी कॉमरेड सुशीला संगठन की महिलाओं के ख़िलाफ़ सल्वा जुडुम के क्रोध का ज़िक्र करती हैं। वे बताती हैं कि सल्वा जुडुम का एक नारा था *'हम दो बीबी लायेंगे। लायेंगे।'* क्रा.आ.म. संगठन की सदस्यों को ख़ास तौर पर बलात्कार और यौनांगों के साथ पाशविक काट-कूट का निशाना बनाया गया था। इस पाशविकता की साक्षी बहुत-सी जवान औरतें इसके बाद जनमुक्ति छापामार सेना में शामिल हुईं और अब उसके सदस्यों का 45 फ़ीसदी हिस्सा हैं। कॉमरेड नर्मदा उनमें से कुछ को बुलवा भेजती हैं और वे थोड़ी देर में हमारे बीच आ बैठती हैं।

भूमकाल विद्रोह का नेतृत्व 1910 में गुंडाधुर ने किया

भूमकाल का, कॉमरेड राजू कहते हैं, मतलब है भूचाल। वे बताते हैं, आयोजन में भाग लेने के लिए लोग कई-कई दिन पैदल चल कर आयेंगे। जंगल लगातार चल रहे लोगों से भरा होगा। दण्डकारण्य के सभी मण्डलों में समारोह हो रहे हैं।

चेतना नाट्य मंच के अभिनेता

''चेतना नाट्य मंच में अब 10,000 सदस्य हैं,'' उन्होंने मुझे बताया था। ''हमारे पास 500 गीत हैं, हिन्दी, गोंडी, छत्तीसगढ़ी और हल्बी में। हमने एक किताब छपायी है, जिसमें हमारे 140 गीत हैं। हर कोई गीत रचता है।''

कॉमरेड रिंकी के बाल बहुत छोटे-छोटे कटे हैं। 'बॉब कट' जैसा वे गोंडी में कहते हैं। वह उसके लिए साहस की बात है, क्योंकि यहाँ 'बॉब कट' का मतलब है 'माओवादी'। पुलिस के लिए उसे बिना सुनवाई मार देने के लिए इतना काफ़ी है। कॉमरेड रिंकी के गाँव कोरमा पर 2005 में नगा बटालियन और सल्वा जुडुम ने हमला किया। उस समय रिंकी गाँव के अर्द्ध-सैनिक बल का हिस्सा थी। यही हाल उसकी सहेलियों लुक्की और सुक्की का था, जो क्रा.आ.म. संगठन की भी सदस्य थीं। गाँव को जलाने के बाद नगा बटालियन ने लुक्की, सुक्की और एक और लड़की को पकड़ लिया, उनके साथ सामूहिक बलात्कार किया और उन्हें मार डाला। ''उन्होंने उनके साथ घास पर बलात्कार किया था,'' रिंकी कहती है, ''लेकिन जब सब ख़त्म हुआ तो वहाँ घास नहीं बची थी।'' कई बरस बीत गये हैं? नगा बटालियन जा चुकी है, लेकिन पुलिस अब भी आती है। ''वे आते हैं जब भी उन्हें औरतों की ज़रूरत होती है, या मुर्ग़ियों की।''

अजीता के बाल भी बॉब कट हैं। जुडुम के लोग उसके गाँव कोरसील आये और उन्होंने तीन लोगों को एक नाले में डुबा कर मार डाला। अजीता अर्द्धसैनिकों में शामिल थी और उसने एक फ़ासले से पारालनार तोडक नाम के गाँव तक जुडुम का पीछा किया। उसने उन्हें छह औरतों के साथ बलात्कार करते और एक आदमी को गले में गोली मारते देखा।

कॉमरेड लक्ष्मी, जो लम्बी चोटी वाली सुन्दर लड़की है, मुझे बताती है कि उसने जुडुम को अपने गाँव जोजोर में तीस घरों को जलाते देखा था। ''हमारे पास तब कोई हथियार नहीं थे,'' वह कहती है, ''हम देखने के सिवा और कुछ नहीं कर सकते थे।'' उसके बाद जल्दी ही वह जनमुक्ति छापामार सेना में भर्ती हो गयी। लक्ष्मी उन 150 छापामारों में शामिल थी जो जंगल में साढ़े तीन महीने पैदल चलते हुए पुलिस के शस्त्रागार पर धावा बोलने के लिए उड़ीसा में नयागढ़ पहुँचे थे। जहाँ से उन्होंने 1200 बन्दूकें और 2,00,000 गोलियाँ हथियायी थीं।

कॉमरेड सुमित्रा सल्वा जुडुम द्वारा मार-काट शुरू करने से पहले 2004 में जनमुक्ति छापामार सेना में शामिल हुई थी। वह कहती है कि वह इसलिए शामिल हुई थी, क्योंकि वह घर से भाग जाना चाहती थी। ''औरतों को हर तरह से क़ाबू में रखा जाता है,'' उसने मुझे बताया, ''हमारे गाँव में लड़कियों को पेड़ पर चढ़ने नहीं दिया जाता था, अगर वे ऐसा करती थीं तो उन्हें 500 रुपये का जुर्माना या एक मुर्ग़ी देनी पड़ती थी। अगर कोई आदमी किसी औरत को मारता है और वह

पलट कर उसे मारती है तो उसे गाँव को एक बकरी देनी पड़ती थी। आदमी इकट्ठा होकर महीनों-महीनों के लिए पहाड़ों में शिकार के लिए चले जाते हैं। औरतों को शिकार के नज़दीक नहीं जाने दिया जाता, मांस का सबसे अच्छा हिस्सा आदमियों को मिलता है। औरतों को अण्डे खाने की इजाज़त नहीं दी जाती।'' छापामार सेना में शामिल होने की मुनासिब वजह?

सुमित्रा अपनी दो सहेलियों तेलम पार्वती और कमला की कहानी सुनाती हैं जो क्रा.आ.म. संगठन के साथ काम करती थीं। तेलम पार्वती दक्षिणी बस्तर में पोलेकाया गाँव की रहने वाली थी। वहाँ के सभी दूसरे लोगों की तरह उसने भी सल्वा जुडुम को अपना गाँव जलाते देखा। तब वह जनमुक्ति छापामार सेना में शामिल होकर केशकाल घाट में काम करने चली गयी। 2009 में उसने और कमला ने उस इलाक़े में 8 मार्च को महिला दिवस के समारोह को आयोजित करने का काम पूरा कर लिया था। वे वाडगो नामक गाँव के ठीक बाहर एक छोटी-सी झोंपड़ी में थीं। पुलिस ने रात के वक़्त झोंपड़ी को घेर लिया और गोलियाँ चलानी शुरू कर दीं। कमला ने जवाब में गोलियाँ चलायीं मगर वह मारी गयी। पार्वती बच कर भाग निकली, लेकिन उसे खोज लिया गया और अगले दिन मार दिया गया।

यह था जो पिछले साल महिला दिवस को हुआ था और इस साल के महिला दिवस के बारे में एक राष्ट्रीय समाचार-पत्र में छपी रिपोर्ट कहती है :

महिला-अधिकारों के पक्ष में बस्तर के विद्रोही

सहर ख़ान, *मेल टुडे*, रायपुर, मार्च 2010

''सरकार ने हो सकता है देश में माओवादी

तोड़-फोड़ के प्रति भी इसका रवैया गाँधीवादी है। मिसाल के लिए, किसी भी पुलिस वाहन को जलाने से पहले उसे पूरी तरह खोल लिया जाता है और हर हिस्से का 'भक्षण' कर लिया जाता है। चक्के को सीधा करके राइफ़ल की नली बना ली जाती है, रेक्सीन की गद्दियाँ चीर कर गोलियों की थैलियाँ बनाने के काम में ले ली जाती हैं।

बला का मुकाबला करने के लिए कोई कसर न उठा रखने का संकल्प किया हो, मगर छत्तीसगढ़ में विद्रोहियों के एक हिस्से के हाथ में जीवित बचे रहने से ज़्यादा ज़रूरी मामले हैं। अन्तर्राष्ट्रीय महिला दिवस के नज़दीक आते ही राज्य के बस्तर क्षेत्र के माओवादियों ने महिला-अधिकारों की वकालत करने के लिए सप्ताह भर के 'समारोह' का आयोजन किया है। बस्तर ज़िले के एक हिस्से, बीजापुर में पोस्टर भी लगाये गये। महिला-अधिकारों के स्वघोषित पैरोकारों के इस आह्वान ने राज्य की पुलिस के भौंचक्का छोड़ दिया है। बस्तर के पुलिस महानिरीक्षक टी. जे. लौंगकुमेर ने कहा, 'मैंने कभी नक्सलवादियों की ओर से ऐसी अपील नहीं देखी है जो सिर्फ़ हिंसा और ख़ून-ख़राबे में विश्वास करते हैं'।''

और रिपोर्ट में आगे कहा गया है

'''मेरा ख़याल है कि माओवादी हमारे अत्यन्त सफल जन जागरण अभियान का मुक़ाबला करने की कोशिश कर रहे हैं। हमने इस समय जारी इस अभियान को ऑपरेशन ग्रीनहण्ट के लिए जन समर्थन जुटाने के उद्देश्य से शुरू किया था, जो पुलिस ने वामपन्थी अतिवादियों को उखाड़ फेंकने के लिए चालू किया था,' पुलिस महानिरीक्षक ने कहा।''

विद्वेष और अज्ञान की यह खिचड़ी असामान्य नहीं है। पार्टी के वर्तमान के इतिहासकार, गुडसा उसेण्डी इसके बारे में अधिकांश लोगों से ज़्यादा जानते हैं। उनका छोटा-सा कम्प्यूटर और एमपी-3 रिकॉर्डर प्रेस वक्तव्यों, खण्डनों, संशोधनों, भूल सुधारों, पार्टी साहित्य, मृतक सूचियों, टीवी और सुनने और देखने वाली सामग्री से भरा हुआ है। ''गुडसा उसेण्डी की भूमिका निभाने की सबसे ख़राब बात है,'' वे कहते हैं, ''ऐसे स्पष्टीकरण जारी करना जो कभी प्रकाशित नहीं किये जाते। हमारे बारे में जो झूठ वे प्रचारित करते हैं उसके अप्रकाशित स्पष्टीकरणों की हम एक पुस्तक प्रकाशित कर सकते हैं।'' वे रत्ती भर आक्रोश और खीझ के बिना कहते हैं, बल्कि कहा जाये मज़ा लेते हुए, दिलचस्प लहजे में।

''वह कौन-सा सबसे हास्यास्पद आरोप है, जिसका खण्डन आपको करना पड़ा है?''

वे मन-ही-मन अतीत के बारे में सोचते हैं। ''2007 में हमें एक बयान जारी करना पड़ा, *'नहीं भाई, हमने गाय को हथौड़े से नहीं मारा।'* 2007 में रमण सिंह की सरकार ने एक गाय योजना की घोषणा की, एक चुनावी वादा, हर आदिवासी के लिए एक गाय। एक दिन टीवी चैनलों और अख़बारोंसभी ने रिपोर्ट किया कि नक्सलवादियों ने गायों के एक झुण्ड पर हमला किया और हथौड़ों से उन्हें मार दिया, क्योंकि वे हिन्दू-विरोधी, भाजपा-विरोधी थे। आप कल्पना कर सकती हैं कि क्या हुआ होगा। हमने एक खण्डन जारी किया। शायद ही किसी ने उसे छापा। बाद में पता चला कि आदिवासियों में बाँटने के लिए जिस आदमी को गायें दी गयी थीं वह बदमाश था, उसने उन्हें बेच दिया था और कह दिया था कि हमने उस पर घात लगा कर हमला किया था और गायों को मार दिया था।''

और सबसे गम्भीर आरोप?

''अरे, दर्जनों हैं। आख़िरकार वे एक अभियान चला रहे हैं। जब अम्बेली में पहले-पहल सल्वा जुडुम की घोषणा हुई तो उन्होंने सबसे पहले हमारे गाँव स्तर के कार्यकर्ताओं पर हमला किया जिन्हें उन्होंने बैठक में बुलाया था, उनकी पिटाई की और उन्हें पुलिस के हाथ सौंप दिया। फिर वे सब-के-सब विशेष पुलिस अधिकारी, नगा बटालियन, पुलिसवाले तालमेंड्री की तरफ़ बढ़े। वहाँ हमारे स्थानीय ग्रामीण जत्थे के कॉमरेडों ने हवा में गोलियाँ चलायीं और उन्हें भगा दिया। किसी को चोट नहीं आयी लेकिन 'फ्रण्टलाइन' की ऐनी ज़ैदी ने लिखा 'तालमेंड्री की एक बैठक में, जहाँ 10,000 से ज़्यादा लोग मौजूद थे, नक्सलवादियों ने गोलियाँ चलायीं और सैकड़ों लोगों को मार डाला।'[7] उसी दिन जुडुम कोट्रापाल गया। आपने कोट्रापाल के बारे में ज़रूर सुना होगा? बड़ा मशहूर गाँव है, उसे समर्पण करने से इनकार करने के लिए 22 बार जलाया गया है। जब जुडुम के लोग कोट्रापाल पहुचे हमारे जनसैनिक उनकी ताक में थे। उन्होंने घात लगा कर हमले की तैयारी कर रखी थी। सल्वा जुडुम के दो गुण्डे मारे गये। जनसैनिकों ने 12 को पकड़ लिया, बाक़ी भाग खड़े हुए। लेकिन अख़बारों ने ख़बरें छापीं कि नक्सलवादियों ने दर्जनों ग़रीब आदिवासियों का क़त्ले-आम किया था। कुछ ने कहा हमने सैकड़ों मार दिये थे। यहाँ तक कि मानवाधिकार कार्यकर्ता बालगोपाल ने भी, जो आम तौर पर तथ्यों के बारे में इतना सतर्क रहता है, मानवाधिकार फ़ोरम की एक बैठक में 18 की संख्या दी। हमने एक स्पष्टीकरण भेजा। किसी

ने नहीं छापा। बाद में अपनी किताब में बालगोपाल ने अपनी भूल स्वीकार की...लेकिन किसने ध्यान दिया?''[8]

मैंने पूछा कि जो 12 लोग पकड़े गये थे उनका क्या हुआ।

''क्षेत्रीय समिति ने एक जन अदालत बुलायी। चार हज़ार लोग उसमें उपस्थित हुए। उन्होंने पूरी कहानी सुनी। दो विशेष पुलिस अधिकारियों को मृत्यु-दण्ड की सज़ा सुनायी गयी। पाँच को चेतावनी दे कर छोड़ दिया गया। लोगों ने फ़ैसला किया। मुख़बिरों के साथजो आजकल एक बड़ी समस्या बनते जा रहे हैंलोग मामले को सुनते हैं, बयानों को, क़बूलनामों को, और कहते हैं, *'इसका रिस्क हम नहीं ले सकते हैं,'* या *'इसका रिस्क हम लेंगे।'* अख़बार हमेशा उन मुख़बिरों के बारे में ख़बरें छापते हैं जो मारे जाते हैं। उन बहुत से मुख़बिरों के बारे में नहीं, जिन्हें छोड़ दिया जाता है। उन लोगों के बारे में भी नहीं जिन्हें इन मुख़बिरों ने मरवाया है। इसलिए सब यही सोचते हैं कि यह कोई ख़ून की प्यासी प्रक्रिया है जिसमें हर कोई हमेशा मारा ही जाता है। इसका सम्बन्ध बदले से नहीं है, ज़िन्दा बचे रहने और भविष्य में ज़िन्दगियों को बचाने से है...निश्चय ही समस्याएँ हैं, हमने भयानक ग़लतियाँ की हैं, यहाँ तक कि घात लगा कर किये गये हमलों में ग़लत लोगों को मारा है, सोचते हुए कि वे पुलिसवाले हैं, लेकिन यह वैसे नहीं है, जैसे मीडिया में चित्रित किया जाता है।'

ये ख़ौफ़नाक 'जन अदालतें'इन्हें हम कैसे स्वीकार कर सकते हैं? या ऐसे रूखे, उजड्ड न्याय को सही ठहरा सकते हैं? दूसरी ओर तुरत-फुरत न्याय के सबसे बुरे रूप, 'मुठभेड़ों' का क्या होगाझूठी हों या नहींजो भारत सरकार के पुलिस वालों और सैनिकों को बहादुरी के पदक, नक़द पुरस्कार और समय से पहले तरक़्क़ी मुहैया कराती हैं? जितने ज़्यादा वे मारते हैं, उतने ज़्यादा वे पुरस्कृत होते हैं। वे 'दिलेर' कहलाते हैं, ये 'मुठभेड़ विशेषज्ञ'। हमें 'राष्ट्र-विरोधी' कहा जाता है, हममें से उन लोगों को जो उन्हें कटघरे में खड़ा करने की हिम्मत करते हैं। और उस सुप्रीम कोर्ट का क्या होगा, जिसने बेहयाई से स्वीकार किया कि उसके पास मोहम्मद अफ़ज़ल (दिसम्बर 2001 के संसद हमले के आरोपी) को मौत की सज़ा सुनाने के लिए पर्याप्त सबूत नहीं हैं। लेकिन हर हाल में ऐसा कर दिया, क्योंकि 'समाज का सामूहिक अन्तःकरण तभी सन्तुष्ट होगा अगर अभियुक्त को मृत्यु-दण्ड दिया जाये।'[9]

कम-से-कम कोट्रापाल जन अदालत में समूह अपना फ़ैसला ख़ुद करने के

लिए सशरीर उपस्थित था। यह फ़ैसला उन जजों ने नहीं किया था, आम ज़िन्दगी से जितना ताल्लुक़ बहुत पहले ही कट चुका था और जिनका ख़याल था कि वे समूह की ओर से बोल रहे थे, हालाँकि न तो वह समूह वहाँ उपस्थित था और न उससे राय-मशविरा करने की ज़रूरत उन जजों ने कभी समझी थी।

मैं अटकल भिड़ाती हूँ कि कोट्रापाल के लोगों को क्या करना चाहिए था? पुलिस को बुलाना?

■

ढोल-नगाड़ों की आवाज़ सचमुच बहुत तेज़ हो गयी है। भूमकाल का समय है। भूचाल का। हम चल कर मैदान की तरफ़ जाते हैं। मुझे अपनी आँखों पर मुश्किल से यक़ीन होता है। वहाँ लोगों का एक समुद्र लहरा रहा है, सबसे अजीबो-ग़रीब, अनोखे, सुन्दर तरीक़ों से सज्जित। लगता है औरतों की तुलना में आदमियों ने अपने साज-सिंगार पर ज़्यादा ध्यान दिया है। उन्होंने सिर के पहरावे में पंख लगाये हुए हैं और चेहरों पर गोदने गोदाए हुए हैं। बहुतों ने आँखें सजायी हुई हैं और चेहरों पर सफ़ेद खड़िया पोती हुई है। ढेर सारे जनसैनिक हैं, रंग-बिरंगी साड़ियाँ पहने लड़कियाँ जिन्होंने बेपरवाही से कन्धों पर राइफ़लें टाँग रखी हैं। बूढ़े हैं और बच्चे भी और आसमान में लहराती झण्डियाँ। धूप तीखी है और सूरज ऊँचाई पर। कॉमरेड लेंग बोलते हैं। और जनताना सरकारों के विभिन्न पदाधिकारी। कॉमरेड नीति, एक असाधारण महिला जो 1997 से पार्टी के साथ हैं, देश के लिए इतना बड़ा ख़तरा समझी जाती हैं कि 2007 में 700 से अधिक पुलिसवालों ने इन्नर गाँव को घेर लिया था, क्योंकि उन्होंने सुना था कि वे वहाँ थीं। कॉमरेड नीति को इतना ख़तरनाक माना जाता है और उनकी खोज इतने ताबड़-तोड़ ढंग से हो रही है, इसलिए नहीं कि उन्होंने घात लगा कर किये गये बहुत-से हमलों की अगुवाई की है (जो कि उन्होंने की है) लेकिन इसलिए, क्योंकि वे एक आदिवासी औरत हैं, जिन्हें गाँव के लोग प्यार करते हैं और जो युवा लोगों के लिए सचमुच एक प्रेरणा हैं। वे अपनी एके-47 को कन्धे से लटकाये बोलती हैं। (इस बन्दूक के पीछे एक कहानी है। लगभग हरेक की बन्दूक की एक कहानी है। किससे वह छीनी गयी, कैसे और किसके द्वारा?)

'चेतना नाट्य मंच' की एक मण्डली भूमकाल विद्रोह के बारे में एक नाटक खेलती है। दुष्ट गोरे उपनिवेशवादियों ने सुनहरे फूस से बने बाल लगाये हुए हैं

भूमकाल उत्सव में शस्त्रधारी

इस शान्त नज़र आते वन में जीवन पूरी तरह फ़ौजी हो गया लगता है अब। लोग अब कॉर्डन और सर्च, फ़ाइरिंग, ऐडवान्स, रिट्रीट, डाउन, ऐक्शन जैसे शब्द जानते हैं। अपनी फ़सलें काटने के लिए उन्हें जनमुक्ति छापामार सेना की गश्त की ज़रूरत होती है। हाट जाना भी एक सैनिक अभियान है।

भूमकाल उत्सव : आरम्भ

मुझे पक्के तौर पर यह अन्दाज़ा नहीं है कि मैं भूमकाल उत्सव को देखने के लिए उत्सुक हूँ या नहीं। मुझे डर है कि मैं माओवादी प्रचार से भरे परम्परागत आदिवासी नृत्य, शब्दाडम्बर से भरे उकसाने वाले भाषण और निस्तेज आँखों वाले दर्शक देखूँगी।

और हैट पहन रखे हैं और आदिवासियों को डराते-धमकाते और पीट-पीट कर मुर्ग़ा बना देते हैंजो दर्शकों को बहुत मुदित करता है। दक्षिण गंगालौर की एक और मण्डली एक नाटक खेलती है *नितीर जुडुम पीतो* (ख़ूनी शिकार की कथा) जूरी मेरे लिए अनुवाद करती है। कहानी दो बूढ़े लोगों के बारे में है, जो अपनी बेटी के गाँव की तलाश में जाते हैं। जंगल से होकर जाते समय वे रास्ता भटक जाते हैं, क्योंकि हर चीज़ जला दी गयी है और पहचानी नहीं जाती। सल्वा जुडुम ने ढोल-नगाड़े और संगीत के वाद्य भी जला दिये हैं। राख भी नहीं है, क्योंकि बारिश होती रही है। वे अपनी बेटी को नहीं खोज पाते। व्यथित होकर बूढ़े दम्पति गाना शुरू करते हैं और उन्हें सुन कर अवशेषों से उनकी बेटी पलट कर उन्हें सुनाती हुई गाती हैहमारे गाँव की आवाज़ ख़ामोश कर दी गयी है, वह गाती है। अब चावल कूटने की धमक नहीं है, कुएँ के पास का हँसना-हँसाना बन्द है। न चिड़ियाँ हैं, न मिमियाती बकरियाँ। हमारे सुख का तना हुआ तार तोड़ दिया गया है।

उसका बाप गाकर उससे कहता है मेरी सुन्दर बेटी, आज मत रो। जो पैदा हुआ है, उसे मरना ही है। हमारे गिर्द खड़े ये पेड़ गिर जायेंगे, फूल खिलेंगे और कुम्हला जायेंगे, एक दिन यह दुनिया बूढ़ी हो जायेगी। लेकिन हम किसके लिए मर रहे हैं? हमें लूटने वालों को एक दिन सबक़ मिलेगा, एक दिन सत्य की जीत होगी, लेकिन हमारे लोग तुम्हें कभी नहीं भूलेंगे, हज़ार बरसों तक नहीं भूलेंगे।

कुछ और भाषण होते हैं। फिर ढोल बज उठते हैं और नृत्य शुरू होता है। हर जनताना सरकार की अपनी मण्डली है। हर मण्डली ने अपना नाच तैयार किया है। वे एक-एक करके आते हैं, भीमकाय ढोल-नगाड़ों के साथ और नाच कर अजीबो-ग़रीब कथाएँ प्रस्तुत करते हैं। हर मण्डली में एक-सा खलनायक है दुष्ट खदान वालाहेल्मेट और काले चश्मे के साथ और अमूमन सिगरेट पीता हुआ। लेकिन उनके नाचने में कुछ भी कड़ापन या कृत्रिमता या मशीनी नहीं है। उनके नाचने के साथ-साथ धूल उठती है। नगाड़ों की आवाज़ कान फाड़ने वाली बन जाती है। धीरे-धीरे भीड़ झूमने लगती है। और फिर वह नाचने लगती है। वे छह या सात जनों की छोटी-छोटी क़तारों में नाचते हैं, आदमी और औरतें अलग-अलग, अपनी बाँहें एक-दूसरे की कमर में डाले। हज़ारों लोग। इसी लिए वे आये भी हैं। इसी लिए। यहाँ दण्डकारण्य के जंगल में ख़ुशी को बहुत गम्भीरता

से लिया जाता है। लोग मीलों चलेंगेलगातार कई-कई दिन तकखाने-पीने और नाचने के लिए, अपनी पगड़ियों में पंख और बालों में फूल सजाने के लिए, एक-दूसरे के गिर्द बाँहें डालने और महुआ पीने और रात-रात भर नाचने के लिए। कोई भी अकेले नहीं गाता या नाचता और किसी भी बात से ज़्यादा यही चीज़ है, जो उस सभ्यता के प्रति उनकी चुनौती का संकेत है, जिसने उन्हें नेस्त-नाबूद करने की ठान रखी है।

मुझे विश्वास नहीं होता कि यह सब ठीक पुलिस की नाक के नीचे हो रहा है। ऑपरेशन ग्रीनहण्ट के बीचों-बीच।

शुरू-शुरू में जनमुक्ति छापामार सेना के कॉमरेड अपनी बन्दूकों के साथ अलग-अलग खड़े नाचने वालों को देखते रहते हैं। लेकिन फिर, एक-एक करके, उन बत्तखों की तरह जो किनारे पर खड़े-खड़े दूसरी बत्तखों को तैरते हुए देखते रहना बरदाश्त नहीं कर पातीं, वे भी शामिल हो जाते हैं और नाचने लगते हैं। जल्दी ही हरी फ़ौजी वर्दी वाले नर्तकों की पंक्तियाँ बाक़ी सब रंगों के साथ चकफेरियाँ लेने लगती हैं। और फिर जैसे-जैसे भाई और बहनें और माता-पिता और बच्चे और मित्र, जो एक-दूसरे से महीनों से कभी-कभी बरसों से नहीं मिले, रू-ब-रू होते हैं, पाँतें टूटती हैं और फिर बनती हैं और साड़ियों और फूलों और ढोलों और पगड़ियों के बीच फ़ौजी वर्दियाँ छितरा जाती हैं। सचमुच यह जनता की सेना है। कम-से-कम अभी के लिए। और वह क्या कहा था चेयरमैन माओ नेछापामार मछलियाँ हैं और जनता वह पानी है, जिसमें वे तैरती हैं। इस समय यह शब्दशः सही है।

चेयरमैन माओ। वे भी यहाँ हैं। थोड़ा-सा अकेले, मगर मौजूद। उनका एक फ़ोटो है, ऊपर लाल कपड़े के पर्दे पर। मार्क्स भी। और चारु मजूमदार नक्सलवादी आन्दोलन के संस्थापक और प्रमुख सिद्धान्तकार। उनकी खुरदरी वाग्मिता हिंसा, ख़ून-ख़राबे और शहादत के प्रति अन्ध-श्रद्धा से ओत-प्रोत थी और अक्सर ऐसी स्थूल भाषा का इस्तेमाल करती थी, जो लगभग जनसंहारक कही जा सकती है। यहाँ, भूमकाल दिवस पर खड़े-खड़े मैं ख़ुद को यह सोचने से नहीं रोक पाती कि उनका विश्लेषणजब उन्होंने कहा कि 'सिर्फ़ वर्ग-संघर्षसफ़ाया अभियानछेड़ने से ही वह नया आदमी पैदा होगा, जो मौत को चुनौती देगा और हर स्वार्थी विचार से मुक्त होगा'[10]जो इस क्रान्ति के लिए इतना प्राणदायी है, इसकी भावना और बुनावट से कितना दूर है। तब क्या वे कल्पना कर सकते थे

शहीद स्मृति

कितनी आसानी से जनता की सेना जनता के ख़िलाफ़ मोर्चा बाँध सकती है। आज दण्डकारण्य में पार्टी बॉक्साइट को पहाड़ के भीतर ही रखने की हिमायती है। कल क्या यह अपना इरादा तो नहीं बदल लेगी? लेकिन क्या हम भविष्य को लेकर उठने वाली अपनी आशंकाओं को वर्तमान के बारे में कुछ न करने का बहाना बना सकते हैं या हमें बनाना चाहिए?

भूमकाल आरम्भ होता है

ख़ुशी को बहुत गम्भीरता से लिया जाता है। लोग मीलों चलेंगे—लगातार कई-कई दिन तक—खाने-पीने और नाचने के लिए, अपनी पगड़ियों में पंख और बालों में फूल सजाने के लिए, एक-दूसरे के गिर्द बाँहें डालने और महुआ पीने और रात-रात भर नाचने के लिए। कोई भी अकेले नहीं गाता या नाचता और किसी भी बात से ज़्यादा यही चीज़ है, जो उस सभ्यता के प्रति उनकी चुनौती का संकेत है, जिसने उन्हें नेस्त-नाबूद करने की ठान रखी है।

कि नाचते हुए रात को सबेरा करता हुआ, यह प्राचीन समुदाय, वह समुदाय होगा, जिसके कन्धों पर उनके सपने आ टिकेंगे?

यहाँ जो कुछ हो रहा है उसके प्रति यह घोर अन्याय है कि यहाँ से बाहरी दुनिया तक जो चीज़ पहुँच पा रही है वह अपने समस्याग्रस्त अतीत से विकसित होने वाली पार्टी के विचारकों की कठोर, कड़ी, न झुकने वाली वक्तृता है। जब चारु मजूमदार ने अपना लोकप्रसिद्ध बयान दिया था कि 'चीन का अध्यक्ष हमारा अध्यक्ष है और चीन का रास्ता हमारा रास्ता है' तो वे उसे उस हद तक ले जाने को तैयार थे, जहाँ नक्सलवादी ख़ामोश रहे, जब जनरल याहिया ख़ाँ ने पूर्वी पाकिस्तान (बांग्लादेश) में नरसंहार किया, क्योंकि उस समय चीन पाकिस्तान का सहयोगी था। लाल ख्मेर की अतियों और कम्बोडिया में उसके ख़ून-ख़राबे पर भी चुप्पी रही। चीनी और रूसी क्रान्तियों की विलक्षण और भयंकर अतियों के बारे में भी मौन रहा। तिब्बत पर ख़ामोशी रही। नक्सलवादी आन्दोलन के अन्दर भी हिंसा-भरी ज़्यादतियाँ हुई हैं और जो कुछ उन्होंने किया है, उसमें से बहुत कुछ को उचित ठहराना असम्भव है। लेकिन जो उन्होंने किया उसके किसी भी हिस्से की तुलना पंजाब, कश्मीर, दिल्ली, मुम्बई और गुजरात में कांग्रेस और भाजपा की गलित करतूतों से नहीं हो सकती। तिस पर भी, इन भयंकर अन्तर्विरोधों के बावजूद, चारु मजूमदार ने जो लिखा और कहा उसके अधिकांश में वे भारत के सन्दर्भ में एक स्वप्नदर्शी थे और उन्हें आसानी से ख़ारिज नहीं किया जा सकता। जो पार्टी उन्होंने स्थापित की, उसने (और उसके अनेक टूटे-बिखरे गुटों ने) भारत में क्रान्ति के स्वप्न को *वास्तविक* और *विद्यमान* रखा है। इस स्वप्न से रहित समाज की कल्पना कीजिए। महज़ इसी बिना पर हम बहुत कठोरता से उनका मूल्यांकन नहीं कर सकते। उस समय तो ख़ास तौर पर नहीं जब हम 'अहिंसा के मार्ग' की श्रेष्ठता और ट्रस्टीशिप की अपनी धारणा के बारे में गाँधी के भावुकता-भरे छल को अपने इर्द-गिर्द लपेट लेते हैं 'अमीर आदमी की सम्पत्ति उसके अधिकार में रहेगी जिसमें से उसे अपनी व्यक्तिगत ज़रूरतों के लिए जितना चाहिए उतना वह इस्तेमाल करेगा और बाक़ी हिस्से को समाज के हित में इस्तेमाल करने के उद्‌देश्य से न्यासी की भूमिका निभायेगा।'

हालाँकि कितना अजीब है कि भारतीय राज्य व्यवस्था ने उस राज्य व्यवस्था, जिसने नक्सलवादियों का इतना निर्मम दमन किया, उसके मौजूदा सम्राट

अब वही कह रहे हैं, जो चारु मजूमदार ने इतना पहले कहा था : चीन का रास्ता हमारा रास्ता है।

सिर के बल। अन्दर का बाहर।

चीन का रास्ता बदल गया है। चीन अब एक साम्राज्यवादी ताक़त बन गया है, दूसरे देशों का, दूसरे लोगों के संसाधनों का, शिकार करता हुआ। लेकिन पार्टी अब भी सही है, फ़र्क़ इतना है कि पार्टी ने अपनी सोच बदल दी है।

जब पार्टी प्रार्थी की भूमिका में होती है (जैसी कि वह दण्डकारण्य में इस समय है), लोगों को रिझाती हुई, उनकी हर ज़रूरत का ख़याल रखती हुई, तब वह सचमुच जनता की पार्टी है, उसकी सेना सचमुच जनता की सेना है। लेकिन क्रान्ति के बाद कितनी जल्दी यह प्रेम-सम्बन्ध एक कड़वाहट-भरी शादी में परिवर्तित हो सकता है। कितनी आसानी से जनता की सेना जनता के ख़िलाफ़ मोर्चा खोल सकती है। आज दण्डकारण्य में पार्टी बॉक्साइट को पहाड़ के भीतर ही रखने की हिमायती है। कल क्या यह अपना इरादा तो नहीं बदल लेगी? लेकिन क्या हम भविष्य को लेकर उठने वाली अपनी आशंकाओं को वर्तमान के बारे में कुछ न करने का बहाना बना सकते हैं या हमें बनाना चाहिए?

नाचना रात भर चलता रहेगा। मैं वापस शिविर की तरफ़ चल पड़ती हूँ। मासे वहाँ है, अभी जगी हुई। हम देर रात तक बतियाते रहते हैं। मैं उसे नेरूदा की कविता-पुस्तककैप्टन वसं, 'कप्तान के छन्द' देती हूँ (मैं उसे अपने साथ ले आयी थी कि शायद किसी काम आये)। वह बार-बार पूछती है, "वे हमारे बारे में बाहर क्या सोचते हैं? विद्यार्थी क्या कहते हैं? मुझे महिला आन्दोलन के बारे में बताइए, अब बड़े-बड़े मुद्दे कौन-से हैं?' वह मुझसे मेरे बारे में पूछती है, मेरे लेखन के बारे में। मैं उसे ईमानदारी से अपनी उथल-पुथल का हिसाब देने की कोशिश करती हूँ। फिर वह अपने बारे में बात करना शुरू करती है, कैसे वह पार्टी में शामिल हुई। वह मुझे बताती है कि उसका साथी पिछली मई में एक फ़र्ज़ी मुठभेड़ में मारा गया था। वह नासिक में गिरफ़्तार हुआ था और मारे जाने के लिए वारंगल ले जाया गया था। "उन्होंने उसे बुरी तरह यातनाएँ दी होंगी।" वह उससे मिलने जा रही थी जब उसने सुना कि वह गिरफ़्तार हो गया था। तब से वह जंगल ही में है। लम्बी ख़ामोशी के बाद वह मुझे बताती है कि बरसों पहले भी एक बार उसका ब्याह हुआ था। "वह भी एक मुठभेड़ में मारा गया था," वह कहती है फिर दिल तोड़ने वाली सच्चाई से जोड़ती है, "वह सचमुच की मुठभेड़ थी।"

मैं अपनी झिल्ली पर लेटी, मासे की सुदीर्घ उदासी के बारे में सोचते हुए, नगाड़ों और मैदान से आती सुदीर्घ प्रसन्नता की आवाज़ें सुनते हुए और माओवादी पार्टी के केन्द्रीय सिद्धान्त, सुदीर्घ युद्ध सम्बन्धी चारु मजूमदार के विचार के बारे में सोचते हुए जागती रहती हूँ। यही है जो लोगों को यह सोचने पर आमादा करता है कि 'शान्ति वार्ताओं' में भाग लेने का माओवादियों का प्रस्ताव एक धोखा है, एक चाल ताकि फिर से एकजुट होने, ख़ुद को नये सिरे से हथियारबन्द करने और फिर से सुदीर्घ लड़ाई छेड़ने के लिए साँस लेने की मोहलत मिल सके। सुदीर्घ लड़ाई है क्या चीज़? क्या यह अपने आप में एक भयानक चीज़ है या यह युद्ध की प्रकृति पर निर्भर करता है? क्या होता अगर यहाँ दण्डकारण्य की जनता ने पिछले तीस वर्षों तक अपनी सुदीर्घ लड़ाई न लड़ी होती? कहाँ होते वे अब?

और क्या अकेले माओवादी ही सुदीर्घ लड़ाई में विश्वास रहने वालों में शामिल हैं? लगभग उस पल से जब हिन्दुस्तान प्रभुसत्ता सम्पन्न देश बना था। वह एक उपनिवेशवादी शक्ति बन गया था, क्षेत्र हस्तगत करता, हड़पता, लड़ाई छेड़ता हुआ। राजनैतिक समस्याओं को हल करने के लिए वह सैनिक हस्तक्षेप करने से कभी नहीं हिचकिचायाकश्मीर, हैदराबाद, गोवा, नगालैण्ड, मणिपुर, तेलंगाना, असम, पंजाब, पश्चिम बंगाल, बिहार, आन्ध्र प्रदेश और अब मध्य भारत की लम्बाई-चौड़ाई में फैले आदिवासी इलाक़ों में नक्सलवादी विद्रोह। दसियों-हज़ारों लोग बेख़ौफ़ो-ख़तर मार दिये गये हैं, लाखों को यातनाएँ दी गयी हैं। यह सब लोकतंत्र के कल्याणकारी मुखौटे के भीतर। ये युद्ध किसके ख़िलाफ़ छेड़े गये? मुसलमानों, ईसाइयों, सिखों, कम्यूनिस्टों, दलितों, आदिवासियों और सबसे ज़्यादा उन ग़रीबों के ख़िलाफ़, जिन्होंने अपनी तरफ़ फेंके गये टुकड़ों को स्वीकार करने की बजाय अपने भाग्य पर सवाल उठाने की जुर्रत की। भारतीय राज्य को सारतः सवर्ण हिन्दू राज्य के रूप में न देखना कठिन है (चाहे जो भी राजनैतिक दल सत्ता पर आसीन हो) जो 'दूसरे' के प्रति एक सहज प्रतिक्रियापरक शत्रुता सँजोये रखता है। जो सच्चे औपनिवेशिक ढंग से नगा और मिज़ो लोगों को छत्तीसगढ़ में, सिक्खों को कश्मीर में, कश्मीरियों को उड़ीसा में, तमिलों को असम में लड़ने भेजता है। अगर यह सुदीर्घ युद्ध नहीं है तो क्या है?

सुन्दर, सितारों-जड़ी रात में बेमज़ा खयाल। सुखदेव, जिनका चेहरा उनके कम्प्यूटर के पर्दे से उद्‌भासित है, ख़ुद से ही मुस्करा रहे हैं। वे पागल, काम के

दीवाने हैं। मैं उनसे पूछती हूँ उन्हें कौन-सी चीज़ मज़ेदार लग रही है। ''मैं उन पत्रकारों के बारे में सोच रहा हूँ, जो पिछले साल भूमकाल समारोह के मौक़े पर आये थे। वे एक या दो दिन रुके थे। एक ने मेरी ए.के. को हाथ में लेकर तस्वीर खिंचायी थी और फिर वापस जाकर हमें हत्या की मशीनें या ऐसा ही कुछ कहा था।''

■

नाचना अभी रुका नहीं है और भोर हो गयी है। क़तारें अब भी झूम रही हैं, सैकड़ों युवा लोग अब भी नाच रहे हैं। ''वे रुकेंगे नहीं,'' कॉमरेड राजू कहते हैं, ''जब तक हम सामान नहीं बाँधने लगते।''

मैं मैदान में कॉमरेड डॉक्टर से टकरा जाती हूँ। वे नाच के मैदान के छोर पर एक छोटा-सा चिकित्सा शिविर चला रहे हैं। मैं उनके भरे-भरे गोल गालों को चूम लेना चाहती हूँ। वे एक की बजाय तीस लोग क्यों नहीं बन सकते? वे हज़ार लोग क्यों नहीं बन सकते? मैं उनसे पूछती हूँ कि कैसा लग रहा है, दण्डकारण्य का स्वास्थ्य? उनका जवाब मेरी नसों में ख़ून जमा देता है। जिन लोगों को उन्होंने देखा है, उनमें से ज़्यादातर लोगों के ख़ून में (जिनमें जनमुक्ति छापामार सेना के लोग शामिल हैं) हेमोग्लोबिन की मात्रा 5 से 6 के बीच है (जबकि भारतीय औरतों के लिए मानक 11 है)। दो साल से अधिक तक पुरानी ख़ून की कमी बने रहने की वजह से होने वाली टीबी है। छोटे बच्चों को प्रोटीन ऊर्जा कुपोषण दर्जा-2 है। चिकित्सा की शब्दावली में इसे क्वाशियोरकोर कहते हैं। (मैंने बाद में इसे जाँचा। यह समुद्रवर्ती घाना की गा भाषा से निकला शब्द है और इसका मतलब है 'वह बीमारी जो बच्चे को नये बच्चे के आने पर होती है।' बुनियादी तौर पर पहले बच्चे को माँ का दूध मिलना बन्द हो जाता है और इतना खाना होता नहीं जिससे उसे पोषण मिल सके।) ''यहाँ यह संक्रामक बीमारी सरीखा है, बिआफ़्रा की तरह,'' कॉमरेड डॉक्टर कहते हैं, ''मैंने पहले भी गाँव में काम किया है, लेकिन ऐसी हालत कभी नहीं देखी।''

इसके अलावा मलेरिया, हड्डियों का पोलापन, टेपवर्म, कान और दाँत के गम्भीर संक्रमण और प्राथमिक ऋतुरोध हैजो तब होता है जब वयःसन्धि के समय कुपोषण के कारण औरत के मासिक धर्म का चक्र लुप्त हो जाता है या फिर शुरू ही से प्रकट ही नहीं होता।

नृत्य रात भर चलेगा

शुरू-शुरू में जनमुक्ति छापामार सेना के कॉमरेड अपनी बन्दूकों के साथ अलग-अलग खड़े नाचने वालों को देखते रहते हैं। लेकिन फिर, एक-एक करके, उन बत्तखों की तरह जो किनारे पर खड़े-खड़े दूसरी बत्तखों को तैरते हुए देखते रहना बरदाश्त नहीं कर पातीं, वे भी शामिल हो जाते हैं और नाचने लगते हैं। जल्दी ही हरी फ़ौजी वर्दी वाले नर्तकों की पंक्तियाँ बाक़ी सब रंगों के साथ चकफेरियाँ लेने लगती हैं।

सुबह हो चली है पर नृत्यु अभी जारी है
जैसे-जैसे भाई और बहनें और माता-पिता और बच्चे और मित्र, जो एक-दूसरे से महीनों से कभी-कभी बरसों से नहीं मिले, रू-ब-रू होते हैं, पाँतें टूटती हैं और फिर बनती हैं और साड़ियों और फूलों और ढोलों और पगड़ियों के बीच फ़ौजी वर्दियाँ छितरा जाती हैं।

“इस जंगल में कोई दवाख़ाना नहीं है, सिवा गढ़चिरोली में एकाध के। कोई डॉक्टर नहीं। कोई दवा-दारू नहीं।”

वे जा रहे हैं अपने छोटे-से दल के साथ अबूझमाड़ की ओर, आठ दिन की पदयात्रा पर। कॉमरेड डॉक्टर अब ‘ड्रेस’ में हैं। लिहाज़ा अगर वे इन्हें पा जायेंगे तो इन्हें मार देंगे।

कॉमरेड राजू कहते हैं कि हमारे लिए यहाँ डेरा डाले रखना सुरक्षित नहीं है। हमें चल देना होगा। भूमकाल को छोड़ने का मतलब है देर तक ढेर सारी विदाएँ लेना-देना।

लाल लाल सलाम, लाल लाल सलाम
जाने वाले साथियों को लाल लाल सलाम
फिर मिलेंगे, फिर मिलेंगे
दण्डकारण्य के जंगल में फिर मिलेंगे।

इसे कभी हल्केपन से नहीं लिया जाता, आगमन और प्रस्थान की इस रस्म को, क्योंकि हर कोई जानता है कि जब वे कहते हैं ‘हम फिर मिलेंगे’ उनका असली मतलब होता है, ‘शायद हम कभी नहीं मिलेंगे।’

कॉमरेड नर्मदा, कॉमरेड मासे और कॉमरेड रूपी अलग-अलग दिशाओं में जा रही हैं। क्या मैं उन्हें फिर कभी देखूँगी?

लिहाज़ा एक बार फिर हम चलते हैं। दिनों-दिन मौसम गर्म होता जा रहा है। कमला मेरे लिए तेन्दू के पहले-पहले फल चुनती है। उनका स्वाद चीकू जैसा है। मैं इमली भक्त हो गयी हूँ। इस बार हम एक नदी के नज़दीक डेरा डालते हैं। औरतें और आदमी बारी-बारी से समूहों में नहाते हैं। शाम को कॉमरेड राजू को ‘बिस्कुटों’ का पूरा डिब्बा मिलता है।

ख़बरें :

मानपुर मण्डल में जनवरी 2010 के अन्त में गिरफ़्तार किये गये 60 लोग अभी तक अदालत में पेश नहीं किये गये हैं।

दक्षिण बस्तर में पुलिस के विशाल दस्ते आ पहुँचे हैं। मनमाने हमले जारी हैं।

8 नवम्बर, 2009 को बीजापुर ज़िला के कचलाराम गाँव में डिरको मडका (60) और कोवासी सुकलू (68) मारे गये।

24 नवम्बर को पनगोडी गाँव में मडवी बामन (15) मारा गया।

3 दिसम्बर को कोरेनजाड का मडवी बुदराम भी मारा गया।

11 दिसम्बर को गुमिया पाल गाँव, डरबा मण्डल, 7 लोग मारे गये। (नाम अभी आने बाक़ी हैं।)

15 दिसम्बर को कोट्रापाल गाँव, वेको सोम्बार और मडवी भाट्टी (दोनो क्रा. आ. म. सं. की सदस्य) मारी गयी।

30 दिसम्बर को वेचापाल गाँव पूनेम पाण्डू और पूनेम मोटू (पिता-पुत्र) मारे गये।

जन 2010 (तिथि अज्ञात) कैका गाँव, गंगालौर में जनताना सरकार का मुखिया मारा गया।

9 जनवरी को जागरगोंडा क्षेत्र के सुरपनगूडेन गाँव में 4 लोग मारे गये।

10 जनवरी को पुल्लेम पुल्लाडी गाँव में 3 लोग मारे गये। (अभी तक नाम नहीं पता।)

25 जनवरी को इन्द्रावती क्षेत्र के ताकिलोड गाँव में 7 लोग मारे गये।

10 फ़रवरी (भूमकाल दिवस) को अबूझमाड़ के दुमनार गाँव में कुमली के बलात्कार के बाद उसकी हत्या। वह पेवर नामक गाँव की थी।

भारत-तिब्बत सीमा रक्षकों के 2000 सैनिकों राजनांदगाँव के जंगलों में डेरा डाले हुए हैं।

सीमा सुरक्षा बल के 5000 अतिरिक्त फ़ौजी काँकेर आ पहुँचे हैं।

'बिस्कुटों' के साथ एक हरकारा। काग़ज़ पर हाथ से लिखे पुर्ज़े, तहा कर और स्टेपल लगा कर छोटे-छोटे चौकोर टुकड़ों की शक्ल में। हर जगह से ख़बर। पुलिस ने ओंगनार गाँव में पाँच लोगों को मार दिया है।

और फिर :

जनमुक्ति छापामार सेना का कोटा पूरा हो गया।

कुछ पुराने अख़बार भी आये हैं। नक्सलवादियों के बारे में बहुत-सी सामग्री है। एक चीख़ती हुई सुर्ख़ी राजनैतिक फ़िज़ा का सटीक लुब्बे-लुआब पेश करती है : *खदेड़ो, मारो, समर्पण कराओ।* उसके नीचे : *वार्ता के लिए लोकतंत्र का द्वार खुला है।* दूसरी सुर्ख़ी कहती है माओवादी पैसा बनाने के लिए गाँजा उगा रहे हैं। तीसरे अख़बार में सम्पादकीय कहता है कि जिस इलाक़े में हमने डेरा डाला हुआ है और जिसे हम पैदल पार कर रहे हैं, वह पूरी तरह पुलिस के नियंत्रण में हैं।

युवा कम्युनिस्ट कतरनों को पढ़ने का अभ्यास करने के लिए ले जाते हैं। वे शिविर में माओवादियों का विरोध करने वाले इन लेखों को रेडियो उद्घोषकों के स्वरों में ऊँचे-ऊँचे पढ़ते हुए घूमते रहते हैं।

■

नया दिन। नयी जगह। हमने महुआ के विशाल पेड़ों के नीचे उसिर गाँव के बाहरी हिस्से में डेरा डाला हुआ है। महुआ के पेड़ों में अभी-अभी फूल आ रहे हैं और वे अपने हलके पीले, हरे बौर जंगल के फ़र्श पर रत्नों की तरह गिरा रहे हैं। हवा में उनकी हल्की-हल्की उन्मत्त करने वाली गन्ध बसी हुई है। हम भाटपाल स्कूल के बच्चों का इन्तज़ार कर रहे हैं, जो ओंगनार मुठभेड़ के बाद बन्द कर दिया गया था। उसे अब पुलिस के शिविर में बदल दिया गया है। बच्चों को घर भेज दिया गया है। यही नेलवाड, मूँजमेट्टा, एडका, वेडोमाकोट और घनोरा के स्कूलों के बारे में भी सच है।

भाटपाल स्कूल के बच्चे नहीं आते।

कॉमरेड नीति (मोस्ट वॉण्टेड) और कॉमरेड विनोद हमें अपने साथ ले कर जल संचय के ढाँचों और सिंचाई के तालाबों की उस श्रृंखला को दिखाने ले जाते हैं, जो जनताना सरकार ने बनाये हैं। कॉमरेड नीति खेती-बाड़ी से सम्बन्धित ढेर सारी समस्याओं के बारे में बात करती हैं, जिनसे उनको निपटना पड़ता है। सिर्फ़ दो फ़ीसदी ज़मीन की सिंचाई होती है। अबूझमाड़ में दस साल पहले तक हल से जुताई के बारे में सुना भी नहीं गया था। दूसरी ओर गढ़चिरोली में संकर बीज और

रासायनिक कीटाणुनाशक धीरे-धीरे अपना रास्ता बनाते हुए घुसते चले आ रहे हैं। ''हमें खेती-बाड़ी के सिलसिले में तत्काल मदद की ज़रूरत है,'' कॉमरेड विनोद कहते हैं। ''हमें ऐसे लोगों की ज़रूरत है जो बीजों, जैव कीटाणुनाशकों, पर्माकल्चर के बारे में जानते हों। थोड़ी-सी मदद के बल पर हम बहुत कुछ कर सकते हैं।''

कॉमरेड रामू जनताना सरकार क्षेत्र में प्रभारी कृषक हैं। वे गर्व के साथ हमें खेतों का चक्कर लगवाते हैं, जहाँ वे चावल, बैंगन, गोंगूरा, प्याज़ कोह्लराबी उगाते हैं। फिर उतने ही गर्व से वे हमें एक विशाल, एकदम सूखा सिंचाई का तालाब दिखाते हैं। ''इसमें बारिश के मौसम में भी पानी नहीं होता। यह ग़लत जगह खोदा गया है,'' वे चेहरे पर मुस्कान खिलाये, कहते हैं, ''यह हमारा नहीं है, इसे लूटी सरकार ने खुदवाया था।'' यहाँ दो समानान्तर शासन प्रणालियाँ हैं, जनताना सरकार और लूटी सरकार।

मैं उस बात के बारे में सोचती हूँ जो कॉमरेड वेणु ने मुझसे कही थी : वे हमें कुचल डालना चाहते हैं, महज़ खनिजों के लिए ही नहीं, बल्कि इसलिए भी कि हम दुनिया के सामने एक वैकल्पिक नमूना पेश कर रहे हैं।

यह अभी एक विकल्प नहीं हैयह बन्दूक के बल पर ग्राम स्वराज। यहाँ बहुत ज़्यादा भूख है, बहुत ज़्यादा बीमारी। लेकिन उसने विकल्प की सम्भावनाएँ तो निश्चय ही पैदा कर दी हैं। सारी दुनिया के लिए नहीं, न अलास्का के लिए न नयी दिल्ली, यहाँ तक कि शायद समूचे छत्तीसगढ़ के लिए भी नहीं, बल्कि ख़ुद अपने लिए। दण्डकारण्य के लिए। यह दुनिया का सबसे गोपनीय भेद है। उसने अपने नाश के विकल्प की बुनियाद रख दी है। उसने इतिहास को चुनौती दी है। भारी रुकावटों के बावजूद उसने अपने जीवित बच निकलने का एक नक़्शा तैयार किया है। उसे मदद और कल्पनाशीलता की ज़रूरत है, उसे डॉक्टरों, अध्यापकों, किसानों की ज़रूरत है।

उसे युद्ध की ज़रूरत नहीं है।

लेकिन अगर उसे सिर्फ़ युद्ध ही मिलने वाला है, तो वह पलट कर लड़ेगा।

■

अगले कुछ दिनों के दौरान मैं क्रा.आ.म. संगठन के साथ काम करने वाली महिलाओं, जनता सरकारों के विभिन्न पदाधिकारियों, दण्डकारण्य आदिवासी किसान मज़दूर संगठन के सदस्यों, मारे गये लोगों के परिवारों और महज़ आम

लोगों से मिलती हूँ, जो इस भयावह समय में सिर्फ़ ज़िन्दगी का साथ निभाने की जद्दोजहद में जुटे हुए हैं।

मैं नारायणपुर ज़िले की तीन बहनोंसुखियारी, सुकदेई और सुक्कलीसे मिलती हूँ। जवान नहीं, शायद चालीस के पेटे में। वे क्रा.आ.म. संगठन में पिछले बारह वर्षों से हैं। गाँववाले पुलिस से निपटने के लिए उन पर निर्भर रहते हैं। पुलिस वाले दो से तीन सौ के झुण्ड में आते हैं।

"वे हर चीज़ चुरा ले जाते हैं, गहने, मुर्ग़े, सुअर, भाँडे-बर्तन, तीर-कमान," सुक्कली कहती है, "वे चाकू भी नहीं छोड़ते।" इन्नर में उसका घर दो बार जलाया गया हैएक बार नगा बटालियन द्वारा और एक बार केन्द्रीय रिज़र्व पुलिस बल द्वारा। सुखियारी को गिरफ़्तार करके जगदलपुर में सात महीने तक जेल में रखा गया था। एक बार वे सारे गाँव को यह कहते हुए ले गये कि आदमी सब नक्सली थे। सुखियारी ने सारे बच्चों और औरतों के ले कर पीछा किया। उन्होंने थाने को घेर लिया और तब तक हिलने से इनकार कर दिया, जब तक आदमी मुक्त नहीं कर दिये गये। "जब भी वे किसी को ले जायें," सुकदेई कहती है, "तुम्हें फ़ौरन जाकर उसे वापस छीन लाना चाहिए। एक बार वे रोज़नामचे में लिख लें तो फिर बहुत मुश्किल हो जाता है।"

सुखियारी, जिसे बचपन में ज़बर्दस्ती अपहरण करके एक उमरदार आदमी से ब्याह दिया गया था (वह घर से भाग गयी और अपनी बहन के साथ जाकर रहने लगी), अब जनता की रैलियाँ आयोजित करती है और बैठकों में भाषण देती है। लोग उस पर सुरक्षा के लिए निर्भर रहते हैं।

मैंने उससे पूछा कि उसके लिए पार्टी का मतलब क्या था। ''नक्सलवाद का मतलब हमारा परिवार। जब हम हमले के बारे में सुनते हैं तो ऐसा लगता है कि हमारे परिवार को चोट लगी है।'' सुखियारी ने कहा।

मैंने उससे पूछा कि क्या उसे मालूम था कि माओ कौन था। वह शर्मीलेपन से मुस्करायी, 'वे एक नेता थे। हम उनके सपने के लिए काम कर रहे हैं।'

सुखियाती, सुखदेई और सुक्कलि

1986 में पार्टी ने 'आदिवासी महिला संगठन' गठित किया, जो 'क्रान्तिकारी आदिवासी महिला संगठन' में विकसित हो गया और अब उसके 90,000 बाक़ायदा सदस्य हैं। क्या उनका 'सफ़ाया' कर दिया जायेगा?

मैं कॉमरेड सोमारी गवडे से मिली। बीस साल की और जगदलपुर में दो साल जेल काट भी चुकी है। वह 8 जनवरी, 2007 को इन्नर गाँव में थी, जिस दिन 740 पुलिसवालों ने उसके गिर्द घेरा डाल दिया, क्योंकि उन्हें ख़बर थी कि कॉमरेड नीति वहाँ थीं। (वे थीं, पर पुलिस के आने तक वे जा चुकी थीं।) लेकिन गाँव का अर्द्ध-सैनिक दल वहीं था, जिसमें सोमारी भी शामिल थी। पुलिस ने भोर के समय गोलियाँ चलानी शुरू कीं। उन्होंने दो लड़कों, सुकताल गवडे और कचरू गोटा को मार डाला। उन्होंने तीन दूसरे लोगों को पकड़ लियादो लड़के, दूसरी सालम और रानाई और सोमारी। दूसरी और रानाई को बाँध कर गोली मार दी गयी। सोमारी को पीट-पीट कर अधमरा कर दिया गया। पुलिस ने ट्रेलर वाला एक ट्रैक्टर लिया और लाशें उसमें लाद दीं। सोमारी को लाशों के साथ बैठा कर नारायणपुर ले जाया गया।

मैं कॉमरेड दिलीप की माँ चमरी से मिली। कॉमरेड दिलीप को 6 जुलाई, 2009 को गोली मार दी गयी थी। वह कहती है कि उसे मारने के बाद पुलिस ने उसके बेटे के शव को एक बाँस से बाँध दिया, जानवर की तरह और उसे अपने साथ ले चले। उनके लिए शवों को पेश करना

पड़ता है, अपना इनाम लेने के लिए, इससे पहले कि कोई और शिकार को ले भागे। चमरी पुलिस स्टेशन तक सारा रास्ता उनके पीछे दौड़ती गयी। जब तक वे पहुँचे, शव पर कपड़े के नाम पर चिथड़ा भी नहीं रह गया था। रास्ते में, चमरी कहती है, जब वे सड़क के किनारे के एक ढाबे पर चावल और बिस्कुट खाने के लिए रुके (जिसके दाम उन्होंने नहीं चुकाये) तो उन्होंने शव को सड़क के किनारे छोड़ दिया। पल भर के लिए इस माँ की कल्पना कीजिए, अपने बेटे के शव के पीछे-पीछे जंगल से होकर आती हुई, थोड़े फ़ासले पर रुकती हुई, ताकि उसके हत्यारे चाय पी लें। उन्होंने उसे अपने बेटे का शव वापस नहीं लेने दिया, ताकि वह सही ढंग से उसका क्रिया-कर्म कर सके। उन्होंने उसे बस उस गड्ढे में एक मुट्ठी मिट्टी फेंकने दी, जिसमें उन्होंने उस दिन मारे गये लोगों को गाड़ा था। चमरी कहती है उसे बदला चाहिए। *बदला कू बदला।* (ख़ून के बदले ख़ून)।

मैं मार्सकोला जनताना सरकार के चुने हुए सदस्यों से मिलती हूँ, जो छै गाँवों का प्रशासन चलाती है। उन्होंने पुलिस की एक दबिश बयान की : वे रात को आते हैं, 300, 400 कभी-कभी 1000 सिपाही। वे गाँव के गिर्द घेरा डाल देते हैं और छिप कर इन्तज़ार करते हैं। भोर के समय वे खेतों पर जाने वाले पहले-पहले लोगों को पकड़ लेते हैं और गाँव में घुसने के लिए उन्हें इन्सानी ढालों की तरह इस्तेमाल करते हैं ताकि वे उन्हें बतायें कि 'बूबी ट्रैप' कहाँ हैं। ('आर-वी' की तरह 'बूबी ट्रैप' भी गोंडी शब्द बन गया है। हर आदमी मुस्कराता है, जब वह उसे कहता या सुनता है। जंगल 'बूबी ट्रैपों' से भरा हुआ है, कुछ असली, कुछ नक़ली। यहाँ तक कि जनमुक्ति छापामार सेना को भी जनसैनिकों की सहायता के बल पर गाँवों से होकर गुज़रना पड़ता है।) एक बार वे गाँव में घुसते हैं तो वे लूट-मार करते हैं और घरों को जलाते हैं। वे कुत्तों के साथ आते हैं। कुत्ते भागने की कोशिश करने वालों को पकड़ लेते हैं। वे मुर्ग़ियों और सुअरों को दौड़ाते हैं और पुलिस उन्हें मारकर बोरों में भर कर ले जाती है। विशेष पुलिस अधिकारी पुलिस के साथ आते हैं। उन्हें ही मालूम होता है कि लोग अपने पैसे और गहने कहाँ छिपाते हैं। वे लोगों को पकड़ते हैं और ले जाते हैं और उन्हें छोड़ने से पहले उनसे पैसे ऐंठते हैं। वे हमेशा कुछ अतिरिक्त नक्सल 'वर्दियाँ' अपने साथ लिये रहते हैं कि अगर वे मारने के लिए किसी को पायें तो इस्तेमाल कर सकें। उन्हें नक्सलवादियों को मारने के पैसे मिलते हैं, लिहाज़ा वे कुछ नक्सलियों को गढ़ लेते हैं। गाँव वाले इतने डरे हुए हैं कि घर में नहीं रहते।

इस शान्त नज़र आते वन में जीवन पूरी तरह फ़ौजी हो गया लगता है अब। लोग अब कॉर्डन और सर्च, फ़ाइरिंग, ऐडवान्स, रिट्रीट, डाउन, ऐक्शन जैसे शब्द जानते हैं। अपनी फ़सलें काटने के लिए उन्हें जनमुक्ति छापामार सेना की गश्त की ज़रूरत होती है। हाट जाना भी एक सैनिक अभियान है। हाट-बाज़ार मुख़बिरों से भरे होते हैं, जिन्हें पुलिस पैसे के बल पर उनके गाँवों से लुभा कर ले आयी होती है। 1500 रुपये महीने पर, मुझे बताया जाता है। नारायणपुर में एक मुख़बिर मुहल्ला भी है, जहाँ कम-से-कम 4000 मुख़बिर रहते हैं। आदमी अब बाज़ार नहीं जा पाते। औरतें जाती हैं, लेकिन उन पर कड़ी निगरानी रखी जाती है कि वे नक्सलियों के लिए तो नहीं ख़रीद रही हैं। दवाख़ानों को निर्देश है कि वे लोगों को दवाइयाँ न ख़रीदने दें, सिवा बहुत छोटी-छोटी मात्राओं में। सरकारी राशन की दुकानों से कम दाम का राशनचीनी, चावल, मिट्टी का तेलपुलिस स्टेशनों में या उनके नज़दीक रखा जाता है, जिससे अधिकतर लोगों के लिए उसे ख़रीदना असम्भव हो जाता है।

■

जनसंहार के अपराध के निवारण और दण्ड पर राष्ट्र संघ के सम्मेलन की धारा-2 जनसंहार की परिभाषा इस प्रकार देती है :

नीचे दिये गये कृत्यों में से कोई एक जो किसी राष्ट्रीय, जातीय, नस्ली या धार्मिक समुदाय को समग्रतः या अंशतः नष्ट करने के इरादे से किया गया हो, यथा, समुदाय के सदस्यों की हत्या करना, समुदाय के सदस्यों को गम्भीर शारीरिक या मानसिक हानि पहुँचाना; जान-बूझ कर उस समूह पर ऐसी जीवनस्थितियाँ थोपना, जो पूरी तरह या अंशतः उसका शारीरिक नाश करने के उद्‌देश्य से थोपी गयी हों; ऐसे क़दम लागू करना जो समूह के भीतर प्रजनन को बाधित करें, (या) समूह के बच्चों को ज़बरदस्ती दूसरे समुदाय में स्थानान्तरित करना।

■

सारी पैदल चलाई ने, लगता है मुझे अपनी गिरफ़्त में ले लिया है। मैं थक गयी हूँ। कमला मुझे एक पतीला गर्म पानी ला देती है। मैं अँधेरे में एक पेड़ के पीछे नहाती हूँ। लेकिन मैं खाना नहीं खा सकती और सोने के लिए रेंग कर अपने स्लीपिंग बैग में घुस जाती हूँ। कॉमरेड राजू ऐलान करते हैं कि हमें चल देना है।

निश्चय ही यह अक्सर होता है, लेकिन आज की रात मुश्किल है। हमने एक खुले मैदान में डेरा डाला हुआ था। हमने दूर से आती गोलीबारी की आवाज़ सुनी थी। हम 104 हैं। एक बार फिर अकेली क़तार बना कर रात में चलना। झींगुरों का स्वर। लैवेण्डर जैसी गन्ध वाली कोई चीज़। ग्यारह के बाद का समय रहा होगा, जब हम उस जगह पहुँचे जहाँ हम रात बितायेंगे। धरती से बाहर को निकली चट्टानों का सिलसिला। क़तारबन्दी। हाज़िरी। कोई रेडियो चालू कर देता है। बीबीसी कहता है कि लालगढ़, पश्चिम बंगाल में ईस्टर्न फ्रण्टियर राइफ़ल्स के शिविर पर हमला हुआ है। मोटर साइकिलों पर 60 माओवादी। पुलिस के 14 सिपाही मारे गये। 10 लापता। हथियार छीने गये। क़तारों में ख़ुशी की बुदबुदाहट फैल जाती है। माओवादी नेता किशनजी का इण्टरव्यू चल रहा है। आप यह हिंसा छोड़कर बातचीत के लिए कब आयेंगे? जब ऑपरेशन ग्रीनहण्ट वापस ले लिया जायेगा। किसी भी समय। चिदम्बरम को बताइए हम बात करेंगे। अगला प्रश्न : अब अँधेरा है, आपने सुरंगें बिछायी हुई हैं, और सैनिक बुला लिये गये हैं, क्या आप उन पर भी हमला करेंगे? किशन जी : हाँ, निश्चय ही, वरना लोग मुझे मारेंगे। क़तारों में हँसी फूट पड़ती है। स्पष्टीकरण देने वाले सुखदेव कहते हैं, ''वे हमेशा सुरंगें कहते हैं। हम सुरंगें नहीं बिछाते। हम आई.ई.डी. इस्तेमाल करते हैं।'

हज़ार सितारा होटल में एक और शानो-शौकत वाला सुविधा-सम्पन्न कमरा। मेरी तबियत ठीक नहीं लग रही। बारिश होने लगती है। हल्की-सी हँसी फूट पड़ती है। कमला एक झिल्ली मुझे ओढ़ा देती है। और मुझे क्या चाहिए? बाक़ी सब बस अपनी-अपनी झिल्ली में ख़ुद को लपेट लेते हैं।

अगली सुबह तक लालगढ़ में शवों की संख्या 21 हो गयी है। दस लापता।

इस सुबह कॉमरेड राजू में दूसरों का ख़याल है। हर शाम से पहले नहीं चलते।

■

एक रात लोग पतंगों की तरह रोशनी के एक चकत्ते को गिर्द जमा हैं। यह सोलर पैनेल से चालित कॉमरेड सुखदेव का नन्हा-सा कम्प्यूटर है और वे 'मदर इण्डिया' देख रहे हैं। उनकी राइफ़लों के काले कुन्दे आकाश में छायाकृतियों की तरह दिखते हुए। कमला की दिलचस्पी उसमें नहीं लगती। मैंने उससे पूछा कि क्या उसे फ़िल्में देखना पसन्द था। ''नहीं दीदी, सिर्फ़ ऐम्बुश वीडियो।'' बाद में मैंने

कॉमरेड सुखदेव से घात लगा कर किये गये इन हमलों के विडियो के बारे में पूछा। बिना माथे पर शिकन लाये, वे मुझे एक विडियो दिखाते हैं।

वीडियो दण्डकारण्य के दृश्यों से शुरू होता है, नदियाँ, झरने, पेड़ की नंगी डाल का पास से लिया गया शॉट। टिटहरी की आवाज़। फिर अचानक एक कॉमरेड एक आई.ई.डी. में तार लगा रहा है, सूखी पत्तियों में उसे छिपाता हुआ। मोटरसाइकिलों का एक काफ़िला उड़ा दिया जाता है। कटे-फटे शरीर हैं और जलती मोटरसाइकिलें। हथियार छीने जा रहे हैं। धक्के से सुन्न पुलिस के तीन सिपाही बाँध दिये गये हैं।

इसकी फ़िल्म कौन उतार रहा है? कौन कार्रवाई का संचालन कर रहा है? कौन पकड़े गये सिपाहियों को आश्वस्त कर रहा है कि वे अगर समर्पण कर दें तो उन्हें रिहा कर दिया जायेगा? (जो उन्होंने किया) मैं उस मुलायम, आश्वस्त करने वाली आवाज़ को पहचानती हूँ। वे कॉमरेड वेणु हैं।

"यह कुडूर ऐम्बुश है," कॉमरेड सुखदेव कहते हैं।

उनके पास जले हुए गाँवों, प्रत्यक्षदर्शियों और मृतकों के रिश्तेदारों की गवाहियों का एक वीडियो अभिलेखागार है। एक जले हुए घर की झुलसी दीवार पर लिखा है'नगा-ा-ा! मारने के लिए जन्मा!' उस छोटे-से बच्चे की भी फ़िल्म है जिसकी उँगलियाँ ऑपरेशन ग्रीनहण्ट के बस्तर अध्याय का उद्घाटन करने के लिए काट दी गयी थीं। (मेरे साथ एक टीवी इण्टरव्यू भी है। मेरा पढ़ने-लिखने का कमरा। मेरी किताबें। अजीब।)

रात को रेडियो पर एक और नक्सली हमले की ख़बर है। इस बार जमुई बिहार में।

ख़बर में कहा गया है कि 125 माओवादियों ने एक गाँव पर हमला किया और कोरा जाति के दस आदिवासियों को बदले की कार्रवाई में मार दिया, क्योंकि उनके द्वारा पुलिस को दी गयी जानकारी से छे माओवादियों की मृत्यु हो गयी थी। निश्चय ही हम जानते हैं कि मीडिया की रिपोर्ट सही हो भी सकती है, नहीं भी हो सकती। लेकिन अगर सच है तो यह अक्षम्य है। कॉमरेड राजू और सुखदेव स्पष्ट रूप से बेचैन नज़र आते हैं।

झारखण्ड और बिहार से जो ख़बरें आती रही हैं वे विचलित करने वाली हैं। फ़्रान्सिस इन्दुवर नामक पुलिसवाले का सिर काटे जाने की नृशंस घटना की ख़बर अब भी लोगों के दिलो-दिमाग़ में ताज़ा है। यह इस बात की याद कराता

है कि कितनी आसानी से हथियारबन्द संघर्ष का अनुशासन आपराधिक हिंसा की अराजक कार्रवाइयों में पतित हो सकता है या जातियों और समुदायों और धार्मिक सम्प्रदायों के बीच अस्मिता के घिनौने युद्धों में। अन्याय को संस्थाबद्ध करके, जैसा कि भारतीय राजतंत्र करता है, उसने इस देश को भारी असन्तोष का बारूद ख़ाना बना दिया है। सरकार क़तई ग़लत है अगर वह सोचती है कि सी पी आई (माओवादी) को 'सिरविहीन' करने के लिए 'चिह्नित हत्याएँ' करके वह हिंसा को ख़त्म कर पायेगी। इसके विपरीत हिंसा फैल कर और तीव्र होगी और सरकार के पास बात करने के लिए कोई नहीं होगा।

■

मेरे आख़िरी दिनों के दौरान हम हरी-भरी, सुन्दर इन्द्रावती घाटी के बीच मँडराते हुए चलते हैं। एक पहाड़ी के साथ-साथ चलते हुए हमने नदी की दूसरी तरफ़ लोगों की एक और पंक्ति को उसी दिशा में चलते देखा। मुझे बताया जाता है कि वे कुडूर गाँव में एक बाँध विरोधी सभा में भाग लेने के लिए जा रहे हैं। वे खुले में हैं और हथियारविहीन। घाटी के लिए एक स्थानीय जुलूस। मैं इधर का साथ छोड़कर उनसे जा मिली।

बोधघाट बाँध उस सारे इलाक़े को डुबा देगा, जिसमें हम कई दिनों से चलते रहे हैं। वह सारा वन, सारा इतिहास, सारे क़िस्से-कहानियाँ। सौ से ज़्यादा गाँव। तो यह योजना है क्या? लोगों को चूहों की तरह डुबो देना, ताकि लोहण्डीगुडा में सकल इस्पात कारख़ाना और केशकाल घाट में बॉक्साइट खदान और ऐल्यूमिनियम शोधन संयंत्र नदी को हथिया सकें?

सभा में लोग जो मीलों दूर से आये हैं, वही चीज़ें कहते हैं जो हम सब बरसों से सुनते आये हैं। हम डूब जायेंगे, पर हटेंगे नहीं। वे रोमांचित हैं कि दिल्ली से आया कोई उनके साथ है। मैं उनसे कहती हूँ कि दिल्ली एक क्रूर शहर है, जो न उन्हें जानता है, न परवाह करता है।

दण्डकारण्य आने के कुछ हफ़्ते पहले ही मैं गुजरात गयी थी। सरदार सरोवर बाँध अब कमोबेश अपनी पूरी ऊँचाई तक पहुँच चुका है। और लगभग हर चीज़ जिसकी भविष्यवाणी नर्मदा बचाओ आन्दोलन ने की थी कि होगी, घटित हुई है। विस्थापित लोगों का पुनर्वास नहीं हुआ, मगर यह कोई कहने की बात नहीं। नहरें नहीं बनी हैं। कोई पैसा नहीं है। इसलिए नर्मदा का पानी घुमा कर

साबरमती के सूखे तल में ले जाया जा रहा है, उसमें बरसों पहले बाँध बन चुका था। ज़्यादातर पानी शहरों और बड़े उद्योगों द्वारा हड़पा जा रहा है। उलटी धारा के प्रभावबिना नदी के मुहाने में नमकीन पानी का घुस आनासे मुक्ति पाना असम्भव होता जा रहा है।

एक समय था जब यह विश्वास करना कि बड़े बाँध 'आधुनिक भारत के मन्दिर हैं' भूल होते हुए भी समझा जा सकता था। लेकिन आज उस सबके बाद जो हो चुका है, और हम वह सब कुछ जानते हैं जो हमें मालूम हुआ है, यह कहना ही होगा कि बड़े बाँध मानवता के विरुद्ध अपराध हैं।

1984 में स्थानीय लोगों के विरोध के बाद बोधघाट बाँध ताक पर धर दिया गया था। अब उसे कौन रोकेगा? कौन उसकी आधार शिला रखे जाने से रोकेगा? कौन इन्द्रावती के चुराये जाने से बचायेगा? किसी को तो करना ही चाहिए।

■

जनताना सरकार द्वारा बनाया गया एक बाँध

बोधघाट बाँध उस सारे इलाक़े को डुबा देगा, जिसमें हम कई दिनों से चलते रहे हैं। वह सारा वन, सारा इतिहास, सारे क़िस्से-कहानियाँ। सौ से ज़्यादा गाँव।

आख़िरी रात को हमने उस ऊँची पहाड़ी की तलहटी में डेरा डाला, जिसे हमें सुबह चढ़ कर पार करना था ताकि हम उस सड़क पर आ जायें, जहाँ से एक मोटर साइकिल मुझे बिठा लेगी। जंगल तब से बदल गया है, जब मैं पहले-पहल उसमें दाख़िल हुई थी। चिरौंजी, सेमल और आम के पेड़ों में फूल आने लगे हैं।

कुडूर के गाँववाले ताज़ा पकड़ी मछली का एक विशाल देग़ शिविर पर भेजते हैं और मेरे लिए एक सूची उन 71 क़िस्म के फलों, सब्ज़ियों, दालों और कीड़ों की जो वे जंगल से प्राप्त करते हैं और अपने खेतों में उगाते हैंबाज़ार भाव के साथ। यह महज़ एक फ़ेहरिस्त है। मगर यह उनकी दुनिया का नक़्शा भी है।

जंगल डाक आती है। मेरे लिए दो बिस्कुट। कॉमरेड नर्मदा की ओर से एक कविता और एक दबाया हुआ फूल। मासे से एक प्यारा-सा पत्र। (कौन है वह? क्या मैं कभी जान पाऊँगी?)

कॉमरेड सुखदेव पूछते हैं कि क्या वे मेरे आई पॉड से संगीत अपने कम्पयूटर में डाउनलोड कर सकते हैं। हम ज़िया-उल-हक के शासनकाल में उत्पीड़न के चरम दिनों में लाहौर की मशहूर संगीत सभा में इक़बाल बानो द्वारा गायी गयी 'हम देखेंगे' की एक खरखराती रिकॉर्डिंग सुनते हैं :

जब अहल-ए-सफ़ा-मरदूद-ए-हरम
मसनद पे बिठाये जायेंगे
सब ताज उछाले जायेंगे
सब तख़्त गिराये जायेंगे
हम देखेंगे

उस पाकिस्तान में पचास हज़ार लोगों का चुनौती-भरा आलाप गूँजता है : *इनक़लाब ज़िन्दाबाद। इनक़लाब ज़िन्दाबाद।* इतने सारे बरसों बाद वह आलाप इस जंगल में गूँजता है। कितना अजीब है, कैसे-कैसे गँठजोड़ होते हैं।

गृहमंत्री उन लोगों को दबी-छिपी धमकियाँ जारी करते रहे हैं, जो 'भ्रमित होकर माओवादियों को बौद्धिक और भौतिक समर्थन दे रहे हैं।' क्या इक़बाल बानो की साझेदारी इसके दायरे में आती है।

भोर के वक़्त मैं कॉमरेड माधव और जूरी और छोटे मँगतू और बाक़ी सबसे विदा लेती हूँ। कॉमरेड चन्दू मोटर साइकिलों का बन्दोबस्त करने गया है और मेरे साथ वापस मुख्य सड़क तक आयेगा। कॉमरेड नीति (मोस्ट वॉण्टेड) और सुखदेव सहज ही लेकिन एक साथ अपनी एके-47 के सेफ़्टी कैच खोल लेते हैं। यह पहली बार है, जब मैंने उन्हें यह करते देखा है। हम 'सीमा' की ओर बढ़ रहे हैं। ''क्या आपको पता है कि अगर हम पर गोलियाँ चलने लगे तो आपको क्या करना है?'' सुखदेव इत्मीनान से पूछते हैं मानो यह दुनिया का सबसे स्वाभाविक प्रश्न हो।

''हाँ,'' मैंने कहा, ''फ़ौरन अनिश्चित भूख हड़ताल की घोषणा करना।''

वे एक चट्टान पर बैठ गये और हँसने लगे। हम लगभग घण्टा भर चढ़ते रहे। सड़क के ठीक नीचे हम एक चट्टानी अलिन्द में बैठ गये, पूरी तरह छिपे

हुए, किसी घात वाले दल की तरह, मोटर साइकिल की आवाज़ पर कान लगाये। जब वह आयेगी, विदाई जल्दी होनी चाहिए। लाल सलाम कॉमरेडो।

जब मैंने पीछे मुड़ कर देखा, वे अब भी वहीं थे। हाथ हिलाते हुए। एक छोटा-सा समूह। ये लोग जो अपने सपनों के साथ जीते हैं, जबकि बाक़ी दुनिया अपने दुःस्वप्नों के साथ जीती है। हर रात मैं इस सफ़र के बारे में सोचती हूँ। रात का वह आकाश, जंगल के मार्ग। मैं अपनी टॉर्च की रोशनी से आलोकित कॉमरेड कमला की घिसी चप्पलों में उसकी एड़ियाँ देखती हूँ। मैं जानती हूँ वह चल रही होगी। क़दम बढ़ाती हुई, सिर्फ़ अपने लिए नहीं, बल्कि हम सबके लिए उम्मीद को जिलाये रखने के लिए।

मार्च, 2010

जो चुराता है बत्तख पंचायती ज़मीन से,
क़ानून रियायत नहीं करता उस अभागे कमीन से
पर छुट्टा छोड़ देता है बड़े कमीन को,
जो छीनता है बत्तख से पंचायती ज़मीन को ।

—अज्ञात, इंग्लैण्ड, 1821[1]

(2 जुलाई, 2010 की भोर के समय, सुदूर आदिलाबाद के जंगलों में, आन्ध्र प्रदेश राज्य पुलिस ने चेरुकुरि राजकुमार नाम के एक आदमी के सीने में गोली मार दी जो अपने साथियों के बीच कॉमरेड आज़ाद के नाम से जाना जाता था। आज़ाद भारत सरकार द्वारा प्रतिबन्धित भारत की कम्यूनिस्ट पार्टी (माओवादी) का सदस्य था और उसकी पार्टी ने भारत सरकार के साथ प्रस्तावित शान्ति-वार्ताओं में अपने प्रमुख वार्ताकार की भूमिका निभाने की ज़िम्मेदारी उसे सौंपी थी। पुलिस ने बिलकुल क़रीब से गोली दाग कर इसकी चुग़ली खाने वाले जलने के निशान क्यों छोड़े, जबकि वह बहुत आसानी से अपने किये की लीपा-पोती कर सकती थी? क्या यह एक भूल थी या एक सन्देश?

पुलिस ने उस सुबह एक और आदमी को भी मारा—हेमचन्द्र पाण्डेय एक युवा पत्रकार जो आज़ाद के साथ यात्रा कर रहा था, जब आज़ाद को गिरफ़्तार किया गया। पुलिस ने उसे क्यों मारा? क्या इस बात को पक्का करने के लिए कि क़िस्से की असलियत बयान करने के लिए कोई गवाह ज़िन्दा न बचे? या यह महज़ पुलिस की सनक थी?

किसी युद्ध के दौरान अगर शान्ति-वार्ताओं के आरम्भिक चरण में एक पक्ष दूसरे पक्ष के दूत को मार देता है तो यह मानना तर्कसंगत है कि जिस पक्ष ने हत्या की है वह शान्ति नहीं चाहता। बहुत हद तक यही लगता है कि आज़ाद की हत्या इसलिए की गयी, क्योंकि किसी ने फ़ैसला किया कि दाँव इतने बड़े थे कि उसे ज़िन्दा नहीं रहने दिया जा सकता था। यह फ़ैसला स्थितियों के मूल्यांकन में एक गम्भीर भूल साबित हो सकता है। न सिर्फ़ इस बात के मद्‌दे-नज़र कि आज़ाद कौन था, बल्कि आज हिन्दुस्तान की मौजूदा राजनैतिक फ़िज़ा की वजह से भी।)

साहबी इंकलाब

कॉमरेडों से विदा लेने और दण्डकारण्य के जंगल से बाहर आने के कई दिन बाद मैंने ख़ुद को नयी दिल्ली के संसद मार्ग पर जन्तर मन्तर की तरफ़ एक थकाऊ और चिर-परिचित रास्ता तय करते हुए पाया। जन्तर मन्तर एक पुरानी वेधशाला है जिसे जयपुर के महराजा सवाई जय सिंह द्वितीय ने अट्‌ठारहवीं सदी में बनवाया था। उस ज़माने में यह विज्ञान का एक करिश्मा था जो समय बताने, मौसम की अग्रिम जानकारी देने और ग्रह-नक्षत्रों की गति और स्थिति का पता लगाने के काम आता था। आज यह एक औसत पर्यटकीय आकर्षण है जिसका दूसरा मक़सद है दिल्ली में लोकतंत्र के छोटे-से शो-रूम की भूमिका अदा करना।

इधर कुछ बरसों से विरोध-प्रदर्शनों परअगर वे राजनैतिक दलों या धार्मिक संगठनों की सरपरस्ती में न हो रहे हों तोदिल्ली में पाबन्दी लगा दी गयी है। राजपथ पर बोट क्लब, जो गुज़रे हुए दिनों में कई-कई रोज़ तक चलने वाली विशाल, ऐतिहासिक रैलियों का साक्षी रहा है, अब राजनैतिक गतिविधि के लिए निषिद्ध क्षेत्र है और सिर्फ़ सैर-तफ़रीह, ग़ुब्बारे बेचने वालों और नौका विहारियों के लिए उपलब्ध है। रहा इण्डिया गेट तो वहाँ मोमबत्ती जुलूसों और मध्यमवर्गीय उद्देश्यों से किये गये नुमायशी विरोध-प्रदर्शनों की इजाज़त हैमिसाल के लिए 'जस्टिस फ़ॉर जेसिका' (जेसिका के लिए इन्साफ़) जो उस मॉडल के लिए किया गया जिसकी हत्या दिल्ली के एक शराबखाने में राजनैतिक सम्पर्क-सूत्रों वाले एक ठग ने कर दी थीमगर इससे ज़्यादा और कुछ नहीं। शहर पर धारा 144 लगा दी गयी है, पुराने उन्नीसवीं सदी के क़ानून की यह धारा सार्वजनिक स्थल पर पाँच से ज़्यादा लोगों के इकट्ठे होने पर पाबन्दी लगाती है जिनका 'कोई समान उद्देश्य हो जो ग़ैर-क़ानूनी हो।' यह क़ानून अंग्रेज़ों ने 1857 के विद्रोह के दोहराये जाने को रोकने के इरादे से 1860 में पारित किया था। इरादा उसे आपातकालीन क़दम के तौर पर ही लागू किये जाने का था, पर अब यह हिन्दुस्तान के कई हिस्सों में स्थायी रूप से लागू कर दिया गया है। शायद ऐसे ही क़ानूनों के लिए अपनी कृतज्ञता व्यक्त करने के लिए हमारे प्रधान मंत्री ने ऑक्सफोर्ड से मानद उपाधि ग्रहण करते हुए अंग्रेज़ों का शुक्रिया अदा किया कि उन्होंने हमारे लिए इतनी समृद्ध विरासत छोड़ी : 'हमारी न्यायपालिका, हमारी क़ानून व्यवस्था, हमारी नौकरशाही और हमारी पुलिस सभी महान संस्थाएँ हैं जो हमें बरतानवी-हिन्दुस्तानी प्रशासन से प्राप्त हुई हैं और वे हमारे अच्छे काम आयी हैं।'[2]

जन्तर मन्तर दिल्ली का एकमात्र स्थान है जहाँ धारा 144 लागू तो है, पर जबरन अमल में नहीं लायी जाती। देश के कोने-कोने से लोग, राजनैतिक दलों और मीडिया की उपेक्षा से तंग आकर, वहाँ इकट्ठे होते हैं, शिद्दत से उम्मीद करते हुए कि कोई सुनवाई होगी। कुछ लोग लम्बी-लम्बी रेल-यात्राएँ करके आये हैं। कुछ, जैसे भोपाल गैस काण्ड के शिकार लोगों ने, हफ़्तों पैदल चल कर दिल्ली की दूरी तय की है। हालाँकि उन्हें जलते हुए (या बर्फ़-सरीखे) फ़ुटपाथ पर सबसे अच्छी जगह हासिल करने के लिए एक-दूसरे से लड़ना पड़ा था, हाल के दिनों तक विरोध प्रदर्शनकारियों को, जब तक वे चाहते, जन्तर मन्तर पर तम्बू लगा कर टिके रहने की इजाज़त थीहफ़्तों, महीनों, यहाँ तक कि बरसों तक। पुलिस

और स्पेशल ब्रांच की दुर्भावना-भरी निगाहों के सामने वे अपने बदरंग शामियाने और बैनर लगाते। यहाँ से वे, अपने ज्ञापन जारी करके, अपने विरोध-प्रदर्शन की योजनाएँ घोषित करके और अनिश्चितकालीन भूख-हड़तालों पर बैठ कर, लोकतंत्र में अपना विश्वास प्रकट करते। यहाँ से वे संसद भवन तक जुलूस निकालने की कोशिश करते (पर कभी सफल न होते)। यहीं बैठ कर वे उम्मीद करते।

लेकिन हाल में अलबत्ता लोकतंत्र की समय-सारिणी बदल गयी है। अब पूरी तरह दफ़्तरी हाज़िरी के हिसाब से काम होने लगा हैनौ से पाँच तक। कोई ओवरटाइम नहीं। कोई रतजगा नहीं। इससे कोई फ़र्क़ नहीं पड़ता कि लोग कितने दूर-दराज के इलाक़ों से आये हैं, कोई फ़र्क़ नहीं कि उनके पास शहर में कोई आसरा नहीं हैअगर वे शाम के छह बजे तक चले नहीं जाते, तो उन्हें जबरन हटा दिया जाता है, ज़रूरत पड़े तो पुलिस द्वारा, और अगर हालात काबू से बाहर हो जायें तो लाठियों और पानी की तेज़ बौछारों द्वारा। यह नयी समय-सारिणी ज़ाहिरा तौर पर इसलिए लागू की गयी थी कि 2010 के राष्ट्रमण्डलीय खेल, जिनकी मेज़बानी दिल्ली कर रही है, बिना विघ्न-बाधा के सम्पन्न हो जायें। लेकिन किसी को भी पुरानी समय-सारिणी के जल्दी बहाल होने की उम्मीद नहीं है। शायद यह हालात के मुताबिक मुनासिब ही है कि हमारे लोकतंत्र के बचे-खुचे हिस्से का सौदा ऐसे समारोह की एवज़ में कर लिया जाये जो बर्तानवी साम्राज्य का जश्न मनाने के लिए शुरू किया गया था। शायद यह उचित ही है कि 4,00,000 लोगों को रातों-रात शहर-बदर कर दिया जाये और बहुतों को अपने घरों के उजड़ने का साक्षी बनना पड़े।[3] या सुप्रीम कोर्ट के हुक्म पर लाखों फेरीवालों और सड़क-किनारे सौदा बेचने वालों से उनकी रोज़ी-रोटी छीन ली जाये ताकि शहर के मॉल उनके बणिज-व्यापार को हड़प लें।[4] और हज़ारों भिखारियों को शहर के बाहर दफ़ा कर दिया जाये और इसी के साथ एक लाख से ज़्यादा ग़ुलामों को शहर के फ़्लाई ओवर, मेट्रो सुरंगें, ओलिम्पिक आकार के तरण-ताल, अभ्यास के स्टेडियम और खिलाड़ियों के लिए शानो-शौकत वाली रिहाइशी इमारतें बनाने के लिए शहर के बाहर से पकड़ बुलाया जाये।[5] भले ही पुराने साम्राज्य का अब कोई वजूद न रह गया हो। लेकिन प्रकट ही ग़ुलामी की हमारी परम्परा इतनी लाभदायक हो गयी है कि उसे खत्म करना सम्भव नहीं।

मैं जन्तर मन्तर पर इसलिए मौजूद थी क्योंकि देश भर के शहरों में फ़ुटपाथों पर रहने वाले एक हज़ार लोग कुछ मौलिक अधिकारों की माँग लेकर

आये हुए थे : आसरे का, खाने (राशन कार्डों) का, जीवन (पुलिस के उत्पीड़न और नगर पालिकाओं के अफ़सरों की ग़ैर-क़ानूनी वसूली से रक्षा) का अधिकार।

उस दिन धूप तीखी थी, मगर अब भी सभ्य और शिष्ट। विरोध प्रदर्शन की महक काफ़ी दूर से ही महसूस की जा सकती थीयह कहना भयानक और क्रूरतापूर्ण है, पर यह सच था : वह एक हज़ार इन्सानी जिस्मों की इकट्ठा गन्ध थी जिन्हें अमानवीय बना दिया गया था, आजीवन नहीं तो कम-से-कम बरसों तक स्वास्थ्य और साफ़-सफ़ाई की मानवीय (या पशुओं की भी) बुनियादी ज़रूरतों से वंचित रखा गया था। जिस्म जो हमारे बड़े शहरों के कचरे में लिथड़े रहे थे, जिस्म जिनके पास मौसम की सख़्तियों से बचने की कोई सूरत नहीं थी, जिनकी कोई पहुँच साफ़ पानी, साफ़ हवा, शारीरिक स्वच्छता और चिकित्सा तक नहीं थी। इस महान देश का कोई इलाक़ा, तथाकथित प्रगतिशील योजनाओं में से कोई योजना, कोई भी शहरी संस्था उन्हें आसरा देने के उद्देश्य से नहीं बनायी गयी थी। न तो जवाहरलाल नेहरू राष्ट्रीय नगर पुनर्नवीकरण मिशन, न कोई और मलिन बस्ती विकास और रोज़गार सुनिश्चित करने वाली या कल्याणकारी योजना। यहाँ तक कि मल-निष्कासन तंत्र भी नहींवे सीवेज पाइपों के *ऊपर* बैठ कर हगते हैं। वे उन दरारों में रहने वाले छाया प्राणी हैं जो योजनाओं और संस्थाओं में पड़ गयी हैं। वे सड़कों पर रहते हैं, सड़कों पर खाते हैं, सड़कों पर सम्भोग करते हैं, सड़कों पर बच्चे पैदा करते हैं, सड़कों पर बलात्कार का शिकार होते हैं, अपनी सब्ज़ी-तरकारी काटते हैं, कपड़े धोते हैं, बच्चों को पालते-पोसते हैं, सड़कों पर ही जीते हैं और सड़कों पर ही मर जाते हैं।

अगर चलचित्र ऐसा कला रूप होता जिसमें सूँघने की हिस का भी दखल होतादूसरे शब्दों में अगर फ़िल्मों से महक भी आतीतो स्लमडॉग मिलियनेअर जैसी फ़िल्में कभी ऑस्कर पुरस्कार न जीत पातीं। गरम पॉप कॉर्न की सुगन्ध से उस क़िस्म की ग़रीबी की दुर्गन्ध का मेल कभी न हो पाता।

उस दिन जन्तर मन्तर पर विरोध प्रदर्शन में शामिल होने के लिए आये लोग स्लमडॉगझोंपड़-पट्टी के कुत्तेभी नहीं थे, वे फ़ुटपाथों पर रहने वाले लोग थे। कौन थे वे? कहाँ से आये थे वे? वे 'इण्डिया शाइनिंग' (भारत उदय) के शरणार्थी थे, ऐसे लोग जो पगला गयी उत्पादन प्रक्रिया के ज़हरीले रिसाव की तरह यहाँ से वहाँ छलकाये जा रहे थे। वे उन छै करोड़ से ज़्यादा लोगों के प्रतिनिधि थे जिन्हें ग्रामीण दरिद्रता ने, धीमे-धीमे ग्रसने वाली भुखमरी ने,

(अधिकतर मनुष्य निर्मित) बाढ़ और सूखे ने, खदानों ने, इस्पात कारख़ानों और ऐल्यूमिनियम गलाने वाले यंत्रों ने, राजमार्गों और एक्सप्रेस पथों ने, आज़ादी के बाद बनाये गये 3300 बड़े बाँधों ने और अब विशेष आर्थिक क्षेत्रों (सेज) ने विस्थापित कर दिया है। वे हिन्दुस्तान के उन 83.6 करोड़ लोगों में शामिल हैं जो बीस रुपये रोज़ाना से भी कम में गुज़ारा करते हैं, जो भूखे मरते हैं जबकि लाखों टन अनाज या तो सरकारी गोदामों में चूहों की नज़र हो जाता है या थोक में जला दिया जाता है (क्योंकि ग़रीबों में अनाज बाँटने से उसे जलाना ज़्यादा सस्ता है।)[6] वे हमारे देश में कुपोषण का शिकार दसियों लाख बच्चों के, पाँच बरस की उमर से पहले ही मर जाने वाले 15 लाख बच्चों के, माता-पिता हैं।[7] वे उन लाखों लोगों में से हैं जो मज़दूरों के जत्थों की शक्ल में शहर-दर-शहर 'नये भारत' के निर्माण के लिए धकेले जा रहे हैं। क्या इसी को 'आधुनिक विकास के फलों से लाभ उठाना' कहते हैं?

क्या सोचते होंगे ये लोग उस सरकार के बारे में जो जनता के पैसों से 6000 करोड़ डालर (मूल अनुमानित ख़र्च 10 करोड़ डॉलर था) महज़ दो हफ़्तों तक चलने वाले खेल समारोह पर ख़र्च करना मुनासिब समझ रही है जिसमें, आतंकवाद, मलेरिया, डेंगू और नयी दिल्ली के नये ज़हरीले कीड़े के डर से, बहुत-से अन्तर्राष्ट्रीय स्तर के खिलाड़ियों ने हिस्सा लेने से इनकार कर दिया है?[8] जिसकी अध्यक्षता करने का ख़याल राष्ट्रमण्डल की औपचारिक प्रमुखइंग्लैण्ड की महारानीको अपने सबसे ग़ैर-ज़िम्मेदार सपनों में भी नहीं आ सकता। वे इस तथ्य के बारे में क्या सोचेंगे कि राजनेताओं और खेल अधिकारियों द्वारा विशाल राशियाँ चुरा कर अपनी अण्टी में सँजो ली गयी हैं? मेरे ख़याल में ज़्यादा नहीं। क्योंकि जो लोग बीस रुपये रोज़ से भी कम पर गुज़ारा करते हैं उन्हें तो उस पैमाने की रक़में परियों की कहानियों सरीखी लगती होंगी। उन्हें तो शायद यह ख़ाबो-ख़याल भी नहीं होगा कि यह उनका पैसा है। यही वजह है कि भ्रष्ट नेताओं को लोगों से चुराये गये पैसे से चुनावी ख़रीद-फरोख़्त करके, धड़ल्ले से सत्ता में लौटने में कोई दिक़्क़त नहीं होती। (फिर वे रोष का नाटक करके पूछते हैं, 'माओवादी चुनावों में क्यों नहीं खड़े होते?')

उस खुले-खिले दिन जन्तर मन्तर पर खड़े होकर मैंने उन तमाम संघर्षों के बारे में सोचा जो लोगों द्वारा इस देश में किये जा रहे हैं :नर्मदा घाटी, पोलावरम, अरुणाचल प्रदेश में बड़े बाँधों के ख़िलाफ़; उड़ीसा, छत्तीसगढ़ और झारखण्ड में

पारादीप का हाइवे, क्योंझार, उड़ीसा, 2005

लाल धूल आपके नथुनों और फेफड़ों में भर जाती है। पानी लाल है, हवा लाल है, लोग लाल हैं, उनके फेफड़े और बाल लाल हैं। सारा दिन, सारी रात ट्रक उनके गाँवों से घड़घड़ाते हुए गुज़रते हैं, बम्पर-से-बम्पर सटाये, हज़ारों-हज़ारों ट्रक, लोहे के चूरे को पारादीप ले जाते हुए, जहाँ से वह चीन जायेगा। वहाँ यह तब्दील होगा–कारों और धुएँ और रातों-रात उभर कर खड़े हो जाने वाले अनपेक्षित नगरों में।

बोधघाट बाँध का विरोध, दण्डकारण्य, 2010

वे उन छह करोड़ से ज़्यादा लोगों के प्रतिनिधि थे जिन्हें ग्रामीण दरिद्रता ने, धीमे-धीमे ग्रसने वाली भुखमरी ने, (अधिकतर मनुष्य निर्मित) बाढ़ और सूखे ने, खदानों ने, इस्पात कारख़ानों और ऐल्यूमिनियम गलाने वाले यन्त्रों ने, राजमार्गों और एक्सप्रेस पथों ने, आज़ादी के बाद बनाये गये ३३०० बड़े बाँधों ने और अब विशेष आर्थिक क्षेत्रों ने विस्थापित कर दिया है।

खदानों के ख़िलाफ़; लालगढ़ के आदिवासियों द्वारा पुलिस के ख़िलाफ़; देश भर में उद्योगों और 'विशेष आर्थिक क्षेत्रों' के लिए उनकी ज़मीनें छीनने के ख़िलाफ़। कितने बरसों तक और कितने तरीक़ों से लोगों ने ठीक ऐसी ही नियति से बचने के लिए जद्दो-जेहद की है। मैंने अपने कन्धों पर बन्दूकें लटकाये मासे, नर्मदा, रूपी, नीति, मँगतू, माधव, सरोजा, राजू, गुडसा उसेण्डी और कॉमरेड कमला (माओवादियों के साथ जंगल में बिताये दिनों के दौरान मेरे युवा अंगरक्षकों) के बारे में सोचा। मैंने उस वन-प्रान्तर की महान गरिमा के बारे में सोचा जहाँ मैंने कुछ ही दिन पहले पैदल यात्रा की थी और सोचा आक्रोश से भरे देश की तेज़ होती हुई नब्ज के साउण्ड-ट्रैक सरीखी बस्तर में भूमकाल उत्सव के आदिवासी नगाड़ों की लय के बारे में।

मैंने पद्मा के बारे में सोचा जिसके साथ मैं वारंगल तक गयी थी। वह अभी तीस के पेटे ही में है, लेकिन जब वह सीढ़ियाँ चढ़ती है तो उसे हत्था पकड़ कर अपने शरीर को अपने पीछे घसीट कर चढ़ाना पड़ता है। जब उसे गिरफ़्तार किया गया था उसके ठीक एक हफ़्ता पहले ही उसका अपेण्डिक्स का ऑपरेशन हुआ था। उसे तब तक पीटा गया जब तक कि उसके शरीर के भीतर ख़ून नहीं रिसने लगा। उसके कई अन्दरूनी अंग काट कर निकालने पड़े थे। जब पुलिसवालों ने उसके घुटने तोड़े तो उन्होंने उसे दिलासा देते हुए बताया कि वे ऐसा यह सुनिश्चित करने के लिए कर रहे थे ताकि वह 'फिर से जंगल में न चल सके।' उसे आठ साल की सज़ा काटने के बाद छोड़ा गया। अब वह 'अमरुला बन्धु मित्रुला समिति' यानी शहीदों के मित्रों और रिश्तेदारों की समिति का संचालन करती है। यह समिति झूठी मुठभेड़ों में मारे गये लोगों की लाशों को वापस लाने का काम करती है। पद्मा अपना समय आन्ध्र प्रदेश के उत्तरी हिस्से में यात्रा करते हुए बिताती है, जो भी साधन उसे उपलब्ध हो उससे, आम तौर पर ट्रैक्टर में, लोगों के शवों को ढोकर उनके माता-पिता या पत्नियों तक पहुँचाती हुई जो इतने ग़रीब हैं कि अपने प्रियजनों के शरीरों को वापस लाने के लिए किराया भी नहीं ख़र्च कर सकते।

जो लोग बरसों से, दशकों से, बदलाव, या फिर अपनी ज़िन्दगियों में न्याय की महज़ एक फुसफुसाहट लाने के लिए लड़ रहे हैं, उनकी लगन, अक़्लमन्दी और साहस एक असाधारण चीज़ है। चाहे लोग भारतीय राज्य का तख़्ता पलटने के लिए लड़ रहे हों या बड़े बाँधों के ख़िलाफ़ लड़ रहे हों या फ़क़त किसी ख़ास

इस्पात कारख़ाने या खदान या विशेष आर्थिक क्षेत्र के ख़िलाफ़ लड़ रहे हों, बुनियादी बात यह है कि वे अपने सम्मान और गरिमा की लड़ाई लड़ रहे हैं, मनुष्यों की तरह जीने और महकने के अधिकार के लिए लड़ रहे हैं। वे लड़ रहे हैं, क्योंकि जहाँ तक उनका सवाल है, 'आधुनिक विकास के फल' जर्नैली सड़क के किनारे मुर्दा मवेशियों की तरह गँधाते हैं।

■

हिन्दुस्तान की आज़ादी की तिरसठवीं सालगिरह पर प्रधानमंत्री मनमोहन सिंह राष्ट्र के नाम एक भावहीन, ठण्डा और अत्यन्त तुच्छ भाषण देने के लिए, लाल क़िले में अपने बुलेट-प्रूफ़ डिब्बे में चढ़े। उन्हें सुनते हुए कौन कल्पना कर सकता था कि वे एक ऐसे देश को सम्बोधित कर रहे थे जहाँ, दुनिया की दूसरी सबसे ऊँची विकास दर होने के बावजूद, सिर्फ़ आठ राज्यों में अफ़्रीका के 26 सबसे ग़रीब देशों की कुल जनसंख्या से ज़्यादा ग़रीब लोग हैं।[9] 'आप सभी ने भारत की सफलता में योगदान दिया है,' उन्होंने कहा,

> 'हमारे मज़दूरों, हमारे कारीगरों, हमारे किसानों की कड़ी मेहनत ने देश को वहाँ ला खड़ा किया है जहाँ वह आज खड़ा है...हम एक नया भारत बना रहे हैं जिसमें हर नागरिक का हिस्सा होगा, ऐसा भारत जो ख़ुशहाल होगा और जिसमें सभी नागरिक शान्ति और भाई-चारे के वातावरण में सम्मान और गरिमा की ज़िन्दगी जी सकेंगे। ऐसा भारत जिसमें सारी समस्याएँ लोकतांत्रिक तरीक़ों से हल की जा सकेंगी। ऐसा भारत जिसमें हर नागरिक के बुनियादी अधिकारों की रक्षा होगी।'[10]

कुछ लोग इसे लाश पर बैठ कर की गयी ठिठोली क़रार देंगे। किसी को लग सकता था कि वे फ़िनलैण्ड या स्वीडन की जनता को सम्बोधित कर रहे थे।

अगर 'व्यक्तिगत निष्ठा' के सिलसिले में हमारे प्रधान मंत्री की शोहरत उनके भाषणों के शब्दों में प्रकट होती तो उन्हें यह कहना चाहिए था :

> 'भाइयो और बहनो, इस रोज़ जब हम अपने महिमाशाली अतीत को याद करते हैं, आप सबको शुभकामनाएँ। मैं जानता हूँ कि चीज़ें थोड़ी महँगी होती जा रही हैं, और आप लोग खाने की चीज़ों की क़ीमतों के बारे में हाय-तौबा करते रहते हैं। लेकिन इसे इस तरह देखिएआप में से 65 करोड़ से ज़्यादा लोग किसानों या किसान-मज़दूरों की हैसियत में खेती में जुटे हुए

हैं या उससे आजीविका चला रहे हैं, लेकिन आपकी कुल कोशिशों का योग हमारे सकल उत्पाद का 18 फ़ीसदी से भी कम ठहरता है। सो, क्या फ़ायदा है आपका? हमारे सूचना तकनीकआई टीके क्षेत्र को देखिए। उसमें हमारी 0.2 फ़ीसदी आबादी लगी हुई है और वह हमारी राष्ट्रीय आय का 5 फ़ीसदी हमें कमा कर देता है।[11] क्या आप इसका मुकाबला कर सकते हैं? यह सच है कि हमारे देश में रोज़गार ने विकास की रफ़्तार का साथ नहीं दिया है, लेकिन ख़ुशक़िस्मती से हमारे काम करनेवालों का 60 फ़ीसदी से ज़्यादा हिस्सा स्व-रोज़गार में लगा हुआ है।[12] हमारे मज़दूरों का 90 फ़ीसदी हिस्सा असंगठित क्षेत्र में काम कर रहा है।[13] यह सच है कि उन्हें साल में कुछ ही महीने रोज़गार मिल पाता है, लेकिन चूँकि हमारे यहाँ अल्प-रोज़गार-प्राप्त' जैसी कोई कोटि नहीं है, हम इस हिस्से को थोड़ा गोल-मोल ही रखते हैं। उन्हें खाते में 'बेरोज़गार' के तौर पर दर्ज करना मुनासिब नहीं होगा। उन आँकड़ों पर विचार करते हुए जिनके अनुसार शिशुओं और माताओं की मृत्यु-दर हमारे यहाँ दुनिया में सबसे ज़्यादा है, हमें एक राष्ट्र के रूप में एकताबद्ध होना चाहिए और फ़िलहाल बुरी ख़बर को नज़रन्दाज़ कर देना चाहिए। इन समस्याओं पर हम बाद में ध्यान केन्द्रित कर सकते हैं, अपनी रिसनेवाली क्रान्ति के बाद, जब स्वास्थ्य सेवाओं का पूरी तरह निजीकरण हो जायेगा। इस बीच, मुझे उम्मीद है आप सब लोग चिकित्सा सम्बन्धी बीमा ख़रीद रहे होंगे। रही इस तथ्य की बात कि खाने के अनाज की प्रति-व्यक्ति उपलब्धता दरअसल पिछले बीस बरसों में घट गयी हैजो संयोग से हमारे सबसे गतिशील आर्थिक विकास का काल रहा हैतो मेरा यक़ीन कीजिए, यह महज़ इत्तफ़ाक़ है।[14]

'मेरे साथी नागरिको, हम एक नये हिन्दुस्तान का निर्माण कर रहे हैं जिसमें हमारे सौ सबसे अमीर लोगों की कुल सम्पत्ति हमारे सकल घरेलू उत्पाद का एक-चौथाई हिस्सा है।[15] कम-से-कमतर हाथों में दौलत का जमा होना हमेशा कुशलता को बढ़ाता है। आप सबने वह कहावत सुन रखी है 'जितने कपड़े उतना पाला, जितना कुनबा उतना मुकाला।' हम अपने दुलारे अरबपतियों, अपने कुछ सौ करोड़पतियों, उनके भाई-भतीजों-रिश्तेदारों और उनके राजनैतिक और व्यावसायिक सहयोगियों को ख़ुशहाल देखना चाहते हैं और चाहते हैं कि वे अपनी ज़िन्दगियाँ शान्ति और भाईचारे के

वातावरण में सम्मान और गरिमा से गुज़ारें जिसमें उनके बुनियादी अधिकार सुरक्षित रहें।[16]

'मुझे आभास है कि मेरे सपने केवल लोकतांत्रिक उपाय इस्तेमाल करके पूरे नहीं हो सकते। दरअसल, मैं यह विश्वास करने लगा हूँ कि असली लोकतंत्र बन्दूक की नली से निकलता है। यही वजह है कि हमने फ़ौज, पुलिस, केन्द्रीय सुरक्षा बल, सीमा सुरक्षा बल, केन्द्रीय औद्योगिक सुरक्षा बल, प्रादेशिक सशस्त्र पुलिस-बल, भारत-तिब्बत सीमा सुरक्षा बल, पूर्वी सीमा राइफ़ल्स के साथ-साथ स्कॉर्पियन, ग्रेहाउण्ड और कोब्रा जैसे बलों को तैनात कर दिया है, ताकि वे उन भटकी हुई बग़ावतों को कुचल सकें जो हमारे खनिज-समृद्ध इलाक़ों में फूट रही हैं।

'लोकतंत्र के साथ हमारा प्रयोग नगालैण्ड, मणिपुर और कश्मीर में शुरू हुआ। कश्मीर, मुझे दोहराने की ज़रूरत नहीं, हिन्दुस्तान का अखण्ड हिस्सा है। हमने वहाँ लोगों को लोकतंत्र की सौग़ात देने के लिए 5 लाख से ज़्यादा फ़ौजी तैनात किये हैं। वे कश्मीरी युवक जो पिछले दो महीनों से कर्फ़्यू का उल्लंघन करके और पुलिसवालों पर पथराव करके अपनी जान जोखिम में डालते रहे हैं, लश्कर-ए-तैयबा के मरजीवड़े हैं जो दरअसल आज़ादी नहीं, रोज़गार चाहते हैं। अफ़सोस, इससे पहले कि हम नौकरियों के लिए उनकी अर्ज़ियाँ पढ़ पाते, उनमें से साठ अपनी जानें गवाँ बैठे हैं। मैंने अब से पुलिस को हिदायत दे दी है कि इन भटके हुए नौजवानों को मारने के लिए नहीं, घायल करने के लिए गोलियाँ चलायें।'

अपने सात साल के कार्यकाल में मनमोहन सिंह ने ख़ुद को सोनिया गाँधी के वक़्ती, नरम-मिज़ाज वाले पिट्ठू के रूप में ढल जाने दिया है। यह उस आदमी के लिए सबसे मुफ़ीद भेस है जिसने पिछले बीस बरसों के दौरान पहले वित्त मंत्री के रूप में और फिर प्रधान मंत्री की हैसियत से नयी आर्थिक नीतियों के ऐसे निज़ाम को बलपूर्वक आगे बढ़ाया है जो हिन्दुस्तान को उस परिस्थिति में ले आया है जिसमें देश ख़ुद को अब पा रहा है। इसका अभिप्राय यह नहीं है कि मनमोहन सिंह पिट्ठू नहीं हैं। महज़ यह कि उनके सारे आदेश सोनिया गाँधी से नहीं आते। अपनी आत्मकथा 'प्राटसर्स टेल' *(एक प्रलापी का क़िस्सा)* में पश्चिम बंगाल के पूर्व वित्त मंत्री, अशोक मित्र ने मनमोहन सिंह के सत्ता में आने की कहानी का

अपना बयान पेश किया है।[17] 1991 में, जब हिन्दुस्तान का विदेशी मुद्रा भण्डार ख़तरनाक ढंग से घट गया था तो पी.वी. नरसिंह राव सरकार ने 'अन्तर्राष्ट्रीय मुद्रा कोष' से आपातकालीन क़र्ज़ की दर्ख़्वास्त की थी। मुद्रा कोष दो शर्तों पर राज़ी हुआ था। पहली थी ढाँचागत फेर-बदल और आर्थिक सुधार। और दूसरी थी ऐसा वित्त मंत्री जिसे मुद्रा कोष ने चुना हो। यह आदमी, अशोक मित्र के अनुसार, मनमोहन सिंह थे।

इन वर्षों के दौरान मनमोहन सिंह ने अपने मंत्रिमण्डल और नौकरशाही को ऐसे लोगों से भर लिया है जो धार्मिक निष्ठा से हर चीज़ को बड़े पूँजीपतियों के क़ब्ज़े में देने के लिए कटिबद्ध हैं :पानी, बिजली, खनिज, खेती, ज़मीन, दूरसंचार, शिक्षा, स्वास्थ्यचाहे इसके नतीजे जो भी हों।

सोनिया गाँधी और उनका बेटा, दोनों, इस सब में एक महत्वपूर्ण भूमिका अदा करते हैं। उनका काम 'करुणा और करिश्मे का विभाग' चलाना और चुनाव जीतना है। उन्हें ऐसे निर्णय करने (और श्रेय भी लेने) की छूट है जो प्रगतिशील जान पड़ते हैं, पर असल में प्रतीकात्मक और रणनीतिक हैं, जिनका उद्देश्य जन-साधारण के आक्रोश की धार को गोठिल करना और सरकार के बड़े जहाज़ को चालू रखना है। (इसका सब से ताज़ातरीन नमूना उस रैली में देखने को मिला जिसे राहुल गाँधी के लिए आयोजित किया गया था ताकि वे नियमगिरि की पहाड़ियों में वेदान्त को बॉक्साइट के खनन की इजाज़त के रद्द किये जाने का विजय समारोह मना सकें। यह वही लड़ाई है जिसे डोंगरिया कोंड आदिवासी और स्थानीय और अन्तर्राष्ट्रीय कार्यकर्ताओं का समूह बरसों से लड़ रहा है। रैली में राहुल गाँधी ने ऐलान किया कि वे 'आदिवासी लोगों के एक सिपाही' हैं।[18] उन्होंने इस बात का ज़िक्र नहीं किया कि उनकी पार्टी की आर्थिक नीतियाँ आदिवासी समुदाय के सामूहिक विस्थापन का प्रतिपादन ही नहीं करतीं, उस पर टिकी भी हुई हैं। या फिर यह कि पास-पड़ोस के हर दूसरे बॉक्साइट-समृद्ध गिरि (पर्वत) को खनन करके बेतहाशा खोखला किया जा रहा है, जिस बीच यह 'आदिवासियों का सिपाही' अपनी नज़रें किसी दूसरी तरफ़ फेरे हुए है। राहुल गाँधी शरीफ आदमी हो सकते हैं, लेकिन उनके लिए 'दो हिन्दुस्तानों'अमीरों का हिन्दुस्तान' और 'ग़रीबों का हिन्दुस्तान' का आलाप करते घूमते रहना अपनी बुद्धि के साथ-साथ सबकी बुद्धि का अपमान करना है, मानो जिस पार्टी का वे प्रतिनिधित्व करते हैं, उसका इस में कोई हाथ नहीं है।

लोकतंत्र की भँड़ैती को जारी रखने के लिए चुनाव जीतने वाले और जनाधार-सम्पन्न नेताओं और उन लोगों के बीचजो वास्तव में देश को चलाते हैं, लेकिन या तो जिन्हें (न्यायाधीशों और नौकरशाहों को) चुनाव जीतने की ज़रूरत नहीं होती या फिर जिन्हें ऐसा करने की बन्दिशों से मुक्त कर दिया गया है (जैसे हमारे प्रधानमंत्री)श्रम का बँटवारा लोकतांत्रिक परिपाटी में लगायी गयी अचूक सेंध है। यह कल्पना करना भूल होगी कि सरकार की बाग-डोर सोनिया गाँधी या राहुल गाँधी के हाथ में है। असली सत्ता कुलीन अल्पतंत्र (न्यायाधीशों, नेताओं और नौकरशाहों) की एक चण्डाल-चौकड़ी के हाथों में चली गयी है। अपने तईं इन लोगों को, रेस के असली घोड़ों की तरह, वे गिने-चुने निगम चलाते हैं जो कमो-बेश पूरे देश की हर चीज़ के मालिक हैं। वे भले ही अलग-अलग राजनैतिक दलों से आते हों और राजनैतिक विरोधी होने की नौटंकी करते हों, लेकिन यह जनता की आँखों में धूल झोंकने की चालें हैं। असली कशमकश थैलीशाहों के बीच धन्धे की छीन-झपट है।

इस चण्डाल-चौकड़ी के एक वरिष्ठ सदस्य पी. चिदम्बरम हैं, जिनके बारे में कुछ लोग कहते हैं कि वे प्रतिपक्षी दलों के इतने चहेते हैं कि अगर काँग्रेस अगला चुनाव हार भी जाये तो भी वे गृहमंत्री बने रहेंगे। एक तरीके से शायद यह उनके लिए लाज़िमी भी होगा, क्योंकि उन्हें जो काम उनके आकाओं ने सौंपा है उसे पूरा करने के लिए उन्हें हो सकता है अपने पद पर कुछ और साल बने रहना पड़े। लेकिन वे रहते हैं या जाते हैं इससे कोई फ़र्क़ नहीं पड़ने वाला। पाँसे तो फेंके जा चुके हैं।

अपने पुराने विश्वविद्यालय, हार्वर्ड, में एक व्याख्यान देते हुए अक्तूबर 2007 में चिदम्बरम ने इस ज़िम्मेदारी का ख़ाका पेश किया था। व्याख्यान का शीर्षक था : 'ग़रीब अमीर देश : विकास की चुनौतियाँ।'[19] उन्होंने आज़ादी के बाद के तीन दशकों को 'गँवा दिये गये वर्ष' कहा था और सकल घरेलू उत्पाद दर की डींग हाँकी थी जो 2002 में 6.9 फ़ीसदी से ऊपर उठ कर 2007 में 9.4 फ़ीसदी हो गयी थी। उन्होंने जो कहा था वह मेरे लिए इतना महत्वपूर्ण है कि मैं उनके बेस्वाद गद्य के एक अंश को पढ़ने का दण्ड आपको भी दे रही हूँ :

> 'कोई सोचता होगा कि जैसे-जैसे अर्थ-व्यवस्था एक ऊँची वृद्धि-दर की ओर अग्रसर होगी, विकास की चुनौतियाँएक लोकतंत्र मेंउत्तरोत्तर कम उग्र होती जायेंगी। असलियत इससे बिलकुल उलट है। लोकतंत्र

भूमि में जहरीला बहाव, दमनजोड़ी, उड़ीसा

सिर्फ उड़ीसा की बॉक्साइट भंडारों का मूल्य 40 खरब डॉलर है (भारत के सकल घरेलू उत्पाद के दो गुने से भी ज्यादा)...इस पर सरकार औपचारिक रूप से 7 प्रतिशत से भी कम रॉयल्टी पाती है।

जहरीली हवा, दामनजोड़ी, उड़ीसा

बॉक्साइट का खनन करने और उसे ऐल्यूमिनियम में बदलने का ऐसा कोई तरीक़ा नहीं जिसमें पर्यावरण-अनुकूलता हो। वह बेहद ज़हरीली प्रक्रिया है जिसे ज़्यादातर पश्चिमी देशों ने निर्यात करके अपने देश के बाहर कर दिया है।

या कहा जाये कि लोकतांत्रिक संस्थाओं और समाजवादी युग की विरासतने वास्तव में विकास की चुनौतियाँ बढ़ा दी हैं।

मुझे कुछ मिसालों से इसे समझाने की इजाज़त दीजिए। हिन्दुस्तान की खनिज सम्पदा में कोयला (दुनिया का चौथा सबसे बड़ा भण्डार), कच्चा लोहा, मैंगनीज़, माइका, बॉक्साइट, कच्चा टाइटैनियम, क्रोमाइट, हीरा, प्राकृतिक गैस, पेट्रोलियम और चूने की खदानें हैं। सामान्य ज्ञान हमें बताता है कि हमें जल्दी और कौशलपूर्ण ढंग से इनका खनन करना चाहिए। इस काम में भारी पूँजी निवेश, कुशल संगठनों और ऐसी पर्यावरण नीति की ज़रूरत पड़ती है जो बाज़ार की ताक़तों को काम करने की छूट देगी। खनन उद्योग में इनमें से कोई भी तत्व आज मौजूद नहीं है। इस सिलसिले में क़ानून पुराने पड़ चुके हैं और संसद सिर्फ़ हाशिये पर ठोंक-पीट कर पा रही है। खनन की सम्भावनाओं को तलाशने और खनन करने के लिए पूँजी को आकर्षित करने में हमारी कोशिशें कमो-बेश नाकाम रही हैं। इस बीच, यह क्षेत्र वस्तुतः राज्य सरकारों के हाथों में क़ैद है। यथास्थिति में किसी भी क़िस्म के परिवर्तन का विरोध ऐसे गुट कर रहे हैं जोकाफ़ी उचित ढंग सेजंगलों या पर्यावरण या आदिवासी आबादी के आन्दोलन का समर्थन करते हैं। ऐसे राजनैतिक दल भी हैं जो खनन को राज्य सरकारों की इजारेदारी मानते हैं और जिन्हें निजी क्षेत्र के प्रवेश पर विचारधारा के आधार पर ऐतराज़ है। वे स्थापित श्रम संघों से समर्थन बटोरते हैं। संघों के पीछे उनकी जानकारी या नाजानकारी मेंव्यापारी माफ़िया खड़ा है। नतीजा वास्तविक पूँजी निवेश कम है, खनन उद्योग कछुए की चाल से बढ़ रहा है और अर्थ-व्यवस्था पर बोझ का काम करता है।

मैं आपको एक और मिसाल दूँगा। उद्योगों को स्थापित करने के लिए ज़मीन के बड़े-बड़े टुकड़े चाहिए। खनिज-आधारित उद्योगों मसलन इस्पात और ऐल्यूमिनियम को खनन, माल की तैयारी और उत्पादन के लिए ज़मीन के बड़े-बड़े क्षेत्रों की ज़रूरत है। हवाई अड्डों, बन्दरगाहों, बाँधों और बिजली-घरों के लिए भूमि के विशाल क्षेत्र चाहिएँ ताकि वे सड़क और रेल सम्पर्क तथा सहायक और संसाधन सम्बन्धी सुविधाएँ उपलब्ध करा सकें। अब तक, सरकार द्वारा भूमि का अधिग्रहण प्रभुसत्ता

के अधिकार को लागू करके किया जाता था। मुद्दा केवल वाजिब मुआवज़ा देने का था। यह स्थिति अब बदल गयी है। अब हर परियोजना में नये दावेदार हैं और उनकी दावेदारी को स्वीकार करना ज़रूरी है। अब हमें पर्यावरण पर असर के मूल्यांकन, अनिवार्य अधिग्रहण के औचित्य, सही मुआवज़े, क्षतिपूर्ति, विस्थापित लोगों के पुनर्वास और पुनर्प्रतिष्ठा, वैकल्पिक आवास और खेती की ज़मीन जैसे मुद्दों को ध्यान में रखना पड़ता है।'

'बाज़ार की ताक़तों' द्वारा 'जल्दी और कौशलपूर्ण ढंग से' संसाधनों का खनन करनायही तो औपनिवेशिक शक्तियाँ अपने उपनिवेशों के साथ करती रहीं, यही स्पेन और उत्तरी अमरीका ने दक्षिणी अमरीका के साथ किया, यूरोप ने अफ़्रीका में किया (और अब भी कर रहा है), यही काम नस्लवादी निज़ाम ने दक्षिण अफ़्रीका में किया। जो छोटे देशों के कठपुतले तानाशाह अपने लोगों का ख़ून चूसने के लिए करते हैं। यह वृद्धि और विकास का फ़ार्मूला तो है, पर *किसी और की वृद्धि* और विकास के लिए। यह वही बहुत, बहुत, बहुत पुरानी कहानी है। क्या हमें इसे फिर से दोहराना होगा?

अब जबकि खनन के लाइसेंस ऐसी फुर्ती से जारी कर दिये गये हैं जिसे आप घबराहट में कौड़ियों के दाम की जा रही बिक्री से जोड़ कर देखते आये हैं, और जो घोटाले उभर कर सामने आ रहे हैं वे करोड़ों-अरबों डॉलरों में कूते गये हैं, अब जबकि खनन कम्पनियों ने नदियों को प्रदूषित कर दिया है, प्रान्तों की सरहदों को खनन से खोखला बना दिया है, पर्यावरण की ऐसी-तैसी कर दी है और गृह-युद्ध छिड़वा दिया है, चण्डाल-चौकड़ी की लगायी हुई आग के नतीजे सामने आने लगे हैं, तहस-नहस इलाक़े और ग़रीबों के शवों पर गाये जा रहे किसी पौराणिक शोकगीत की तरह।

ज़रा उस खेद पर ध्यान दीजिए जिससे मंत्री महोदय अपने व्याख्यान में लोकतंत्र और उससे जुड़ी ज़िम्मेदारियों की बात करते हैं : 'लोकतंत्रया कहा जाये कि लोकतांत्रिक संस्थाओं और समाजवादी युग की विरासतने वास्तव में विकास की चुनौतियाँ बढ़ा दी हैं।' इसके बाद वे मुआवज़ों, पुनर्वास और रोज़गार के मुद्दों से सम्बन्धित उन्हीं पिटे-पिटाये झूठों की झड़ी लगा देते हैं। *कैसा* मुआवज़ा? *कैसी* क्षतिपूर्ति? *कैसा* पुनर्वास? और *कौन-सी* 'हर परिवार के लिए एक नौकरी?'

(हिन्दुस्तान में साठ साल के औद्योगीकरण ने मज़दूरों की कुल संख्या की 6 फ़ीसदी के लिए रोज़गार का बन्दोबस्त किया है। रही बात भूमि के 'अनिवार्य अधिग्रहण' का औचित्य' साबित करने की 'बन्दिश' की, तो एक मंत्री निश्चित रूप से जानता है कि आदिवासियों की भूमि का (जहाँ सबसे अधिक खनिजों की भारी मात्रा है) अनिवार्यतः अधिग्रहण करना और उसे निजी खनन कम्पनियों के हवाले कर देना 'पंचायत (अनुसूचित क्षेत्रों तक विस्तारित) अधिनियम' (पेसा) के अन्तर्गत ग़ैर-क़ानूनी और असंवैधानिक है। 1996 में पारित 'पंचायत अधिनियम' एक संशोधन है जो आदिवासियों के साथ की गयी कुछ नाइन्साफ़ियों को दुरुस्त करने की कोशिश करता है जो 1950 में संसद द्वारा स्वीकृत भारतीय संविधान में निहित थीं। वह ऐसे सभी क़ानूनों को निरस्त कर देता है जो उसके प्रावधानों के विरुद्ध जा सकते हैं। यह क़ानून स्वीकार करता है कि आदिवासी समुदाय उत्तरोत्तर बढ़ती हुई मात्रा में हाशिये पर चले गये हैं और इस क़ानून का उद्देश्य इस शक्ति-सन्तुलन को क्रान्तिकारी ढंग से संशोधित करके सन्तुलन की तरफ़ ले आने का है। क़ानून के एक नमूने की हैसियत से यह अनोखा है, क्योंकि यह क़ानून समूह-समुदायको एक क़ानूनी हैसियत प्रदान करता है और यह अनुसूचित क्षेत्रों में रहने वाले आदिवासी समुदायों को स्व-शासन का अधिकार देता है। 'पंचायत (अनुसूचित क्षेत्रों तक विस्तारित) अधिनियम, 1996' के अन्तर्गत आदिवासी भूमि के 'अनिवार्य अधिग्रहण' को किसी भी दलील से सही नहीं ठहराया जा सकता। लिहाज़ा, यह विडम्बना ही है कि जिन लोगों का माओवादी' कहा जा रहा है (जिनमें वे सभी शामिल हैं जो भूमि अधिग्रहण का विरोध कर रहे हैं) दरअसल संविधान की रक्षा करने के लिए ही लड़ रहे हैं, जबकि सरकार उसका उल्लंघन और तिरस्कार करने की भरसक कोशिश कर रही है।

2008 और 2009 के बीच पंचायती राज मंत्रालय ने दो शोधार्थियों को देश में पंचायती राज की प्रगति के बारे में तैयार की जा रही एक रिपोर्ट के लिए एक अध्याय लिखने का काम सौंपा। अध्याय का शीर्षक है 'पंचायत (अनुसूचित क्षेत्रों तक विस्तारित) क़ानून, 1996, वामपन्थी अतिवाद और शासन : भारत के आदिवासी इलाक़ों में चिन्ताएँ और चुनौतियाँ' और इसके लेखक हैं अजय दाण्डेकर और चित्रांगदा चौधरी।[20] इसके कुछ उद्धरण नीचे दिये जा रहे हैं :

> '1894 के 'केन्द्रीय भूमि अधिग्रहण अधिनियम' को आज तक 'पंचायत (अनुसूचित क्षेत्रों तक विस्तारित) क़ानून, 1996' के प्रावधानों के

अनुरूप बनाने के लिए संशोधित नहीं किया गया है...इस समय निजी उद्योगों के लिए व्यक्तिगत और सामुदायिक भूमि का बलपूर्वक अधिग्रहण करने के लिए ज़मीनी स्तर पर औपनिवेशिक युग के इस क़ानून का व्यापक दुरुपयोग हो रहा है। कई मामलों में राज्य सरकार की परिपाटी पूँजीवादी घरानों के साथ उच्च स्तरीय क़रारनामों पर हस्ताक्षर करने और फिर ज़ाहिरा तौर पर राज्य औद्योगिक निगम के लिए जबरन भूमि के अधिग्रहण के उद्‌देश्य से अधिग्रहण अधिनियम को लागू करने की रही है। राज्य औद्योगिक निगम फिर बड़ी आसानी से अधिगृहीत भूमि को पट्टे पर निजी क्षेत्र के निगमों को दे देता है जो 'पंचायत (अनुसूचित क्षेत्रों तक विस्तारित) क़ानून, 1996' द्वारा अनुमोदित 'सार्वजनिक उद्‌देश्य से अधिग्रहण' के बुनियादी आधार का पूरा उल्लंघन है।

'ऐसे भी मामले हैं जहाँ ग्राम सभाओं द्वारा विरोध व्यक्त करने वाले दस्तावेज़ों को नष्ट कर दिया गया है और उनकी जगह जाली दस्तावेज़ नत्थी कर दिये गये हैं। इससे भी बुरी बात यह है कि जब ये तथ्य उजागर भी हो गये, तब भी राज्य ने दोषी अधिकारियों के ख़िलाफ़ कोई कार्रवाई नहीं की। सन्देश स्पष्ट और अमंगलसूचक है इन सौदों में कई स्तरों पर साँठ-गाँठ हुई है।

'इन सभी राज्यों में अनुसूची संख्या पाँच के इलाक़ों में आदिवासियों की ज़मीनों को ग़ैर-आदिवासियों के हाथ बेचना निषिद्ध है। लेकिन ज़मीन हस्तान्तरण होते रहते हैं और उत्तर-उदारीकरण युग में और भी नुमायाँ हो गये हैं। मुख्य कारण हैंधोखेधड़ी वाले तरीक़ों से हस्तान्तरण, मौखिक सौदों के आधार पर अलिखित हस्तान्तरण, तथ्यों के ग़लत प्रस्तुतिकरण और उद्‌देश्यों की ग़लत बयानी के आधार पर हस्तान्तरण, आदिवासी भूमि पर बलपूर्वक क़ब्ज़ा करना, अवैध विवाहों के आधार पर हस्तान्तरण, साँठ-गाँठ द्वारा मिल्कियत के दावे, सर्वेक्षण, भूमि अधिग्रहण प्रक्रिया, अतिक्रमणों को हटाने के समय अभिलेखों में ग़लत इन्दराज और लकड़ी और वन्य उत्पादन के भरपूर उपयोग के नाम पर और यहाँ तक कि कल्याणकरिता के विकास के हमारे ज़मीनी काम समेत विकास के नाम पर हस्तान्तरण।'

अपने निष्कर्ष वाले हिस्से में रिपोर्ट के लेखक कहते हैं :

'खनन कम्पनियों समेत औद्योगिक घरानों के साथ राज्य सरकार द्वारा हस्ताक्षरित क़रारनामों को एक सार्वजनिक स्तर पर दोबारा जाँचा जाना चाहिए जिसमें ग्राम सभाएँ जाँच के केन्द्र में हों।'

तो यह है असलियततंग करने वाले कार्यकर्ता नहीं, माओवादी नहीं, बल्कि एक सरकारी रिपोर्ट जो क़रारनामों की फिर से जाँच की माँग कर रही है। और सरकार इस दस्तावेज़ के साथ क्या करती है? उसकी प्रतिक्रिया क्या होती है? 24 अप्रैल 2010 को एक औपचारिक समारोह में प्रधान मंत्री ने रिपोर्ट को जारी किया। आप सोचेंगे, बड़ी बहादुरी दिखायी। सिवा इसके कि जारी की गयी उस रिपोर्ट में यह अध्याय शामिल नहीं था। इसे काट कर निकाल दिया गया था।[21]

आधी सदी पहले, मारे जाने के ठीक पहले चे गुएवारा ने लिखा था : 'जब उत्पीड़नकारी शक्तियाँ उन क़ानूनों के ख़िलाफ़ अपने को सत्ता में बनाये रखती हैं जिन्हें उन्होंने ख़ुद स्थापित किया होता है तो यह मान लिया जाना चाहिए कि शान्ति भंग की जा चुकी है।'[22] बेशक। 2009 में मनमोहन सिंह ने संसद में कहा था 'अगर वामपन्थी अतिवाद हमारे देश के उन महत्वपूर्ण हिस्सों में जारी रहता है जहाँ खनिजों के प्राकृतिक स्रोत हैं तो पूँजी निवेश के वातावरण पर निश्चय ही असर पड़ेगा।'[23] यह युद्ध की गुप-चुप घोषणा थी।

(मुझे यहाँ एक छोटे-से विषयान्तर की इजाज़त दीजिए, दो सिखों का छोटा-सा क़िस्सा बयान करने के लिए एक क्षण : 1931 में ब्रिटिश सरकार द्वारा फाँसी चढ़ाये जाने से पहले पंजाब के गवर्नर को भेजी गयी अपनी आख़िरी अर्ज़ी में महान क्रान्तिकारी और मार्क्सवादी भगत सिंह ने कहा था'हमें घोषित करने दीजिए कि युद्ध बाक़ायदा छिड़ा हुआ है और तब तक छिड़ा रहेगा जब तक मुट्ठी भर परजीवी हिन्दुस्तान की मेहनतकश जनता और उसके प्राकृतिक संसाधनों का शोषण करते रहेंगे। वे चाहे पूरी तरह अंग्रेज़ पूँजीवादी हों या मिले-जुले अंग्रेज़ और हिन्दुस्तानी या फिर पूरी तरह हिन्दुस्तानी ही क्यों न हों।...इन सारी चीज़ों से कोई फ़र्क़ नहीं पड़ता।'[24])

अगर आप उन बहुत सारे संघर्षों पर ग़ौर करें जो इस समय हिन्दुस्तान में जारी हैं, तो आप पायेंगे कि जनता अपने संवैधानिक अधिकारों से ज़्यादा और किसी चीज़ की माँग नहीं कर रही है। लेकिन भारत सरकार को अब इस बात

की ज़रूरत क़तई महसूस नहीं हो रही है कि वह भारत के संविधान का पालन करे, जो ऐसा माना जाता है कि वह क़ानूनी और नैतिक ढाँचा है जिस पर हमारा लोकतंत्र टिका है। संविधानों के हिसाब से वह एक प्रबुद्ध दस्तावेज़ है, लेकिन उसके ज्ञान की दीप्ति को लोगों की रक्षा के लिए इस्तेमाल नहीं किया जाता। इसका बिलकुल उलट होता है। उसे एक कँटीली गदा की तरह उन लोगों को मारकर धूल चटाने के लिए इस्तेमाल किया जा रहा है जो राज्य द्वारा 'सार्वजनिक हित' के नाम पर अपनी जनता के ख़िलाफ़ ढायी जा रही हिंसा की बढ़ती हुई लहर का विरोध कर रहे हैं। 'आउटलुक' पत्रिका में प्रकाशित अपने एक हालिया लेख में वरिष्ठ पत्रकार बी.जी. वर्गीज़ इस काँटों-जड़ी गदा को राज्य और बड़े व्यापारिक निगमों के पक्ष में लहराते हुए अखाड़े में निकल आये : 'माओवादी विलीन हो जायेंगे, लोकतांत्रिक भारत और संविधान की जीत होगी, चाहे जितना समय इसमें लगे और चाहे जितनी तकलीफ़ इसमें क्यों न उठानी पड़े।'[25] इस लेख का जवाब आज़ाद ने दिया था (यह अपनी हत्या किये जाने से पहले उसकी आख़िरी टिप्पणी थी) :

> 'हिन्दुस्तान के किस हिस्से में संविधान की जीत हो रही है, मिस्टर वर्गीज़? दन्तेवाड़ा में, बीजापुर, काँकेर, नारायणपुर, राजनाँदगाँव में? झारखण्ड में, उड़ीसा में? लालगढ़, जंगलमहल में? कश्मीर की घाटी में? मणिपुर में? हज़ारों सिखों के मारे जाने के बाद 25 लम्बे वर्षों तक आपका संविधान कहाँ छुपा हुआ था? कहाँ छुपा हुआ था वह जब हज़ारों मुसलमानों का सफ़ाया कर दिया गया था? जब लाखों किसानों को आत्म-हत्या करने पर मजबूर कर दिया गया है? जब हज़ारों लोगों को राज्य समर्थित सलवा जुडुम गिरोहों द्वारा हलाक कर दिया गया है? जब आदिवासी औरतों के साथ बलात्कार किया गया है? जब वर्दीधारी गुण्डों द्वारा लोगों का अपहरण होता है? आपका संविधान काग़ज़ का ऐसा टुकड़ा है जिसकी क़ीमत विशाल बहुसंख्यक हिन्दुस्तानियों के लिए शौच साफ़ करने के चिथड़े (टायलेट पेपर) जितनी भी नहीं है।'[26]

आज़ाद की हत्या के बाद मीडिया के अनेक टिप्पणीकारों ने इस अपराध की लीपा-पोती करने के लिए आज़ाद के शब्दों को बेशर्मी से उलट कर उस पर आरोप लगाया कि उसने भारतीय संविधान को शौच साफ़ करने वाला चिथड़ा कहा था।

अगर सरकार संविधान का सम्मान नहीं करेगी, तो शायद हमें उसकी प्रस्तावना के एक संशोधन की माँग करनी चाहिए। 'हम, भारत की जनता, भारत को एक प्रभुसत्ता सम्पन्न समाजवादी धर्म-निरपेक्ष लोकतांत्रिक गणतंत्र बनाने के गम्भीर संकल्प के साथ...' की जगह लिखना चाहिए : 'हम, भारत की सवर्ण जातियाँ और उच्च वर्ग, गुप्त रूप से भारत को एक कारपोरेट, पूँजीवादी, हिन्दू, कठपुतली राज्य बनाने के संकल्प के साथ...'

■

हिन्दुस्तान के देहाती इलाक़ों में, ख़ास तौर पर आदिवासी हृदय-प्रदेश में, बग़ावत, न केवल भारतीय राज्य व्यवस्था को, बल्कि प्रतिरोधी आन्दोलनों को भी एक क्रान्तिकारी चुनौती के रू-ब-रू ला खड़ा करती है। वह उन स्वीकृत विचारों पर सवाल उठाती है कि प्रगति, विकास, यहाँ तक कि सभ्यता के भी तत्व कौन-कौन-से हैं। वह प्रतिरोध की विभिन्न रणनीतियों की नैतिकता के साथ-साथ इस बात पर भी सवाल करती है कि वे कितनी असरदार हैं। बेशक, ये सवाल पहले भी पूछे गये हैं। वे लगातार, शान्तिपूर्वक, साल-दर-साल सौ अलग-अलग तरीक़ों से पूछे गये हैंछत्तीसगढ़ मुक्ति मोर्चे द्वारा, कोएल कारो और गन्धमर्दन आन्दोलनों द्वाराऔर सैकड़ों दूसरे जन संघर्षों द्वारा। इन्हें सबसे हठपूर्वक और शायद सबसे मुखर और नुमायाँ रूप में नर्मदा घाटी के बाँध-विरोधी नर्मदा बचाओ आन्दोलन' ने उठाया था। हिन्दुस्तान की हुकूमत का एकमात्र उत्तर दमन, छल-कपट और ऐसी अपारदर्शिता का रहा है जो आम लोगों के प्रति गहरे व्याधि-जनित अनादर का ही सूचक है। इससे भी बुरा यह रहा कि सरकार ने आगे बढ़कर विस्थापन और बेदख़ली की प्रक्रिया को तेज़ करके ऐसे बिन्दु पर ला खड़ा किया जहाँ लोगों का आक्रोश उन रूपों में फूट पड़ा जिन्हें नियंत्रित करना सम्भव नहीं रहा। आज दुनिया के सबसे ग़रीब लोगों ने कुछ सबसे अमीर पूँजीवादी निगमों को बीच रास्ते रोक देने में सफलता पायी है। यह एक उल्लेखनीय कामयाबी है।

जो लोग उठ खड़े हुए हैं वे जानते हैं कि उनके देश में आपातकालीन स्थिति लागू है। उन्हें आभास है कि कश्मीर, नगालैण्ड, मणिपुर और असम की जनता की तरह उन्हें भी 'अवैध गतिविधि निरोधक अधिनियम' और 'छत्तीसगढ़ विशेष जन सुरक्षा अधिनियम' जैसे क़ानूनों ने उनके नागरिक अधिकारों से वंचित कर

दिया है जो शब्द, कर्म, यहाँ तक इरादे के आधार पर भी हर तरह के विरोध और असहमति को अपराध ठहराते हैं।

जब इन्दिरा गाँधी ने 25 जून 1975 को आधी रात के समय आपातकाल लागू किया था तो इसका उद्देश्य आसन्न क्रान्ति को कुचलना था। जितने भी दारुण वे रहे हों, वे ऐसे दिन थे जब लोग ख़ुद को अपनी क़िस्मत सँवारने का सपना, इन्साफ़ हासिल करने का सपना देखने की छूट दे सकते थे। बंगाल के नक्सलवादी विप्लव का कमो-बेश सफ़ाया हो चुका था। लेकिन फिर लाखों लोग जयप्रकाश नारायण के 'सम्पूर्ण क्रान्ति' के आह्वान पर एकजुट हो गये थे। सारी उथल-पुथल और असन्तोष के मूल में वही माँग थीज़मीन जोतनेवाले की हो। (उन बीते दिनों में भी कोई फ़र्क़ नहीं थाभूमि के पुनर्वितरण को लागू करने के लिए, जो संविधान के मार्ग-दर्शक सिद्धान्तों में से एक है, आपको क्रान्ति ही की ज़रूरत पड़ती थी।)

पैंतीस साल बाद हालात बुरी तरह बदल गये हैं। लगातार कुतरा-छीला जाने की वजह से उस शानदार, ख़ूबसूरत ख़यालइन्साफ़ का मतलब अब मानवाधिकार हो गये हैं। समता एक कपोल-कल्पना है। यह शब्द अब कमो-बेश हमारे शब्द-कोशों से निष्कासित कर दिया गया है। ग़रीबों को धकेल कर कगार तक पहुँचा दिया गया है। भूमिहीनों के लिए भूमि की लड़ाई लड़ने से हट कर क्रान्तिकारी पार्टियों और प्रतिरोध आन्दोलनों को अपना निशाना नीचे करके अब जनता के उन अधिकारों के लिए लड़ना पड़ रहा है जिससे लोग उस थोड़ी-सी ज़मीन को अपने क़ब्ज़े में रख सकें जो उनके पास है। भूमि के पुनर्वितरण का जो एकमात्र प्रकार अब भावी योजनाओं में है उसका उद्देश्य है :भूमि को ग़रीबों से छीन कर अमीरों को उनके भूमि बैंकों के लिए देना जो 'विशेष आर्थिक क्षेत्रों' के नाम से जाने जाते हैं। भूमिहीन (ज़्यादातर दलित), बेरोज़गार, झुग्गियों और मलिन बस्तियों के निवासी और शहरी मज़दूर तबक़ा अब मोटे तौर पर गिनती के बाहर है। पश्चिम बंगाल की लालगढ़ जैसी जगहों में लोग अब पुलिस से महज़ यही कह रहे हैं कि उन्हें अकेला छोड़ दिया जाये। वहाँ 'पुलिस संत्रास विरोधी जनगणेर समिति' ने सिर्फ़ एक छोटी-सी माँग से शुरुआत की थी कि पुलिस अधीक्षक लालगढ़ जाकर लोगों से उन अत्याचारों के लिए क्षमा माँगें जो उनके जवानों ने लोगों पर किये थे। इस माँग को बेतुका और बेवक़ूफ़ाना माना गया। (अधनंगे जंगलियों की यह हिम्मत कि वे इस बात की अपेक्षा रखें कि एक

भूमकाल में नागरिक सेना, दंडकारण्य, 2010

भगवान ही जानता है कि सुरक्षा बल किस आधार पर एक माओवादी और भय से भागते एक साधारण व्यक्ति में फर्क करते होंगे? क्या वे आदिवासी जो सदियों से धनुष बाण लेकर चलते हैं, आज उन्हीं की वजह से माओवादी भी कहे जाएँगे।

आन्दोलन के शहीदों की चित्र प्रदर्शनी, भूमकाल, दण्डकारण्य, 2010

चेयरमैन माओ। वे भी यहाँ हैं। थोड़ा-सा अकेले, मगर मौजूद। उनका एक फ़ोटो है, ऊपर लाल कपड़े के पर्दे पर। मार्क्स भी। और चारु मजूमदार–नक्सलवादी आन्दोलन के संस्थापक और प्रमुख सिद्धान्तकार। उनकी खुरदरी वाग्मिता हिंसा, ख़ून-ख़राबे और शहादत के प्रति अन्ध-श्रद्धा से ओत-प्रोत थी और अक्सर ऐसी स्थूल भाषा का इस्तेमाल करती थी, जो लगभग जनसंहारक कही जा सकती है। यहाँ, भूमकाल दिवस पर खड़े-खड़े मैं ख़ुद को यह सोचने से नहीं रोक पाती कि उनका विश्लेषण–जब उन्होंने कहा कि 'सिर्फ़ वर्ग-संघर्ष – सफ़ाया अभियान – छेड़ने से ही वह नया आदमी पैदा होगा, जो मौत को चुनौती देगा और हर स्वार्थी विचार से मुक्त होगा'

सरकारी *अफ़सर* जाकर उनसे माफ़ी माँगेगा?) लिहाज़ा लोगों ने अपने गाँवों की घेरेबन्दी कर दी और पुलिस को भीतर आने से रोक दिया। पुलिस ने हिंसा तेज़ कर दी। लोगों ने आक्रोश-भरी जवाबी कार्रवाई की। अब, दो साल के अर्से और अनेक नृशंस बलात्कारों, हत्याओं और झूठी मुठभेड़ों के बाद खुल्लम-खुल्ला युद्ध की स्थिति है। 'पुलिस संत्रास विरोधी जनगणेर समिति' पर पाबन्दी लगा दी गयी है और उसे माओवादी संगठन घोषित कर दिया गया है। उसके नेता या तो जेल में ठूँस दिये गये हैं या उन्हें गोली मार दी गयी है। (ऐसी ही नियति उड़ीसा में नारायणपटना के 'चासी मूलिया आदिवासी संघ' और झारखण्ड में पोटका के 'विस्थापन विरोधी एकता मंच' की रही है।)

जो लोग एक समय में न्याय और समता के सपने देखते थे और खेत जोतने वाले को मिले की माँग बुलन्द करने का साहस करते थे उन्हें आज इतना नीचे उतार दिया गया है कि वे यह माँग करने लगे हैं कि पुलिस उन्हें मारने-पीटने और उन पर अत्याचार करने के लिए माफ़ी माँगे।क्या यह प्रगति है?

आपातकाल के दौरान, कहते हैं, जब श्रीमती गाँधी प्रेसवालों को झुकने के लिए कहती थीं तो वे रेंगने लगे थे। और तिस पर भी, उन दिनों में ऐसी मिसालें थीं जब राष्ट्रीय दैनिकों ने सेन्सरशिप का विरोध करते हुए चुनौती-भरे अन्दाज में कोरे सम्पादकीय छापे थे। (विडम्बनाओं की विडम्बना यह है कि उन में से एक निर्भीक सम्पादक बी.जी. वर्गीज भी थे।) इस बार इस अघोषित आपातकाल में चुनौतियों की बहुत गुंजाइश नहीं है, क्योंकि मीडिया ही सरकार है। कोई भी, सिवा उन पूँजीवादी घरानों और निगमों के जिनका उस पर नियंत्रण है, उसे यह नहीं बता सकता कि वह क्या करे। वरिष्ठ राजनेता, मंत्री और सुरक्षा व्यवस्था के अफ़सर टेलीविजन पर आने के लिए लालायित रहते हैं, कई टीवी चैनल और समाचार-पत्र छुपे तौर पर ऑपरेशन ग्रीनहण्ट के युद्ध कक्ष और उसके द्वारा ग़लत सूचनाएँ प्रसारित करने के अभियान का संचालन कर रहे हैं। कई अखबारों में भिन्न-भिन्न रिपोर्टरों के नाम से लेकिन हू-ब-हू उन्हीं लफ़्ज़ों में 'माओवादियों के 1500 करोड़ के उद्योग' की ख़बर छपी।[27] लगभग सभी अख़बारों और समाचार चैनलों ने मई 2010 में झाड़ग्राम (पश्चिम बंगाल) में पटरी से रेल के उतर जाने की भयानक घटना के लिए, जिसमे 140 लोग मारे गये, 'पुलिस संत्रास विरोधी जनगणेर समिति' को ('माओवादियों' से अदल-बदल कर इस्तेमाल करके) दोषी ठहराते हुए ख़बरें छापीं। दो प्रमुख सन्दिग्ध लोगों को 'मुठभेड़ों' में पुलिस ने मार

गिराया है इस बात के बावजूद कि उस घटना के गिर्द छाया हुआ रहस्य अब तक खुल रहा है। प्रेस ट्रस्ट ऑफ़ इण्डिया ने कई झूठी ख़बरें जारी की हैं जिन्हें *इण्डियन एक्सप्रेस* ने वफ़ादारी से सुर्ख़ियों में छापा है जिनमें वह ख़बर भी शामिल है जिसमें कहा गया था कि माओवादियों ने अपने द्वारा मारे गये पुलिसवालों के शवों को टुकड़े-टुकड़े कर दिया था।[28] (इसका खण्डन जो ख़ुद पुलिस की तरफ़ से आया था, बीच के किसी पन्ने पर डाक टिकट के आकार में छापा गया।) उस महिला छापामार के बारे में कई बिल्कुल एक जैसे इंटरव्यू छपे हैंसब 'एक्सक्लूसिव' की सुर्ख़ी के साथकि कैसे माओवादी नेताओं ने उसके साथ बलात्कार और बार-बार बलात्कार किया।[29] बताया गया कि वह हाल ही में जंगलों और माओवादियों के चंगुलों से छूट कर दुनिया को अपनी कहानी सुनाने के लिए भाग निकली थी। अब पता चल रहा है कि वह महीनों से पुलिस की हिरासत में थी।

हमारे टीवी पटल पर चिल्ला-चिल्ला कर प्रसारित किये जा रहे अत्याचार-आधारित विश्लेषणों का उद्देश्य आईने को धुँधला बना कर हमें यह सोचने पर विवश करना है कि 'हाँ, आदिवासी नज़रन्दाज किये गये हैं और बड़े बुरे दौर से गुज़र रहे हैं : हाँ, उन्हें विकास की ज़रूरत है : हाँ, सरकार का दोष है और यह बड़े अफ़सोस की बात है। लेकिन फ़िलहाल संकट की घड़ी है। हमें माओवादियों से छुटकारा पाने और देश को सुरक्षित करने की ज़रूरत है और फिर हम आदिवासियों की मदद कर सकते हैं।'

जैसे-जैसे युद्ध घिरता जा रहा है, फ़ौजों ने ऐलान कर दिया है (जिस तरह सिर्फ़ वे ही कर सकती हैं) कि वे भी हमारे दिमागों के साथ खिलवाड़ करने के धन्धे में उतरने के लिए तैयार हो रही हैं। जून 2010 में उन्होंने दो 'कार्रवाई सम्बन्धी सिद्धान्त' जारी किये।[30] एक था साझी हवाई-ज़मीनी सामरिक कार्रवाई का सिद्धान्त। दूसरा था सैन्य मनोवैज्ञानिक कार्रवाई का सिद्धान्त, 'जिसमें चुने हुए श्रोताओं के पूर्वलक्षित समुदाय को सन्देश देने की योजनाबद्ध प्रक्रिया शामिल है ताकि ऐसे ख़ास विषयों का प्रचार-प्रसार किया जाये जिनसे वांछित रवैये और व्यवहार पैदा हों जो देश के राजनैतिक और फ़ौजी मकसदों को पूरा करें।' इसके साथ-साथ 'यह सिद्धान्त ग़ैर-पारम्परिक कार्रवाइयों में बोध का प्रबन्ध करने से सम्बन्धित गतिविधियों के लिए मार्ग-दर्शन भी उपलब्ध कराता है, ख़ास तौर पर आन्तरिक परिवेश में जहाँ बहकायी हुई आबादी को मुख्यधारा में लाने की ज़रूरत पड़ सकती हो।' प्रेस ट्रस्ट ऑफ़ इण्डिया (पी.टी.आई.) के अनुसार, 'सैन्य

मनोवैज्ञानिक कार्रवाइयों का सिद्धान्त अमल में लाया जाने वाला ऐसा नीति और योजना सम्बन्धी दस्तावेज़ है जिसका उद्देश्य है सामरिक सेवाओं द्वारा उस मीडिया का इस्तेमाल करके, जो उन्हें उपलब्ध है, ऐसा अनुकूल माहौल बनाना जिसमें वे अपने फ़ायदे के लिए कार्रवाई कर सकें।'

एक महीने बाद नक्सलवाद-प्रभावित राज्यों के मुख्य-मंत्रियों की बैठक में, युद्ध को तेज़ कर देने का फ़ैसला लिया गया। भारतीय रिज़र्व बल की 36 बटालियनें मौजूदा 105 बटालियनों में जोड़ दी गयीं और 16,000 विशेष पुलिस अधिकारी (पुलिस के रूप में कार्य करने के लिए हथियारबन्द किये गये और ठेके पर अनुबन्धित नागरिक) वर्तमान 30,000 में जोड़ दिये गये। गृह सचिव ने वादा किया कि अगले पाँच वर्षों के दौरान पुलिस के 8,00,000 सिपाही भरती किये जायेंगे।[31] (रोज़गार गारण्टी योजना के लिए यह एक अच्छा नमूना है : आधी आबादी को बाक़ी आधी को गोली मारने के लिए नौकरियों में भरती कर लीजिए। क़िस्सा साफ। आप चाहें तो इस अनुपात को ऊपर-नीचे भी कर सकते हैं।

कुछ दिन बाद सेनाध्यक्ष ने अपने वरिष्ठ अफ़सरों से कहा कि वे 'नक्सलवाद के ख़िलाफ़ लड़ाई में क़दम रखने के लिए मानसिक तौर पर तैयार हो जायें...यह छह महीने में हो सकता है या साल-दो साल में, लेकिन अगर हमें राज्य के एक औज़ार के तौर पर अपनी प्रासंगिकता बनाये रखनी है तो हमें ऐसी कार्रवाइयों की ज़िम्मेदारियाँ उठानी पड़ेंगी जो राष्ट्र चाहता है कि हम करें।'[32]

अगस्त का महीना आते-आते अख़बारों ने सूचना देनी शुरू कर दी कि हाँ-ना कहने वाली वायु सेना ने अब हाँ कह दी थी। 'भारतीय वायु सेना माओवाद विरोधी कार्रवाइयों में आत्म-रक्षा में गोलीबारी कर सकती है,' *हिन्दुस्तान टाइम्स* ने ख़बर छापी।[33] एक अनाम स्रोत ने इंडो-एशियन न्यूज सर्विस (आई.ए.एन.एस.) को बताया, 'अनुमति दे दी गयी है, लेकिन कड़ी शर्तों के आधार पर। हम राकेट नहीं दाग़ सकते, न हेलीकॉप्टरों के भीतर लगी बन्दूकें। और हम तभी जवाबी कार्रवाई कर सकते हैं अगर हम पर गोलियाँ चलायी जायें...इस उद्देश्य से हमारे पास हेलीकॉप्टरों पर बग़ल में लगी मशीन-गनें हैं जिन्हें हमारे गरुड़ (भारतीय वायु सेना के कमाण्डो) चलाते हैं।' कितनी राहत की बात है। हेलीकॉप्टरों के भीतर लगी बन्दूकें नहीं, सिर्फ़ बग़ल में लगी मशीन-गनें।

सम्भव है 'छह महीने या साल-दो साल' लगभग वह अर्सा है जो बिलासपुर में ब्रिगेड मुख्यालय और राजनाँदगाँव में हवाई पट्टी को तैयार होने में लगेगा। हो सकता है कि तब तक लोकतांत्रिक भावना का महान प्रदर्शन करते हुए सरकार जनता के गुस्से के आगे झुकते हुए, मणिपुर, नगालैण्ड, असम और कश्मीर में 'सैन्य बल विशेष अधिकार अधिनियम' को वापस ले लेगी (जो ग़ैर-कमिशन प्राप्त अफ़सरों को यह अधिकार देता है कि वे सन्देह में किसी को गोली मार सकते हैं)। एक बार तालियों की आवाज मद्धिम पड़ी और समारोह मन्द हुआ, तो 'सैन्य बल विशेष अधिकार अधिनियम' को, जैसा कि गृह मंत्री ने संकेत दिया है, जीवन रेड्डी रिपोर्ट की लीक पर दोबारा ढाल दिया जायेगा (सुनने में ज़्यादा मानवीय लगे, पर हो और भी घातक।)[34] फिर उसे किसी नये नाम से पूरे देश में लागू किया जा सकता है। हो सकता है इससे सैन्य बलों को वह छूट मिल जायेगी जिसकी उन्हें ज़रूरत है ताकि वे वह काम कर सकें जो 'राष्ट्र' चाहता है कि वे करें और हिन्दुस्तान के उन हिस्सों में ग़रीबों से भी ग़रीब लोगों के ख़िलाफ़ तैनात किये जा सकें जो अपनी ज़िन्दगी बचाने की लड़ाई लड़ रहे हैं।[35]

शायद इसी तरह कॉमरेड कमला मरेगी जब वह सशस्त्र हेलीकाप्टर को या सेना के प्रशिक्षक जेट विमान को पिस्तौल से गिराने की कोशिश करेगी। या शायद तब तक उसका दर्जा बढ़ कर ए.के.-47 या किसी सरकारी शस्त्रागार या मारे गये पुलिसवाले से छीनी गयी लाइट मशीन-गन तक पहुँच गया होगा। शायद तब तक 'सेना को उपलब्ध' मीडिया हममें से उन लोगों के बोध का इतना 'प्रबन्धन' कर चुका होगा जो अब भी 'बहकावे' में आये हुए हैं कि हम उसकी मौत को सबर-सन्तोष से ग्रहण कर लें।

सो, यह है भारतीय राज्य सत्ता, अपनी समूची लोकतांत्रिक महिमा के साथ, अपने सबसे ग़रीब नागरिकों को लूटने, भूखा मारने, उनका घिराव करने और अब आत्म-रक्षा में' उनके ख़िलाफ़ वायु-सेना को तैनात करने को कटिबद्ध।

आत्म-रक्षा। अरे हाँ। ऑपरेशन ग्रीनहण्ट उस सरकार द्वारा आत्म-रक्षा में चलाया जा रहा है जो ग़रीब लोगों को भूमि वापस दिलाने की कोशिश में लगे हुए थे। फ़िलवक़्त तो शान्ति-वार्ताएँ सफलतापूर्वक पटरी से उतार दी गयी हैं।

शान्ति-वार्ताओं के इर्द-गिर्द चलने वाली चर्चा और बहस में शक-शंका की काफ़ी गुंजाइश है। हम आम लोगों को बस इतना याद रखने की ज़रूरत है कि किसी शान्ति-वार्ता का मतलब युद्ध की गति को तेज़ करना नहीं होता।

पिछले कुछ महीनों के दौरान सरकार ने भारी असलहे से लैस दसियों हज़ार अर्द्ध-सैन्य सिपाही जंगल में भर दिये हैं। माओवादियों ने जवाब में क्रमबद्ध रूप से आक्रामक हमले और घात लगा कर कार्रवाइयाँ की हैं। दो सौ से ज़्यादा पुलिसवाले मारे गये हैं।[36] जंगल से लाशें बराबर निकलती रहती हैं। मारे गये पुलिसकर्मी राष्ट्रीय ध्वज में लिपटे हुए, मारे गये माओवादी अपनी कलाइयों और टख़नों से बाँस की लग्घियों पर बँधेमानो वे शिकारियों के आखेट हों : गोलियों से छलनी शरीर, शव जो मनुष्यों के-से नहीं जान पड़ते, घात लगा कर किये गये

हमलों, सिर-काटने या तुरती मृत्यु-दण्डों की कार्रवाइयों में क्षत-विक्षत। (जहाँ तक जंगल में ही दफ़्ना दी गयी लाशों का सवाल है, हमें उनकी कोई सूचना नहीं है।) युद्ध का क्षेत्र घेर कर अलग-थलग कर दिया गया है, कार्यकर्ताओं और पत्रकारों के लिए बन्द। लिहाज़ा लाशों की कोई गिनती नहीं है।

6 अप्रैल 2010 को दन्तेवाड़ा में माओवादियों की 'जन मुक्ति छापामार सेना' ने अपनी सबसे बड़ी कार्रवाई में केन्द्रीय रिज़र्व पुलिस बल की एक कम्पनी पर घात लगा कर हमला किया जिसमें 76 पुलिसवाले मारे गये।[37] पार्टी ने एक आवेगहीन विजय सन्देश जारी किया।[38] टेलीविजन ने इस हादसे से जितना दुहा जा सकता था, दुहा। राष्ट्र से इन हत्याओं की भर्त्सना करने का आह्वान किया गया। हममें से बहुत-से ऐसा करने के लिए तैयार नहीं थेइसलिए नहीं कि हम हत्याओं की ख़ुशियाँ मनाते हैं, न इसलिए कि हम सब माओवादी हैं, बल्कि इसलिए कि ऑपरेशन ग्रीनहण्ट को ले कर हमारा नज़रिया सीधा-सपाट न होकर कँटीला और गाँठदार है। तेज़ी से बढ़ते हुए भर्त्सना उद्योग में शेयर ख़रीदने से इनकार करने पर हम पर 'आतंकवादी समर्थक' का ठप्पा लगा दिया गया और

हमारी तस्वीरें टीवी पर तलाश किये जा रहे अपराधियों की तरह बार-बार दिखायी गयीं।

किसी ने यह नहीं पूछा कि भला केन्द्रीय रिज़र्व पुलिस बल की वह कम्पनी आदिवासी गाँवों की गश्त पर 21 ए.के.-47 राइफ़लें, 38 इनसास राइफ़लें, सात सेल्फ़ लोडिंग राइफ़लें, छह लाइट मशीन-गनें, एक स्टेनगन और एक २-इंच वाला मोर्टार ले कर क्यों निकली हुई थी?[39] इस सवाल को पूछना लगभग राजद्रोह के बराबर होता।

इस हमले के कुछ दिनों बाद मैंने संयोग से दिल्ली के एक कार पार्क में दो टेटे नामक एक आदिवासी पुलिस वाले को। दो दिन बाद उन्होंने बाक़ी तीन को रिहा कर दिया। बन्धक बनाये गये क़ैदी को मारकर माओवादियों ने एक बार फिर अपने ही संघर्ष को नुकसान पहुँचाया। यह उस 'क्रान्तिकारी हिंसा' की दोमुँही नैतिकता का एक और नमूना था जिसकी उम्मीद हम उस युद्ध में और अधिक मात्रा में कर सकते हैं जहाँ रणनीतियाँ औचित्य पर भारी पड़ती हैं और दुनिया को और भी ख़राब जगह बना देती हैं।

दन्तेवाड़ा में माओवादियों की कार्रवाई में नागरिकों के मारे जाने पर शोकमग्न होने वाले विश्लेषकों और टिप्पणीकारों में से बहुत-से लोगों ने इस तरफ़ ध्यान नहीं दिलाया कि ठीक जिस वक़्त माओवादियों ने बस को उड़ाया था, उसी वक़्त उड़ीसा में कलिंगनगर और झारखण्ड में बलिटुथा और पोटको में पुलिस ने कई गाँवों को घेर कर हज़ारों प्रदर्शनकारियों पर गोलियाँ चलायी थीं जो टाटा, ज़िन्दल और पॉस्को

एक कृषि मेले के दौरान

हम लोकतन्त्र को अपने ही अंगों को खाने की कोशिश में अपने ही ख़िलाफ़ मोर्चा बाँधते देख रहे हैं। हम हैरत से, बेयक़ीनी से, देख रहे हैं कि ये अंग कैसे खाये जाने से इनकार कर रहे हैं।

द्वारा अपनी ज़मीनों के अधिग्रहण का विरोध कर रहे थे। यह घेरेबन्दी अभी तक जारी है। पुलिस की घेरेबन्दी की वजह से घायलों को हस्पताल नहीं ले जाया जा सकता। यू-ट्यूब पर प्रसारित वीडियो में हथियारबन्द बलवा-रोधक पुलिस को सैकड़ों की तादाद में मोर्चा बाँधते और उनका सामना करते आम गाँव वालों को देखा जा सकता है जिन्होंने अपने हाथों में सिर्फ़ तीर-कमान ले रखे हैं।

ऑपरेशन ग्रीनहण्ट ने जो एक भलाई आम आदमियों के साथ की है वह यह कि उसने उनके सामने चीज़ों को साफ़ कर दिया है। गाँवों में बच्चे भी जानते हैं कि पुलिस 'कम्पनियों' के लिए काम करती है और ऑपरेशन ग्रीनहण्ट माओवादियों के ख़िलाफ़ युद्ध नहीं है। वह ग़रीबों के ख़िलाफ़ लड़ाई है।

जो हो रहा है वह कोई छोटी-मोटी चीज़ नहीं है। हम लोकतंत्र को अपने ही अंगों को खाने की कोशिश में अपने ही ख़िलाफ़ मोर्चा बाँधते देख रहे हैं। हम हैरत से, बेयक़ीनी से, देख रहे हैं कि ये अंग कैसे खाये जाने से इनकार कर रहे हैं।

मौजूदा विप्लव में जो राजनैतिक क़तारें शामिल हैं, उनमें से कोई भी क़तार भारतीय कम्यूनिस्ट पार्टी (माओवादी) जितनी विवादग्रस्त नहीं है। सबसे प्रकट कारण है उसका बिना किसी शर्मसारी के हथियारबन्द संघर्ष को ही क्रान्ति का एकमात्र पथ मानना। सुमन्त बनर्जी की किताब *'इन द वेक ऑफ़ नक्सलबाड़ी'* इस आन्दोलन का सबसे विस्तृत विवरण है।[40] वह आन्दोलन के शुरुआती वर्षों का एक दस्तावेज़ी ब्योरा पेश करती है, उस बेढंगे बौखलाये तरीक़े का जिससे नक्सलवादियों ने 'वर्ग-शत्रुओं का सफ़ाया' करते हुए तुरत-फुरत क्रान्ति को शुरू करने की कोशिश की और उम्मीद की कि जनता स्वयं-स्फूर्त ढंग से उठ खड़ी होगी। किताब वर्णन करती है कि चीन की विदेश नीति का साथ निभाने के लिए नक्सलवादियों को कैसी-कैसी कलाबाज़ियों से काम लेना पड़ा, कैसे वह आन्दोलन राज्य-दर-राज्य फैलता गया और कैसे नक्सलवाद निर्ममता से कुचल दिया गया।

भारतीय कम्यूनिस्ट पार्टी (माओवादी) के ख़िलाफ़ रूढ़िवादी वामपक्ष और उदारवादी बुद्धिजीवियों के अन्दर जो भयंकर आक्रोश है, उसकी तह में ख़ुद अपने साथ उनकी बेआरामी और भारतीय राज्य-सत्ता के प्रति एक हैरतंगेज़, लगभग रहस्यमय, सुरक्षा-भावना है। कुछ ऐसा है कि जब वे उस स्थिति से दो-चार होते हैं जिसमें सच्ची क्रान्तिकारी सम्भावना है, तो वे आँख झपका लेते हैं। वे दूसरी तरफ़ नज़रें फेर लेने के बहाने खोज लेते हैं। ऐसे राजनैतिक दल और व्यक्ति

जिन्होंने पिछले पच्चीस बरसों के दौरान कभी अपना समर्थन जनता के मुद्दों मिसाल के लिए नर्मदा बचाओ आन्दोलनको नहीं दिया, न देश के ढेर सारे शान्तिपूर्ण जनान्दोलनों में से किसी एक के साथ धरने और मार्च में भाग लिया है, वे सहसा अहिंसा और गांधीवादी सत्याग्रह का गुन-गान करने लगे हैं। दूसरी ओर जो लोग सक्रिय रूप से इन संघर्षों से जुड़े रहे हैं, वे चाहे माओवादियों के साथ तीखे मतभेद रखते हों,वे माओवादियों के प्रति सतर्क रहते हों, यहाँ तक कि खीझ भी जाते हों,लेकिन वे माओवादियों को उसी प्रतिरोध का हिस्सा समझते हैं।

कहना मुश्किल है कि माओवादियों से सबसे ज़्यादा नफ़रत कौन करता है, भारतीय राज्य-सत्ता, रणनीति-विशेषज्ञों की उसकी फ़ौज और अन्तश्चेतना से उसका दक्षिणपन्थी मध्यवर्ग या फिर भारतीय कम्यूनिस्ट पार्टी और भारतीय कम्यूनिस्ट पार्टी (मार्क्सवादी), अनेक खण्डित गुट जो मूल मार्क्सवादी-लेनिनवादियों का हिस्सा थे, या फिर उदारवादी वामपक्ष। बहस नामकरण को लेकर शुरू होती है। अधिक रूढ़िवादी कम्यूनिस्ट यह विश्वास ही नहीं करते कि 'माओवाद' कोई वाद भी है। जहाँ तक माओवादियों का सवाल है, वे अपने तईं मुख्यधारा की कम्यूनिस्ट पार्टियों को 'सामाजिक फ़ासीवादी' क़रार देते हैं और उन पर 'अर्थवाद' कायानी आधारभूत रूप से क्रान्ति की सम्भावना को धीरे-धीरे सौदेबाज़ी से धूमिल करने काआरोप लगाते हैं।

हर गुट विश्वास करता है कि वही सच्ची क्रान्तिकारी पार्टी या राजनैतिक संगठन है। इनमें से हरेक को यक़ीन है कि दूसरे ने कम्यूनिस्ट सिद्धान्तों का ग़लत अर्थ-निरूपण किया है और इतिहास को ग़लत ढंग से समझा है। जो भी इनमें से किसी एक या दूसरे गुट का कार्डधारी सदस्य नहीं है वह इस बात को देख सकेगा कि इनमें से कोई भी पक्ष जो कहता है, वह न तो पूरी तरह सही है न पूरी तरह ग़लत। लेकिन उनके आपसी कटु मतभेद, जो धार्मिक सम्प्रदायों में विभाजनकारी मतभेदों से बहुत भिन्न नहीं हैं, पार्टी लाइन के कड़े पालन का अनिवार्य और सहज परिणाम है जिसकी माँग सभी कम्यूनिस्ट पार्टियाँ करती हैं। लिहाज़ा वे आरोपों और गालियों के उस सरोवर में डुबकी लगाते हैं जो रूसी और चीनी क्रान्तियों, लेनिन, ट्रॉट्स्की और स्टालिन के बीच चली महान बहसों, चेयरमैन माओ की लाल किताब के दिनों में बना था और उन्हें एक-दूसरे के ख़िलाफ़ इस्तेमाल करते हैं। वे एक-दूसरे पर मार्क्सवादी-लेनिनवादी-माओवादी

विचारधारा' को ग़लत ढंग से अमल में लाने' के आरोप लगाते हैं, मानो वह लगभग किसी मलहम की तरह है जो ग़लत जगह मली जा रही है। (मेरा कुछ समय पहले लिखा गया लेख 'भूमकाल' इस बहस के उड़ान-पथ के ठीक बीचों-बीच जा उतरा था। उसे दिलचस्प गालियों का अपना भरपूर हिस्सा मिला, जिस पर एक अलग पुस्तिका लिखी जा सकती है।)

चुनावी राजनीति में दाख़िल होने या न होने की बहस के अलावा, हिन्दुस्तान में कम्यूनिज़्म की अलग-अलग धाराओं के बीच सबसे बड़ी बहस इस सवाल के इर्द-गिर्द केन्द्रित है कि हिन्दुस्तान में क्रान्ति की स्थितियाँ पक चुकी हैं या नहीं और इस सवाल पर उनका जायज़ा क्या है। क्या घास का मैदान आग लगाने के लिए तैयार है, जैसा माओ ने चीन में घोषित किया था, या क्या वह अभी तक इतना नम है कि एक चिनगारी उसे सुलगा नहीं सकती? दिक़्क़त यह है कि हिन्दुस्तान एक ही समय मे अलग-अलग सदियों में रहता है, इसलिए घास का मैदान हिन्दुस्तान की सामाजिक और राजनैतिक दृश्यावली के लिए ग़लत रूपक है। शायद 'खरहों की माँद' ज़्यादा सही रूपक होगा। क्रान्ति के वक़्त के बारे में किसी सर्व-सहमति तक पहुँचना शायद असम्भव है। लिहाज़ा हर कोई अपनी लय-ताल पर गाता-नाचता है। भारतीय कम्यूनिस्ट पार्टी और भारतीय कम्यूनिस्ट पार्टी (मार्क्सवादी) ने क्रान्ति के आगमन को कमोबेश अगले जन्म तक मुल्तवी कर दिया है। नक्सलवादी आन्दोलन के सूत्रधार चारु मजुमदार के लिए वह तीस साल पहले हो जानी चाहिए थी। माओवादियों के मौजूदा प्रमुख गणपति के अनुसार वह लगभग पचास बरस दूर है।

आज, नक्सलबाड़ी के विप्लव के चालीस साल बाद, माओवादियों के ख़िलाफ़ संसदीय वामपक्ष का मुख्य आरोप अब भी वही है जो हमेशा था। उन पर उस रोग से ग्रस्त होने का इलज़ाम है जिसे लेनिन ने 'बचकानी बीमारी' बताया था, जनान्दोलन-परक राजनीति की जगह सैन्यवाद से काम लेना और एक सच्चे क्रान्तिकारी सर्वहारा को विकसित करने की दिशा में काम न करना। उन्हें इस रूप में देखा जाता है कि उनमें शहरी मज़दूर वर्ग के प्रति तिरस्कार की भावना है, वे वैचारिक रूप से विकास-रुद्ध शक्ति माने जाते हैं जो महज़ 'अबोध' (यहाँ 'आदिम' पढ़ें) वनवासी जनजातियों के लोगों की बैसाखियाँ लगा कर ही काम कर सकते हैं जिन जनजातियों में, रूढ़िवादी मार्क्सवादियों के अनुसार, कोई सच्ची क्रान्तिकारी सम्भावना नहीं है। (यह शायद वह जगह नहीं है जहाँ उस

परिकल्पना पर बहस चलायी जाये जिसके अनुसार लोगों को क्रान्तिकारी तस्लीम किये जाने से पहले वेतन भोगी, यानी एक केन्द्रीय औद्योगिक तंत्र के गुलाम, बनना पड़ता है।)

यह आरोप सच है कि माओवादी शहरी मज़दूर वर्ग के आन्दोलनों के लिए, दलित आन्दोलन के लिए, जंगल के बाहर के किसानों और खेतिहर मज़दूरों के लिए अप्रासंगिक हैं। इसमें कोई शक नहीं है कि माओवादी पार्टी की हथियारबन्द राजनीति उसके लिए उन जगहों में काम करना लगभग असम्भव बना देती है जहाँ जंगल और उनकी सुरक्षादायक आड़ नहीं है। तो भी इतने ही ज़ोरदार ढंग से यह दलील रखी जा सकती है कि प्रमुख कम्यूनिस्ट पार्टियाँ मुख्यधारा में केवल इसीलिए बची रहने में सफल रही हैं कि उन्होंने अपनी विचारधाराओं के स्तर पर भयंकर समझौते किये हैं, इस हद तक कि उनमें और दूसरी बुर्जुआ पार्टियों के बीच अन्तर करना अब असम्भव हो गया है। यह दलील भी दी जा सकती है कि अपेक्षाकृत छोटे गुट जो किसी क़दर समझौता किये बिना बचे रहे हैं, वह इसलिए कि वे किसी के लिए कोई ख़तरा नहीं पैदा करते।

बुर्जुआ पार्टियों के रूप में उनकी जो भी ख़ूबियाँ या ख़ामियाँ हों, बहुत कम लोग होंगे जो भारतीय कम्यूनिस्ट पार्टी और मार्क्सवादी कम्यूनिस्ट पार्टी के साथ 'क्रान्तिकारी' शब्द जोड़ने को तैयार होंगे। (उड़ीसा में खदान कम्पनियों के ख़िलाफ़ चल रहे संघर्षों में भारतीय कम्यूनिस्ट पार्टी कुछ भूमिका अलबत्ता अदा करती है हालांकि उनकी सिर्फ यह मांग है कि प्लांट को दूसरी जगह स्थानांतरित किया जाय।) लेकिन अपने स्वनिर्धारित प्रभाव-क्षेत्र में भी वे इस बात का दावा नहीं कर सकते कि उन्होंने उस सर्वहारा की कोई महान सेवा की है जिसका प्रतिनिधित्व वे करते हैं। केरल और पश्चिम बंगाल के अपने परम्परागत गढ़ को छोड़कर, जिन दोनों ही राज्यों पर से उनकी पकड़ ढीली पड़ रही है, देश के किसी भी दूसरे हिस्से में उनकी बहुत कम मौजूदगी है, चाहे शहर हों या गाँव या वन-क्षेत्र या मैदान। उन्होंने अपने श्रमिक-संघों का भट्ठा बैठा दिया है। मशीनीकरण और नयी आर्थिक नीतियों ने जो बेतहाशा छँटनियाँ की हैं और संगठित क्षेत्र के औपचारिक कामगारों को लगभग छिन्न-भिन्न किया है, उसे रोकने में वे विफल रहे हैं। वे मज़दूरों के अधिकारों के क्रमबद्ध हनन को नहीं रोक पाये हैं। उन्होंने ख़ुद को आदिवासी और दलित समुदायों से लगभग परायेपन की स्थिति में ला खड़ा किया है। केरल में बहुतों का मानना होगा कि उन्होंने अन्य राजनैतिक दलों

की तुलना में बेहतर काम किया है, लेकिन पश्चिम बंगाल में उनका तीस-वर्षीय 'शासन' राज्य को तबाहो-बर्बाद छोड़ गया है। उन्होंने नन्दीग्राम और सिंगुर में जो क़हर बरपा किया और अब जंगलमहल के आदिवासियों के ख़िलाफ़, वह उन्हें सत्ता से शायद कुछ वर्षों के लिए बाहर धकेल देगा। (बस उतनी देर तक जितनी त्रिणमूल कॉंग्रेस की ममता बनर्जी को यह सिद्ध करने में लगती है कि वे वह पात्र नहीं हैं जिसमें लोग अपनी आशाएँ डाल सकते हैं।) तिस पर भी, उनके पापों की फेहरिस्त पेश करते हुए यह कहना ज़रूरी है कि मुख्यधारा की कम्यूनिस्ट पार्टियों का अन्त ऐसी चीज़ नहीं है जिसकी ख़ुशियाँ मनायी जा सकें। कम-से-कम तब तक नहीं जब तक हिन्दुस्तान में एक नये, और अधिक जीवन्त और सच्चे वाम आन्दोलन की जगह न बन जाये।

माओवादियों की गति का मार्ग (अपने मौजूदा अवतार के साथ-साथ पिछले अवतारों में भी) भिन्न रहा है। भूमि का पुनर्वितरण, ज़रूरी हुआ तो हिंसात्मक उपायों से भी, उनकी गतिविधियों का हमेशा प्रमुख उद्देश्य रहा है। उस प्रयत्न दवाख़ाने नहीं चला रहे, उनके पास छोटे बाँध और खेती के विकसित तरीक़े क्यों नहीं हैं, लोग अब भी मलेरिया और कुपोषण से क्यों मर रहे हैं? अच्छा सवाल है। लेकिन यह इस सच्चाई को नज़रन्दाज़ कर देता है कि एक प्रतिबन्धित संगठन का सदस्य होने का क्या मतलब होता है जिसके सदस्य डॉक्टर और अध्यापक होने के बावजूद देखते ही मार दिये जाने के ख़तरे से घिरे रहते हों। ज़्यादा उपयोगी होगा यही सवाल भारत सरकार से पूछना जिसे इस तरह की किसी भी बन्दिश का सामना नहीं करना पड़ता। क्या कारण है कि उन आदिवासी इलाक़ों में जिन पर माओवादियों का क़ब्ज़ा नहीं है, स्कूल नहीं हैं, न हस्पताल, न छोटे बाँध? छत्तीसगढ़ में लोग इतने गम्भीर कुपोषण से पीड़ित क्यों हैं कि डॉक्टरों ने मनुष्यों के रोग-रोधक तंत्र पर उसके असर को देखते हुए उसे 'आहार सम्बन्धी एड्स' कहना शुरू कर दिया है?

पंचायती राज रिपोर्ट के सेन्सर किये गये अध्याय में अजय दाण्डेकर और चित्रांगदा (जो क़तई माओवादियों के प्रशंसक नहीं हैंवे पार्टी विचारधारा को 'पाशविक और अनास्थावादी' कहते हैं) लिखते हैं :

> 'लिहाज़ा आज 'पंचायत (अनुसूचित क्षेत्रों तक विस्तारित) क़ानून, 1996' वाले इलाक़ों में ज़मीनी स्तर पर माओवादियों का दोहरा असर है। बन्दूक के बल पर वे गाँव/ब्लॉक/ज़िला स्तर पर प्रशासन में कुछ डर

पैदा करने में सफल हैं। नतीजतन वे 'पंचायत (अनुसूचित क्षेत्रों तक विस्तारित) क़ानून, 1996' की उपेक्षा या उल्लंघन को लेकर गाँववालों की मजबूरी और दुर्बलता का प्रतिकार करने में सफल रहे हैं, मसलन, किसी तलाथी को जो वन अधिकार क़ानून के तहत सौंपे गये अनिवार्य कर्तव्यों को पूरा करने के लिए घूस माँग रहा हो, किसी व्यापारी तो जो वन उपज के लिए नामुनासिब दरों पर भुगतान कर रहा हो, या किसी ठेकेदार को जो न्यूनतम मज़दूरी सम्बन्धी नियम का उल्लंघन कर रहा हो, चेतावनी देना। पार्टी ने ढेर सारा ग्रामीण विकास काम भी किया है जैसे खेतों के तालाबों के लिए सामुदायिक श्रम जुटाना, बरसात के पानी को जमा करना और दण्डकारण्य क्षेत्र में भूमि संरक्षण के काम करना, जिन्होंने गाँववालों ने गवाही दीउनकी फ़सलों में वृद्धि की थी और उनकी खाद्य सुरक्षा की स्थिति को बेहतर बनाया था।'

उड़ीसा, छत्तीसगढ़ और झारखण्ड के २०० माओवाद-प्रभावित क्षेत्रों में राष्ट्रीय ग्रामीण रोज़गार गारण्टी योजना (नरेगा) के कार्यान्वयन के अपने हाल ही में प्रकाशित अनुभव-आधारित विश्लेषण में, जो *द ईकोनौमिक ऐण्ड पोलिटिकल वीकली* में सामने आया, उसके लेखकों कौस्तुभ बनर्जी और पार्थ साहा लिखते हैं :

'क्षेत्रीय सर्वेक्षण से उजागर हुआ कि इस आरोप में ज़्यादा दम नहीं जान पड़ता कि माओवादी विकास योजनाओं में अवरोध पैदा करते रहे हैं। तथ्य तो यह है कि नरेगा के सन्दर्भ में कुछ अन्य क्षेत्रों की तुलना में बस्तर में स्थिति बेहतर जान पड़ती है...उसके ऊपर न्यूनतम मज़दूरी का पालन कराने की सफलता के सूत्र पीछे जाने पर मज़दूरी के उन संघर्षों में खोजे जा सकते हैं जो उस इलाक़े में माओवादियों ने चलाये...इसके अलावा, माओवादी सामाजिक लेखा-जोखा करने को भी प्रोत्साहित करते रहे है, क्योंकि यह एक नयी तरह की लोकतांत्रिक परिपाटी के सृजन में मदद करता है जो अभी तक हिन्दुस्तान में नहीं देखी गयी।'[41]

माओवादियों को लेकर चलने वाली बहुत-सी बहस में 'जनता' को, इस मामले में आदिवासी लोगों को मुट्ठी भर 'बाहरी लोगों' द्वारा नियंत्रित, मन्दबुद्धि

आदिवासी दिहाड़ी मजदूर एक अल्यूमीनियम शोध केन्द्र पर उड़ीसा

अब जबकि खनन कम्पनियों ने नदियों को प्रदूषित कर दिया है, प्रान्तों की सरहदों को खनन से खोखला बना दिया है, पर्यावरण की ऐसी-तैसी कर दी है और गृह-युद्ध छिड़वा दिया है, चण्डाल-चौकड़ी की लगायी हुई आग के नतीजे सामने आने लगे हैं, तहस-नहस इलाक़े और ग़रीबों के शवों पर गाये जा रहे किसी पौराणिक शोकगीत की तरह।

औद्योगिक कचरा, क्योंझार, उड़ीसा

उस दुनिया को जो भयंकर रूप से ग़लत हो चुकी है, पुनर्कल्पित करने की दिशा में पहला क़दम उन लोगों के विनाश को रोकने का होगा जिनकी कल्पना भिन्न है—वह कल्पना जो पूँजीवाद के साथ-साथ साम्यवाद के बाहर है। एक ऐसी कल्पना जो इस बारे में बिलकुल अलग बोध से परिचालित है कि सुख और सन्तोष के तत्व क्या हैं। इस दार्शनिक स्थान को हासिल करने के लिए उन लोगों के जीवित रहने के लिए कुछ भौगोलिक स्थान की ज़रूरत है जो सम्भव है हमारे अतीत के रखवाले जान पड़ें, मगर जो हमारे भविष्य के मार्ग दर्शक हो सकते हैं। ऐसा करने के लिए हमें अपने शासकों से पूछना होगा : क्या तुम पानी को नदियों में रहने दे सकते हो? पेड़ों को वनों में? क्या तुम बॉक्साइट को पहाड़ में रहने दे सकते हो?

समूह की भूमिका में ढालकर पेश करने की वही पुरानी, सरपरस्ताना प्रवृत्ति निहित है। विश्वविद्यालय के एक प्रोफ़ेसर ने जो जाने-माने माओवाद-द्वेषी हैं, पार्टी के नेताओं पर आदिवासियों को शिकार बनाने वाले परजीवी होने का आरोप लगाया।[42] अपनी दलील की पुष्टि के लिए उन्होंने दण्डकारण्य में विकास के अभाव की तुलना केरल की समृद्धि से की। यह सुझाने के बाद कि ग़ैर-आदिवासी नेता सब-के-सब 'वनों में हिफ़ाज़त से छिपे हुए' कायर थे, उन्होंने सभी आदिवासी माओवादी छापामारों और ग्रामीण मिलिशिया को (उनके द्वारा चुने हुए) मध्यवर्गीय गान्धीवादी कार्यकर्ताओं के एक पैनल के सामने समर्पण करने का अनुरोध किया। उन्होंने ग़ैर-आदिवासी नेतृत्व पर युद्ध-अपराधों के लिए मुकद्दमा चलाने का आह्वान किया। उन्होंने यह नहीं स्पष्ट किया कि क्यों ग़ैर-आदिवासी गान्धीवादी स्वीकार्य थे, मगर ग़ैर-आदिवासी माओवादी नहीं। आम लोगों को सही-ग़लत के विवेक से वंचित और ख़ुद अपने फ़ैसले करने की क्षमता से रहित समझने में कुछ ऐसा है जो बहुत विचलित करता है।

मिसाल के लिए उड़ीसा में हथियाररहित प्रतिरोध आन्दोलनों द्वारा अलग-अलग क़िस्म के बहुत-से संघर्ष जारी हैं जिनके आपस में अकसर तीखे मतभेद भी होते हैं। और इसके बावजूद उन सबने आपस में मिलकर वक़्ती तौर पर कुछ प्रमुख निगमों को अपनी परियोजनाएँ रोकने पर विवश करने में सफलता पायी है।कलिंगनगर में टाटा, जगतसिंहपुर में पॉस्को, नियमगिरि में वेदान्त। बस्तर के विपरीत जहाँ क्षेत्र पर उनका अधिकार है और वे गहरी जड़ें जमाये हुए हैं, माओवादी उड़ीसा को सिर्फ़ अपने सदस्य-कार्यकर्ताओं के आने-जाने के लिए गलियारे की तरह इस्तेमाल करते हैं। लेकिन जैसे-जैसे सुरक्षा बल शान्तिपूर्ण आन्दोलनों के गिर्द घेरा कसना जारी रखते हैं और दमन और उत्पीड़न को तेज़ करने की ओर बढ़ते हैं, स्थानीय लोगों को बहुत गम्भीरता से माओवादी पार्टी को अपने संघर्षों में शामिल करने के परिणामों के बारे में सोचना है। क्या उसके हथियारबन्द दस्ते रुक कर राज्य के दमन के ख़िलाफ़ लड़ेंगे जो अनिवार्य रूप से माओवादी 'कार्रवाई' के बाद घटित होगा? या वे क़दम फेर लेंगे और निहत्थे लोगों को पुलिसिया आतंक का सामना करने के लिए छोड़ जायेंगे? अभी से कार्यकर्ता और आम लोग झूठे ही माओवादी होने का इलज़ाम लगा कर जेलों में ठूँसे जा रहे हैं। बहुतों की बेदर्दी से हत्या कर दी गयी है। लेकिन ग़ैर-हथियारबन्द प्रतिरोधियों और भा.क.पा.(माओवादी) के बीच एक

तनाव-भरा, असहज नाच जारी है। किन्हीं मौक़ों पर पार्टी ने ग़ैर-ज़िम्मेदारी भरे काम किये हैं जिनके नतीजे आम लोगों के लिए बहुत भयंकर हुए हैं। 2008 में कन्धमाल ज़िले में माओवादियों ने लक्ष्मणानन्द सरस्वती को गोली मार दी, जो धर्मान्तरण करने वाले फ़ासीवादी संगठन विश्व हिन्दू परिषद का नेता था और 'आदिवासियों को हिन्दुत्व में वापस लाने के लिए' काम कर रहा था।[43] हत्या के बाद नाराज कन्धा आदिवासियों को, जिनकी हाल ही में हिन्दुत्व में 'वापसी' हुई थी, बलवा मचाने के लिए उकसाया गया। लगभग 400 गाँव ईसाई-विरोधी हिंसा की चपेट में आ गये। बहुत-से ईसाईदलित और आदिवासी भीमार दिये गये, 200 से ज़्यादा गिरजे जला दिये गये और दसियों-हज़ारों लोगों को अपने घर छोड़कर भागना पड़ा। दो साल बाद बहुत-से लोग अब भी घर लौटने में विफल हैं। हज़ारों लोग धीरे-धीरे विपन्नता के भँवर में फँस रहे हैं, जीवन की रक्षा के साधनों की तलाश में पास के शहरों-क़स्बों में हमेशा की तरह औरतों के लिए सबसे ज़्यादा जोखिम पैदा करते हुए ठिकाना खोज रहे हैं। हिन्दू फ़ासीवादियों ने इलाक़े पर अपना शिकंजा कस दिया है। वे आदिवासी-दलित विभाजन को और भड़काने और ईसाई से वापस हिन्दुत्व में जबरन धर्मान्तरण कराने की भरसक कोशिश कर रहे हैं। दूसरी तरफ़ कोरापुट जिले में नारायणपटना में स्थिति किसी क़दर भिन्न है। 'चासी मुलिया आदिवासी संगठन' (जो पुलिस के अनुसार माओवादियों का 'मोर्चा' है) आदिवासियों को वह ज़मीन वापस दिलाने की लड़ाई लड़ रहा है, जिसे स्थानीय साहूकारों और शराब व्यापारियों ने अवैध रूप से हड़प लिया था। विभिन्न राजनैतिक समूहों के बीच परस्पर विनाशकारी गम्भीर लड़ाइयाँ हुई हैं और यह इलाक़ा पुलिसिया क़हर और दहशत के नीचे काँप रहा है, जिसमें सैकड़ों आदिवासी कोरापुट जेल में ठूँस दिये गये हैं और हज़ारों ने जंगलों में पनाह ली है। जून 2009 में माओवादियों ने ज़मीनी सुरंग के विस्फोट में उड़ीसा राज्य पुलिस के 10 सिपाही मार दिये। इससे राज्य सरकार को गाँवों में केन्द्रीय रिज़र्व पुलिस बल (सी.आर.पी.एफ.) तैनात करने और खोज-तलाशी अभियान शुरू करने का बहाना मिल गया। और इस पर भी, अनेक सूत्रों के अनुसार, आन्दोलन उतरोत्तर उग्र होता जा रहा है जिसमें हज़ारों आदिवासी एकजुट होकर उन ज़मीनों को जोतने के लिए सामने आये हैं जिन्हें उन्होंने सुरक्षा बलों की नाक के ठीक नीचे दोबारा अपने क़ब्ज़े में लिया है। हिन्दुस्तान में यह पुराना क़िस्सा हैहथियारबन्द प्रतिरोध के बिना ग़रीब पीस

दिये जाते हैं। जिस क्षण प्रतिरोध असरदार बन जाता है, राजसत्ता अपनी सारी उपलब्ध सैनिक शक्ति के साथ कूद पड़ती है।

जो लोग ऐसी स्थितियों में ज़िन्दगी गुज़ारते हैं, उनके पास आसान विकल्प नहीं होते। वे यक़ीनन सीधे-सीधे मुट्ठी भर विचारकों से निर्देश नहीं लेते जो बन्दूकें लहराते हुए हवा से सहसा प्रकट हो गये हों। कौन-सी रणनीति अपनायी जाये इसके बारे में इनके फ़ैसले तमाम तरह के रास्तों पर सोच-विचार करने के बाद लिये जाते हैं : संघर्ष का इतिहास, दमन की प्रकृति, स्थिति की गम्भीरता, और काफ़ी संजीदा और ज़रूरी तौर पर उस जगह का भौगोलिक परिवेश जहाँ उनका संघर्ष हो रहा है। यह फ़ैसला कि गान्धीवादी रास्ता अपनाया जाये या माओवादी, उग्रतापूर्ण या शान्तिपूर्ण, या थोड़ा-थोड़ा दोनों (जैसा नन्दीग्राम में किया गया) हमेशा नैतिक या वैचारिक नहीं होता। अक्सरहा, वह रणनीति-आधारित होता है। मिसाल के लिए गान्धीवादी सत्याग्रह एक क़िस्म का राजनैतिक नाटक होता है। वह असरदार साबित हो सके इसके लिए उसे एक सहानुभूतिपूर्ण दर्शक वर्ग की ज़रूरत होती है, जो सुदूर घने जंगल में गाँववालों को उपलब्ध नहीं होता। जब 800 पुलिसवालों का एक जत्था रात को जंगल के किसी गाँव के गिर्द घेरा डाल कर घरों को जलाना और लोगों पर गोलियाँ बरसाना शुरू करता है तो क्या भूख हड़ताल से कोई मदद मिलेगी? (क्या भूख से पीड़ित लोग भूख हड़ताल पर बैठ सकते हैं? और भूख हड़तालें भी क्या कोई काम करती हैं, अगर टीवी पर न दिखायी जा रही हों?) इसी तरह, छापामार युद्ध एक ऐसी रणनीति है जो मैदानी गाँवों की बिसात के बाहर है जिनके पास रणनीतिक क़दम-वापसी के लिए कोई आड़ नहीं है। कभी-कभी रणनीति को भ्रमवश विचारधारा समझ लिया जाता है और यह अनावश्यक रूप से परस्पर विनाशकारी लड़ाइयों की तरफ़ ले जाता है। ख़ुशक़िस्मती से लोग विचारधारा की कोटियों को तोड़ कर आगे बढ़ने के क़ाबिल होते हैं और बिना अपनी अस्मिता के संकट से अनिवार्यतः ग्रस्त हुए बिना, जन्तर मन्तर पर गान्धीवादी, मैदानों में उग्रतावादी और जंगलों में छापामार लड़ाके बन सकते हैं। हिन्दुस्तान में विप्लव की ताक़त उसकी समानता नहीं, उसकी विविधता है।

चूँकि सरकार ने हर उस व्यक्ति को जो उसका विरोध करता है, 'माओवादी' की अपनी परिभाषा में शामिल करने के लिए इस परिभाषा को विस्तृत कर दिया है, इसमें हैरत नहीं होनी चाहिए कि माओवादी अब मंच के

केन्द्र में चले आये हैं। लेकिन उनकी सैद्धान्तिक कठोरता और अ-लचीलापन, असहमति को बर्दाश्त करने की और दूसरे राजनैतिक संगठनों के साथ काम करने की उनकी प्रख्यात अनिच्छा और अक्षमता और सबसे ज़्यादा उनकी दृढ़-संकल्प, दारुण, सामरिक कल्पना उन्हें इतना लघु बनाये रखती है कि उनके पैर जूतों की उस विशाल जोड़ी में अटने लायक़ नहीं हैं जो इस समय पहने जाने के लिए सामने रखी हुई है।

(जब मैं जंगल में कॉमरेड रूपी से मिली तो जो पहला काम मेरा अभिवादन करने के बाद उस तकनीक-प्रेमी ने किया, वह था मुझसे उस इण्टर्व्यू के बारे में पूछना जो मैने माओवादियों द्वारा दन्तेवाड़ा के एक बालिका विद्यालयरानी बोदिली स्कूलपर, जिसे पुलिस शिविर में तब्दील कर दिया गया था, हमला करने के बाद दिया था।[44] हमले में 50 से ज़्यादा पुलिसवाले और विशेष पुलिस अधिकारी मारे गये थे[45] : 'हमें ख़ुशी थी कि आपने हमारे रानी बोदिली हमले की भर्त्सना करने से इनकार कर दिया था, लेकिन फिर आपने उसी इण्टर्व्यू में कहा कि अगर माओवादी कभी सत्ता में आये तो जिस पहले व्यक्ति को वे फाँसी पर चढ़ायेंगे वह शायद आप होंगी। आपने ऐसा क्यों कहा? क्या आप को लगता है कि हम ऐसे हैं?' मैं अपना लम्बा जवाब देने के क्रम में थी जब हमारी बात रुक गयी थी। सम्भव है, मैंने स्टालिन के सफ़ाया अभियानों से शुरू किया होता जिनमें लाखों आम लोग और लाल सेना के 75,000 अधिकारियों में से आधे अफ़सरों को या तो जेलों में ठूँस दिया गया था या फिर गोली मार दी गयी थी और 139 केन्द्रीय समिति के सदस्यों में से 98 गिरफ़्तार कर लिये गये थे; इसके बाद मैं उस भारी क़ीमत का ज़िक्र करती जो लोगों ने चीन की 'लम्बी छलाँग' और सांस्कृतिक क्रान्ति के लिए चुकायी थी और शायद अन्त किया होता आन्ध्र प्रदेश के पेडमल्लपुरम की घटना से जहाँ माओवादियों ने अपने पिछले अवतार में गाँव के सरपंच को मार दिया था और महिला कार्यकर्ताओं को मारा-पीटा था, क्योंकि उन्होंने चुनावों का बहिष्कार करने के माओवादियों के आह्वान को मानने से इनकार कर दिया था।)

उस प्रश्न पर वापस आयें : किसके पैर जूतों की उस विशाल जोड़ी में अँट सकते हैं? शायद यह पैरों के एक अकेले जोड़े के बस में नहीं है, और होना भी नहीं चाहिए। कभी-कभी ऐसा लगता है कि जिन लोगों के पास एक नयी, बेहतर दुनिया की दृष्टि है उनके अन्दर वह दम-गुर्दा नहीं है जो प्रचण्ड सैनिक धावे का

मुकाबला करने के लिए ज़रूरी है, और जिनके पास यह दम-गुर्दा है उनमें वह दृष्टि नहीं है।

इस समय खदानों और उनसे जुड़े उद्योगों की कम्पनियों के समूह द्वारा आदिवासी निवास-स्थानों पर किये जा रहे हमले के ख़िलाफ़ लड़ने वाले प्रतिरोध आन्दोलनों की व्यापक क़तारों में माओवादियों की ही सबसे जुझारू क़तार है। इस से यह निष्कर्ष निकालना कि भा.क.पा.(माओवादी) ऐसी पार्टी है जिस अन्दर 'विकास' या पर्यावरण के बारे में एक नयी विचार दृष्टि है ज़रा दूर की कौड़ी हो सकता है। (एकमात्र आश्वासनदायक चिह्न यह है कि उसने सतर्कतापूर्वक कहा है कि वह बड़े बाँधों के ख़िलाफ़ है। जो वह कहती है अगर वही उसका मतलब भी है तो अकेली यही बात विकास के एक मौलिक रूप से भिन्न नमूने की तरफ़ ले जायेगी।) उस राजनैतिक पार्टी के तौर पर जो व्यापक रूप से कॉरपोरेट खदान उद्योग के हमले का मुकाबला करती देखी जा रही है, खदानों के बारे में माओवादियों की नीति (और व्यवहार) काफ़ी गोल-मोल है। कई जगहों पर जहाँ लोग खदान कम्पनियों के ख़िलाफ़ संघर्ष कर रहे हैं एक सोच लगातार बनी हुई है कि माओवादी खदान और खदान सम्बन्धी उद्योगों की परियोजनाओं को हरी झण्डी दिखाने के अनिच्छुक नहीं हैं जब तक कि उन्हें सुरक्षा-सम्बन्धी वसूली करायी जाती रहे। खनन के बारे में उनके वरिष्ठ नेताओं के बयानों और साक्षात्कारों जो उभर कर सामने आता है वह इस मामले पर कुछ-कुछ ऐसा रवैया है कि 'हम बेहतर काम करेंगे।' वे अस्पष्ट रूप से 'पर्यावरण के अनुकूल' खनन, ऊँचे राजस्व, विस्थापितों के लिए बेहतर पुनर्वास और 'हिस्सेदार' के लिए बड़े हिस्से का वादा करते हैं। (वर्तमान खनन और खनिज संसाधन मंत्री ने भी इन्हीं लीकों पर सोचते हुए संसद मे खड़े होकर वादा किया कि खनन से होने वाले 'मुनाफ़े' का 26 प्रतिशत 'जनजाति विकास' में ख़र्च होगा। वाह, लुटेरों के लिए कैसी दावत का इन्तज़ाम हो जायेगा।)

लेकिन आइए खनिज पट्टी के सबसे बड़ी भेली का जायज़ा लेंकई खरब डालर क़ीमत का बॉक्साइट। बॉक्साइट का खनन करने और उसे एल्यूमिनियम में बदलने का ऐसा कोई तरीक़ा नहीं जिसमें पर्यावरण-अनुकूलता हो। वह बेहद ज़हरीली प्रक्रिया है जिसे ज़्यादातर पश्चिमी देशों ने निर्यात करके अपने देश के बाहर कर दिया है। एक टन एल्यूमिनियम पैदा करने के लिए लगभग 6 टन बॉक्साइट दरकार होता है, हज़ार टन से ज़्यादा पानी, और बिजली की विराट मात्रा।[46] उस मात्रा में पानी

का भण्डारण करने और बिजली मुहैया कराने के लिए बड़े बाँधों की ज़रूरत पड़ती है, जो हम जानते हैं कि प्रलयंकर विनाश के चक्र अपने साथ लाते हैं। सबसे आख़िर में, लाख रुपये का सवालयह एल्यूमिनियम है किसके वास्ते? कहाँ जा रहा है यह? किस काम आयेगा यह? ज़ाहिर है पतीले और देग़चियाँ बनाने के लिए नहीं। एल्यूमिनियम हथियार उद्योग का मुख्य उपादान हैदूसरे देशों के हथियार उद्योगों के लिए। इसे देखते हुए कोई विवेकपूर्ण 'प्रोत्साहन-योग्य' और पर्यावरण-अनुकूल खनन नीति क्या हो सकती है? बहस के लिए, फ़र्ज़ कीजिए कि भा.क.पा.(माओवादी) को यूरेनियम, बॉक्साइट, चूने, डोलोमाइट, कोयले, टीन, ग्रैनाइट, संगमरमर के उसके ख़ज़ाने के साथ, तथा-कथित लाल गलियारेआदिवासी निवास क्षेत्रका नियंत्रण सौंप दिया जाता है, तब वह नीति-निर्धारण और शासन के कर्तव्यों को कैसे निभायेगी? क्या वह बाज़ार में बेचने के लिए खनिजों का खनन करेगी ताकि आमदनी बढ़े, ढाँचा निर्मित हो और उसकी कार्रवाइयाँ विस्तार पायें? या वह उतना ही खनन करेगी जितना लोगों की बुनियादी ज़रूरतें पूरा कर सके? वह 'बुनियादी ज़रूरतों' को कैसे परिभाषित करेगी? मिसाल के लिए, माओवादी राष्ट्र में क्या परमाणु हथियार एक 'बुनियादी ज़रूरत' होंगे?

रूस और चीन में और वियतनाम में भी जो हो रहा है उसके आधार पर जाँचते हुए, अन्ततः कम्यूनिस्ट और पूँजीवादी समाजों में एक चीज़ समान जान पड़ती हैउनके सपनों की जैविक संरचना। अपनी क्रान्तियों के बाद, उन समाजों के निर्माण के बाद जिनकी क़ीमत लाखों मज़दूरों और किसानों ने अपनी ज़िन्दगियों से चुकायी, इन देशों ने अब अपनी क्रान्तियों की कुछ उपलब्धियों को पलटना शुरू कर दिया है और बेलगाम पूँजीवादी अर्थ-व्यवस्थाओं में तब्दील हो गये हैं। उनके लिए भी उपभोग की क्षमता वह पैमाना बन गयी है जिससे प्रगति को नापा जाता है। इस क़िस्म की प्रगति के लिए आपको उद्योगों की ज़रूरत पड़ती है। उद्योगों का पेट भरने के लिए आपको कच्चे माल की अनवरत आपूर्ति चाहिए। उसके लिए आपको खदानें, बाँध, वर्चस्व, उपनिवेश और युद्ध चाहिए। पुरानी ताक़तें ढलान की ओर बढ़ रही हैं, नयी ताक़तें फल-फूल रही हैं। वही कहानी, भिन्न पात्रग़रीब देशों को लूटते अमीर देश। कल यूरोप और अमरीका थे, आज हिन्दुस्तान और चीन हैं। हो सकता है, कल को अफ़्रीका हो। लेकिन क्या कोई कल होगा भी? शायद यह पूछने के लिए बहुत देर हो चुकी है, लेकिन फिर आशा का तर्क से बहुत सम्बन्ध तो होता नहीं।

क्या हम उम्मीद कर सकते हैं कि जो हमारे ग्रह के लिए अवश्यमभावी मृत्यु जान पड़ती है उसके लिए कोई विकल्प उस कल्पना से प्राप्त होगा जिसने अव्वलन यह संकट पैदा किया है? यह नामुमकिन जान पड़ता है। विकल्प अगर कोई है तो उन जगहों और उन लोगों के बीच से निकलेगा जिन्होंने पूँजीवाद और साम्राज्यवाद के वर्चस्ववाद से भ्रष्ट होने की बजाय उसका प्रतिरोध किया है।

यहाँ हिन्दुस्तान में, सारी हिंसा और लोभ-लालच के बीच, अब भी आशा की भारी मात्रा है। अगर कोई उस काम को कर सकता है तो हम उसे कर सकते हैं। हमारे पास अब भी एक आबादी है जो पूरी तरह उस उपभोक्तावादी सपने का उपनिवेश नहीं बनी है। हमारे पास उन लोगों की जीवन्त परम्परा है जिन्होंने गान्धी के पोसने-योग्य प्रगति और स्वावलम्बन के सपने के लिए संघर्ष किया है, और समतावाद और सामाजिक न्याय के समाजवादी विचारों के लिए। हमारे पास अम्बेडकर की दी हुई परिकल्पना है जो गम्भीर तरीक़ों से गान्धीवादियों और समाजवादियों को चुनौती देती है। हमारे पास अनुभव, समझदारी और दृष्टि वाले प्रतिरोध आन्दोलनों का एक शानदार गँठजोड़ है।

सबसे महत्व की बात यह कि हिन्दुस्तान में लगभग दस करोड़ आदिवासियों की जीवित आबादी है। वही हैं जो अब भी पोसने-योग्य जीवन के रहस्यों से वाक़िफ़ हैं। अगर वे लुप्त हो जाते हैं तो वे इन रहस्यों को अपने साथ ले जायेंगे। ऑपरेशन ग्रीनहण्ट जैसे युद्ध उन्हें लुप्त होने पर मजबूर कर देंगे। चुनांचे इस जंग को बरपा करने वालों की जीत के भीतर ही विनाश के बीज मौजूद होंगे, महज़ आदिवासियों के लिए नहीं, बल्कि अन्ततः समूची मनुष्य जाति के लिए। यही कारण है कि मध्य भारत में चल रहा युद्ध इतना महत्वपूर्ण है। यही वजह है कि इन सभी राजनैतिक संगठनों के बीच, जो इस युद्ध का प्रतिरोध कर रहे हैं, सच्ची और फ़ौरी बातचीत की ज़रूरत हमें महसूस होती है।

जिस दिन पूँजीवाद अपने बीच ग़ैर-पूँजीवादी समाजों को बर्दाश्त करने को और वर्चस्व की अपनी जद्दो-जेहद में सरहदें स्वीकार करने को मजबूर हो जायेगा, जिस दिन वह स्वीकार करने को विवश होगा कि कच्चे माल की उसकी आपूर्ति अन्तहीन नहीं है, उसी दिन तब्दीली आयेगी। अगर दुनिया के लिए कोई उम्मीद है तो वह मौसम-परिवर्तन के सम्मेलनों के सभागारों में या ऊँची-ऊँची इमारतों वाले शहरों में नहीं रहती। वह ज़मीन पर निचले स्तर पर रहती है, अपनी बाँहें उन लोगों के गिर्द डाले जो हर रोज़ अपने वनों, पर्वतों और अपनी नदियों की

रक्षा करने के लिए संघर्ष करने जाते हैं, क्योंकि वे जानते हैं कि ये वन, ये पर्वत, ये नदियाँ उनकी रक्षा करती हैं।

उस दुनिया को जो भयंकर रूप से ग़लत हो चुकी है, पुनर्कल्पित करने की दिशा में पहला क़दम उन लोगों के विनाश को रोकने का होगा जिनकी कल्पना भिन्न हैवह कल्पना जो पूँजीवाद के साथ-साथ साम्यवाद के बाहर है। एक ऐसी कल्पना जो इस बारे में बिल्कुल अलग बोध से परिचालित है कि सुख और सन्तोष के तत्व क्या हैं। इस दार्शनिक स्थान को हासिल करने के लिए उन लोगों के जीवित रहने के लिए कुछ भौगोलिक स्थान की ज़रूरत है जो सम्भव है हमारे अतीत के रखवाले जान पड़ें, मगर जो हमारे भविष्य के मार्ग दर्शक हो सकते हैं। ऐसा करने के लिए हमें अपने शासकों से पूछना होगा : क्या तुम पानी को नदियों में रहने दे सकते हो? पेड़ों को वनों में? क्या तुम बॉक्साइट को पहाड़ में रहने दे सकते हो? अगर वे कहते हैं नहीं, तो फिर उन्हें अपने युद्धों के शिकार लोगों को नैतिकता का पाठ पढ़ाना बन्द कर देना चाहिए।

सितम्बर, 2010

संदर्भ

चिदम्बरम जी की जंग

1. 'The World's Billionaires : #230 Anil Agarwal', Forbes.com, 8 March 2007; Peter Popham, 'Indian Villagers Pay a High Price as Commodity Boom Comes to Rural Orissa', *Independent* (London), 4 August, 2006; 'The Vedanta Affair : The Nub of the CEC's Report is the Issue of Forest Land', *Telegraph* (India), 27 November, 2005, www. telegraphindia.com/l051127/asp/opinion/stoty_5528395.asp.
2. Press Trust of India,'Naxalism Biggest Internal Security Challenge : PM', 13 April, 2006, www.hindustantimes.com/Naxalism-biggest-challenge -PM/ Articlel-86531.aspx.
3. Manmohan Singh, 'Full Text of Manmohan Singh's Speech at CMs Meet', IBN Live, 6 January, 2009, http://ibnlive.in.com/news/full-text-of-manmohan-singhs-speech-at-cms-meet/82035-3.html.
4. Jawed Naqvi, 'Singh Sees "Vital Interest" in Peace with Pakistan', *Dawn*, 9 June, 2009, www.dawn.com./wps/wcm/connect/dawn-content-library/dawn/news/world/04-india-pm-willing-meet-pakistan-qs-08; http://pmindia.nic.in/speeches.htm.
5. Rahul Pandita, 'We Shall Certainly Defeat the Government', *Open*, 17 October, 2009, www.openthemagazine.com/article/nation/we-shall-certainly-defeat-the-government.
6. *Development Challenges in Extremist Affected Areas*, Report of an Expert Group to Planning Commission (New Delhi : Government of India, 2008), 59-60.
7. Saikat Datta, 'On War Footing', *Outlook*, 13 October, 2009. See also Chhattisgarh Visthapan Virodhi Manch (Chhattisgarh Anti-Displacement Platform), leaflet, Raipur, India, 6 October, 2009, http://radicalnotes.com/journal/2009/10/30/raipur-rally-against-displacement-oct-6-2009/.

8. 'India, Pak Unite to Block Anti-Lanka Move at UN', IndianExpress.com, 29 May, 2009, www.indianexpress.com/news/india-pak-unite-to-block -antilanka-move-at/ 467703/.
9. On 24 December, 2010 a sessions court in Raipur held Dr. Binayak Sen guilty of sedition and sentenced him to life imprisonment.
10. Justice P.B. Sawant, remarks at hearing of Citizens Initiative for Peace, Speakers Hall, Constitution Club, New Delhi, 20 October, 2009.
11. Hargopal, remarks at hearing of Citizens Initiative for Peace, Speakers Hall, Constitution Club, New Delhi, 20 October, 2009.
12. Project Report by ITM EEC, Batch 20, Group 6, Pankal Tiwary, et al., *Where is the Land Going? A Study on Land Grabbing with Reference to Reliance Maha Munabi SEZ* (2009), www.scribd.com/doc/26213514/Batch20-Group-6-Macro-Economics-Project-Report.
13. Samarendra Das and Felix Padel, *Out of This Earth : East India Adivasis and the Aluminium Cartel* (New Delhi : Orient BlackSwan, 2010); United Nations Human Development Report 2009, http://hdrstats.undp.org/en/indicators/150.html.
14. P. Sainath, 'Mass Media : Masses of Money?' *India Together*, 25 December 2009, www.indiatogether.org/2009/dec/psa-masses.htm.

15. Paranjoy Guha Thakurta, 'Fix-Ed Case', *Tehelka*, 14 November, 2009, www.tehelka.com/story_main43.asp?filename=Bu1411 09fixed_case.asp; 'Chidambaram Faces Flak on Vedanta Links', *Business Standard*, 9 August, 2006, www.business-standard.com/india/ news/chidambaram-faces-flakvedanta-links/257339/.
16. Manoj Mitta, 'Petitioners Didn't Have Say on Kapadia Presence', *Times of India*, 13 October, 2009.
17. Man Mohan, 'College That Trains Cops to Take on Naxalites', Tribune Online (Chandigarh, India), 20 July, 2009, www.tribuneindia.com/2009/ 20090720/main8.htm.
18. Ashok Mitra, 'The Phantom Enemy', *Telegraph* (India), 23 October, 2009.

भूमकाल–कॉमरेडों के साथ

1. Trevor Selvam, 'India for Selective Assassination of its Own Citizens?" Countercurrents.org, 31 January, 2010, www. countercurrents. org/selvam310110.htm.

2. Canary Trap, 'Karnataka Lok Ayukta Report on lllegal Mining', 21 January 2010, http://canarytrap.in/201 0/01/21/ karnataka-Iokayukta-report-on-illegal-mining/.
3. Man Mohan, 'College That Trains Cops to Take on Naxalites', Tribune Online (Chandigarh, India), 20 July, 2009, www.tribuneindia.com/2009/20090720/main8.htm.
4. Shoma Chaudhury, 'The Quiet Soldiers of Compassion', *Tehelka*, 23 August, 2008.
5. Press Trust of India, 'Naxalism Biggest Internal Security Challenge : PM', 13 April, 2006, www.hindustantimes.com/Naxalism-biggest-challenge -PM/Articlel-86531.aspx.
6. See the Ministry of Rural Development's draft report of the Committee on State Agrarian Relations and the Unfinished Task of Land Reform, Vol. 1 (March 2009), www.rd.ap.gov.in/IKPLand/MRD_Committee _Report_ V _01_Mar_09.pdf, and compare this with the final report, http://dolr.nic.in/Committee%20Report.doc.
7. *See Frontline*.21 October, 2005.
8. The Human Rights Forum (HRF) denies that Balagopal made such a press release.
9. See Judgement of the Supreme Court of India on Mohammad Afzal vs the State (NCT of Delhi), 4 August 2005.
10. Charu Mazumdar, 'Hate, Stamp and Smash Centrism', May 1970, in *The Collected Works of Charu Mazumdar* (Deshabrati Prakashani, publishing house of the Undivided C.P.1. [M-L], transcribed on the Marxist Internet Archive, www.marxists.org/reference/archive/mazumdar/1970/05/x01.htm.

साहबी इंकलाब

1. Anonymous, 'The Goose and the Commons', *Tickler*, 1 February, 1821.
2. Address by Prime Minister Manmohan Singh, Oxford University, Oxford, United Kingdom, 8 July, 2005.
3. Samanth Subramanian and Krish Raghav, 'The Economics of the Games', *Wall Street Journal* and LiveMint.com, 26 October, 2010, www. livenmint.com/2009/1 0/26205604/The-economics-of-the-Games.html.

4. See Geeta Pandey, 'Delhi Street Vendors Evicted before Commonwealth Games', BBC News, Delhi, 20 August, 2010.
5. 'Delhi to Banish Beggars Ahead of Commonwealth Games', *Times of India*, 1 September 2009.
6. 'Nearly 80% of India Lives on Half Dollar a Day', Reuters, 8 August, 2007, www.reuters.com/article/idUSDEL218894; 'Foodgrains That Could Feed 1.4 Crore People Rot', CNN-IBN, 27 July, 2010.
7. Central Statistical Organization, Ministry of Statistics and Programme Implementation, Government of India, *Millennium : Development Goals–India Country Report 2009*. See also United Nations, *The Millennium Development Goals Report 2009* (New York : United Nations, 2009), p. 12.
8. Emily Wax and Rama Lakshmi, 'As Commonwealth Games Loom, "Unfit" Athletes' Village Adds to India's Problems', *Washington Post*, 24 September, 2010.
9. Jason Burke, 'More of World's Poor Live in India Than in All Sub-Saharan Africa, Says Study', *The Guardian* (London), 14 July, 2010.
10. Prime Minister Manmohan Singh, Indian Independence Day Speech, Red Fort, New Delhi, 15 August, 2010.
11. C.P. Chandrasekhar, 'How Significant is IT in India" *The Hindu* 31 May, 2010.
12. 'India Needs Labour Transitions to Remove Poverty', Reuters, 6 April, 2009.
13. S. Sakthivel and Pinaki Joddar, 'Unorganised Sector Workforce in India : Trends, Patterns and Social Security Coverage', *Economic and Political Weekly*, 27 May, 2006.
14. Utsa Patnaik, 'Food Stocks and Hunger in India', paper, 3 August, 2002, www.macroscan.org/pol/aug02/pol030802Food_Stocks.htm.
15. 'Mukesh Ambani Tops for the Third Year as India's Richest', *Forbes Asia*, 30 September, 2010. The article notes : The combined net worth of India's 100 richest people is $300 billion, up from $276 billion last year. This year, there are 69 billionaires on the India Rich List, 17 more than last year.' India's 2009 GDP was $1.2 trillion.
16. The Associated Press reported in October 2010, 'Today, in a country where 300 million people live on less than $1 a day, the economy is growing at nearly 9 percent and the rich shop for Porsches and Louis Vuitton purses. The number of Indian millionaires jumped by 51 percent last year, reaching more than 127,000.' Tim Sullivan, 'Indian

Cram School Town Redraws Lines of Success', Associated Press, 24 October, 2010.

17. Ashok Mitra, *A Prattler's Tale : Bengal, Marxism, Governance*, translated from the Bengali by Sipra Bhattacharya (Kolkata : Samya Books, 2007).
18. 'I Am Your Soldier in Delhi : Rahul to Tribals', Press Trust of India, 26 August, 2010.
19. P. Chidambaram, The Harish C. Mahindra 2007 Lecture, 'Poor Rich Countries : The Challenges of Development', Harvard University South Asia Initiative, Cambridge, Massachusetts, 18 October, 2007; www.indianembassy.org/prdetail697/finance-minister-mr.-p. chidambaram's-speech-at-the-harvard-university-south-asia-initiative-the-harish-c.-mahindra-2007-lecture-on-andguot%3Bpoor-rich-countries%3A-the-challenges-of-developmentandquot"%3B.
20. Ajay Dandekar and Chitrangada Choudhury, 'PESA, Left Wing Extremism and Governance : Concerns and Challenges in India's Tribal Districts', Institute of Rural Management,Anand, commissioned by Ministry of Panchayati Raj, Government of India, New Delhi, no date,www.tehelka.com/channels/News/2010/july/10/PESA chapter.pdf.
21. Raman Kirpal, Why You Must Read This Censored Chapter', *Tehelka*, 10 July, 2010.
22. Ernesto Guevara, *Guerrilla Warfare*, third ed., eds. Brian Loveman and Thomas M. Davies, Jr (Rowman and Littlfield, 2002), p. 51.
23. Jawed Naqvi, 'Singh Sees "Vital Interest" in Peace with Pakistan', *Dawn*, 9 June, 2009; http://pmindia.nic.in/speeches.htm
24. Bhagat Singh's Last Petition, no date, www.shahidbhagatsingh.org/ index.asp?link=bhagat_petition.
25. B.G.Verghese, 'Daylight at the Thousand-Star Hotel', *Outlook*, 3 May, 2010.
26. Chemkuri [Cherukuri] Azad Rajkumar, 'A Last Note to a Neo-Colonialist', *Outlook*, 19 July, 2010.
27. Partho Sarathi Ray, 'The Rs. 1500 Crore "Maoist Empire" or How the Police Plants Stories in the Press', *Sanhati*, 16 April, 2010.
28. 'Chhattisgarh on Top Alert after Deadly Naxal Attack', Press Trust of India, 18 May, 2010; Joseph John, 'Maoists Chopped Limbs, Slit Throats of Injured CRPF Men', www.indianexpress.com/news/ maoists- chopped-limbs-slit -throats-of-injur/ 641291/

29. Rakhi Chakrabarty, 'Raped Repeatedly, Naxal Leader Quits Red Ranks', *Times of India*, 24 August, 2010.
30. 'Air Chief Releases Joint Doctrines', Ministry of Defence, 16 June, 2010. See also 'Armed Forces Release New Warfare Doctrine', Press Trust of India, 16 June 2010; and 'Armed Forces Release Two Doctrines on Joint Warfare', Press Trust of India, 16 June, 2010.
31. Gautam Navlakha, 'Azad's Assassination : An Insight into the Indian State's Response to Peoples' Resistance', *Sanhati*, 25 July, 2010.
32. 'Get Ready to Fight Naxals, Said Chief. Or Did He?' *Indian Express*, 17 July, 2010. The article notes, interestingly, 'Hours after it put out a press release ... the Defence wing of the Press Information Bureau withdrew the release. No reason was assigned.'
33. 'IAF Can Fire in Self-Defence during Anti-Maoist Operations', *Hindustan Times*, 12 August, 2010.
34. See Justice (Retired) B.P. Jeevan Reddy, *Report of the Committee to Review the Armed Forces (Special Powers) Act 1958*, submitted to the Government of India in June 2005.
35. Supriya Sharma, 'Finally, Army Moves into Maoist Territory', *Times of India*, 14 December, 2010.
36. South Asia Terrorism Portal, Table: 'Fatalities in Left-wing Extremism-2010', www.satp.org/satporgtp/countries/india/ maoist/ data_sheets/ fatalitiesnaxal.asp.
37. 'Wanted Naxals Protected by Forests, Mines', Indo-Asian News Service, Raipur, 8 April, 2010.
38. Azad, 'Hail the Daring and the Biggest Ever Guerrilla Attack on the Hired Mercenaries of the Indian State Carried Out by the Heroic PLGA Guerrillas in Chhattisgarh!' press statement for the Central Committee of the CPI (Maoist), 8 April, 2010.
39. 'Fresh Maoist Attacks Feared in Chhattisgarh Towns', Sify News, 9 April, 2010.
40. Sumanta Banerjee, *In the Wake of Naxalbari: A History of the Naxalite Movement in India* (Calcutta : Subarnarekha, 1980).
41. Kaustav Banerjee and Partha Saha, 'The NREGA, the Maoists and the Developmental Woes of the Indian State', *Economic and Political Weekly*, 10 July, 2010.
42. Nirmalangshu Mukherji, 'Arms Over People', *Outlook*, 19 May, 2010.
43. Quoting the 'Aims and Objects ofVishva Hindu Parishad', no date.

44. See Arundhati Roy, *The Shape of the Beast : Conversations with Arundhati Roy* (New Delhi : Viking, Penguin India, 2008), pp. 225-30.
45. Press Trust of India, 'Chhattisgarh : 55 Killed in Naxal Bloodbath', 15 March, 2007.
46. Samarendra Das and Felix Padel, Out of This Earth : East India Adivasis and the Aluminium Cartel (New Delhi : Orient BlackSwan, 2010).